FOLIO

Philip K. Dick

Souvenir

Traduit de l'américain
par Emmanuel Jouanne et Hélène Collon

Denoël

Cet ouvrage a été précédemment publié dans la collection
« Présence du futur » aux Éditions Denoël.

Publié pour la première fois en 1952, Philip K. Dick (1928-1982) s'oriente rapidement, après des débuts assez classiques, vers une science-fiction plus personnelle, où se déploient un questionnement permanent de la réalité et une réflexion radicale sur la folie. Explorateur inlassable de mondes schizophrènes, désorganisés et équivoques, Philip K. Dick clame tout au long de ses œuvres que la réalité n'est qu'une illusion, figée par une perception humaine imparfaite.

L'important investissement personnel qu'il plaça dans ses textes fut à la mesure d'une existence instable, faite de divorces multiples, de tentatives de suicide ou de délires mystiques.

Le nazisme
et le Haut Château

Traduction d'Emmanuel Jouanne

Titre original :

NAZIISM AND THE HIGH CASTLE

paru dans Niekas, *n° 9, septembre 1964*

Bien des lunes sont passées depuis la critique par l'homme blanc (c.-à-d. Poul Anderson) de mon livre *Le Maître du Haut Château* [1] et depuis que les fans (ex. : trop nombreux pour être cités, à une exception près, toutefois, un certain John Boardman) ont émis des commentaires non sur le livre ou sur la critique en soi, mais sur le nazisme — ce qui est bien et adéquat, car *c'est* le véritable sujet, beaucoup plus que n'importe quel livre ou n'importe quelle critique, et cela ne fait que prouver que j'ai raison : nous avons toujours très peur, et sommes toujours à juste titre très perturbés, et, comme Harry Warner l'a si justement dit, « ... nous pourrions nous identifier à la culpabilité de guerre des Allemands parce qu'ils sont tellement similaires à nous... ».

Toutefois, quoique ces commentaires, etc., soient parus en mars, je viens juste de les découvrir, et j'aimerais également faire des commentaires.

1. Éditions J'ai Lu.

John Boardman appelle le Dr Friedrich Foerster « le plus grand critique moderne de l'Allemagne ». Il n'y a pas *un* « grand critique moderne », etc., de quoi que ce soit ; c'est juste une façon de dire que l'on accorde foi à sa source, et il est juste que l'on fasse confiance à sa source — toutefois, je contesterai son caractère unique, ou quelque proclamation que ce soit de sa perfection comme une source unique et absolue, comme une idée type de la théorie de Platon. Même si, par ailleurs, je suis d'accord avec le passage de lui cité (*cf.* les commentaires de John Boardman, *Niekas*, mars 64). En fait, c'est précisément ce type de pensée qui me tracasse (enfin, il est tôt le matin, je n'ai pas encore pris mon petit déjeuner, et tout me tracasse ; passons).

Quoi qu'il en soit, nous ne pouvons pas affirmer avec certitude qu'il y a « deux Allemagnes » au sens de deux traditions de pensée, ou que le nazisme est l'absolue culmination, l'aboutissement logique, de tout ce qui est allemand ; nous n'en savons rien ; je vous en prie, reconnaissons notre ignorance. Nous savons ce qu'ils ont *fait*, nous savons quelles étaient leurs idéologies *déclarées*... mais nous ne savons pas vraiment *pourquoi*, au sens le plus profond, ils — c.-à-d. les nazis — l'ont fait. Vraiment. J'ai discuté avec quelques-uns d'entre eux. Tout ce qu'ils savaient, c'est qu'ils étaient effrayés — effrayés comme nous, mais pas effrayés par les mêmes choses : ils étaient effrayés par nous, par la Russie (comme nous le sommes, nous aussi), et — par-dessus tout — par les Juifs, ce qui n'est pas notre cas, et ce que nous ne pouvons pas comprendre, c.-à-d. cette frayeur.

Pour nous, un Juif, c'est, par exemple, un beau grand gaillard avec un verre à la main à côté de nous dans une fête. Pour eux — eh bien, c'est là que le rideau tombe. Un de mes amis nazis, venu vivre aux États-Unis après la guerre, commença à entrer dans un appartement en ma compagnie, et je dis : « À propos, le type qui habite ici s'appelle Bob Goldstein », et mon ami nazi a réellement pâli et blêmi (c.-à-d. eut un mouvement de recul) ; il avait littéralement peur d'entrer dans l'appartement — et, de surcroît, il éprouvait une aversion affreuse, somatique. Pourquoi ? Interrogez Hannah Arendt, que je considère comme la « plus grande critique moderne de l'Allemagne », juive elle-même. Je crois que même *elle*, élevée parmi eux, ne le sait pas. C'est subrationnel ; c'est psychologique, et non logique. Pourquoi certaines personnes ont-elles peur des chats, des tramways ou des chèvres à tête rousse ? Elles-mêmes ne le savent pas. Une phobie est une phobie ; elle surgit, comme Freud, Jung et H. S. Sullivan l'ont montré, de profondeurs de l'individu inconnues de l'individu. *Ipse dixit.*

Je vous prie de m'excuser si je radote, mais comprenez-moi : j'ai le sentiment que les « réponses » simples, claires, à cette question (« Pourquoi les nazis ont-ils fait ce qu'ils ont fait, et allons-nous le faire, et sommes-nous aussi coupables ? ») nous narguent ; on ne peut pas les obtenir. Sommes-nous coupables de ce que les « planificateurs » fous et subrationnels sont en train de faire en ce moment même à Washington, D. C. ? Je ne sais pas. Une vieille villageoise allemande était-elle « coupable » d'une décision prise dans le bureau d'Eichmann à Berlin ?

Il y a quelques faits établis, néanmoins, dont nous devrions nous souvenir. (un) Quand Himmler demanda et obtint d'assister à l'exécution de Juifs innocents et inoffensifs (par un peloton d'hommes armés de fusils), il eut une convulsion d'horreur, il eut une défaillance, tomba par terre, roula dans un spasme d'angoisse ; il fallut que ses aides de camp l'aident à se relever ; Himmler décréta que les Juifs ne devaient plus « être fusillés », mais qu'il fallait trouver « une méthode miséricordieuse, indolore et instantanée ». Souvenez-vous de cela, notez-le. Ainsi, même ce non-homme, cette chose, réifié dans les plus hauts niveaux de la bureaucratie nazie, avait « des sentiments ». (Hitler n'aurait jamais pris la peine de regarder ou, s'il l'avait fait, il n'aurait eu aucune réaction émotionnelle, éthique ; notez cela aussi.)

Aussi, les Wermacht Soldaten (les soldats allemands de base) détestaient les Schwarzers, les s.s., savaient que c'étaient des assassins. Notez cela. Des citoyens allemands jetaient du pain dans les wagons à bestiaux clos qui emportaient les Juifs vers leur mort à travers le Reich. Remarque signale qu'un Allemand jouait le thème du *Fidelio* de Beethoven qui décrit les prisonniers — injustement détenus par une tyrannie — alors qu'ils sont enfin, pour un instant, autorisés à se lever pour voir la lumière —, joue cela alors qu'un groupe de victimes juives des camps de concentration sont conduites dans la rue devant chez lui. Même les putains allemandes se rendaient aux murs des camps de la mort, espérant « faire quelque chose pour » ceux à l'intérieur.

En d'autres termes, de bonnes (et je ne mettrai pas de guillemets autour de ce mot) impulsions se déclaraient constamment chez les Allemands moyens alors et à mesure qu'ils prenaient conscience de ce que l'on faisait aux Juifs ; nombre d'entre eux, il faut en convenir, lançaient des crachats, des coups de pied, des invectives aux Juifs que l'on traînait... mais pas tous. *Die Stille im Land* : voilà comment les nazis appelaient ces Allemands qui n'approuvaient pas la Politique Raciale ; ces Allemands-là savaient que s'ils se montraient, eux aussi seraient tués. Notez ceci : les premiers occupants des camps de concentration étaient des Allemands non juifs. Et cela signifiait la mort pour un citoyen allemand, pendant la guerre, que d'afficher une quelconque dissension avec la politique officielle. Une femme allemande, par exemple, fut emprisonnée parce que le journal avec lequel elle avait tapissé son seau à ordures avait une photo de Hitler dessus ; cela fut déclaré par le tribunal (ce que l'on appelait le Reichs Gericht) constituer un « crime contre l'État ». Ils s'y tinrent !

Toutefois, le peuple allemand, ou une bonne partie de ce peuple, avait élu, légalement élu, Hitler au pouvoir, et en connaissant ses vues raciales.

Lisez les premiers Mémoires de Goebbels ; le Partei avait le soutien de la classe ouvrière — pas de la bourgeoisie. Notez ceci aussi : la classe ouvrière bascula d'un soutien aux communistes et aux socialistes modérés vers un soutien aux nazis. Pourquoi ? Eh bien, je peux risquer une hypothèse. Les nazis, comme les grands chefs politiques urbains qui dirigeaient Chicago, New York et Boston, étaient toujours « ouverts », toujours prêts, toujours présents et disposés à écouter, à aider, à distribuer avec parcimonie nourriture et assistance... et les Allemands mouraient de faim, mouraient tout court, se faisaient expulser, subissaient des privations ; c'était la Dépression, souvenez-vous, et le peuple, comme notre peuple, était désespéré. L'un de nos chanteurs folk favoris d'aujourd'hui, à cette époque-là (fin des années 30), ne se contenta pas de chanter contre notre soutien au Royaume-Uni et nos activités de construction de la défense, mais insista d'une voix traînante pour être catalogué comme « espion japonais » ; en d'autres termes, ce grand chanteur folk « désormais libéral, l'un d'entre nous » — ses initiales sont P. S. — était *pour* l'Allemagne nazie — à cause du pacte germano-soviétique. Le communisme mondial et le nazisme coopéraient, pour un temps ; les nazis n'étaient *pas* de droite ; ils étaient associés à la gauche — du moins, jusqu'à ce que les chars nazis entrent dans la moitié de la Pologne qui était contrôlée par les Russes.

Dans ses commentaires dans *Niekas*, George H. Wells parle de « nationalistes juifs », et du fait qu'« on les oubliait ». C'est un point notable, là encore ; au moment de la montée de l'idéologie anti-juive chez les Allemands non juifs, les *Juifs* allemands commençaient, en grande partie, à réfléchir — non en tant qu'Allemands ou même Européens, mais en tant que nationalistes de la nation-bientôt-renée d'Israël. (Moïse Mendelssohn trouvait bon que les gens n'acceptassent pas cela, mais qu'ils « se révèlent et appartiennent à la communauté européenne » ; en règle générale, il échoua.)

Donc : nous vîmes des Juifs, en Allemagne, en arriver à la même idée que les « racistes » prénazis, comme Wagner, et il semble toujours que Wagner ait été le bouc émissaire en cela ; il aurait *inventé* l'idée que les Juifs étaient des étrangers, hostiles à l'Allemagne. Foutaises. Une étude approfondie des idées de Wagner montre qu'il rompit avec Nietzsche sur la fin, vit une rédemption de l'Allemagne (c.-à-d. de l'homme *per se*) dans l'amour chrétien, pas dans la grandiloquence militaire (*cf. Parsifal*). Ainsi, même chez les fameux théoriciens prénazis, nous ne trouvons pas les mêmes conceptions ; ce que nous trouvons, cependant, ce sont les Anglais Stuart House Chamberlain et Carl Rhodes... et bien sûr Nietzsche ; mais nous trouvons des *penseurs fous anglais* en plein « cœur des ténèbres », pour ainsi dire. Enseignant l'idée, comme le formule Hannah Arendt, d'une petite élite à l'échelle mondiale de Nordiques qui gouverneront les choses : une caste au sommet qui dira aux « moricauds », c.-à-d. le reste d'entre nous, où aller... et « où aller » peut être dans les fausses douches collectives qui sont en réalité des chambres à gaz cyanhydrique.

Oui, Harry Warner, qui écrit dans *Niekas*, a raison, nous sommes au supplice et nous nous souvenons parce que ce n'est pas « eux » mais « nous » qui avons nourri ces épouvantables pensées et, par conséquent nous sommes investis dans ces actes épouvantables, et le « nous » inclut les fanatiques nationalistes juifs, dont certains vivent aujourd'hui en Israël, et envahissent les écoles, interrompant les cours de grammaire avec leurs brutes quasi militaires (je pense que le terme est paramilitaire)... parce que l'instituteur de la classe n'est pas racialement « correct ». Dans ce cas, toutefois, pas suffisamment juif, plutôt que pas suffisamment allemand.

Les sionistes ont évacué *un million* d'Arabes d'Israël, et ces Arabes, soutenus — c.-à-d. empêchés de mourir de faim — par les quakers, constituent aujourd'hui la plus grande communauté de personnes déplacées au monde. Et ne permettez à personne de vous dire que ces Arabes (c.-à-d. non juifs et par conséquent étrangers, même si leur peuple avait vécu là durant deux mille ans) *voulaient* s'en aller. Ils sont partis terrorisés, et ils ne peuvent pas revenir. Ainsi les victimes de la Seconde Guerre mondiale sont-elles devenues ces arrogants nationalistes, prêts à entrer en guerre (voir la crise de Suez) avec leurs voisins sitôt assurés du soutien militaire approprié (et là encore c'est la Grande-Bretagne qui le fournit, la Grande-Bretagne et la France).

Tout cela est affreux. Dans les colonies de réfugiés juifs d'Extrême-Orient, sous le régime japonais, durant la Seconde Guerre mondiale, de nombreux Juifs fondèrent des organisations hitlériennes, incluant le salut nazi (ou, si vous préférez, romain).

Nous aimons considérer les victimes de la tyrannie et de la cruauté comme innocentes (ex. : Chessman). Mais souvent la victime est elle-même entachée de sang, c.-à-d. qu'elle a activement participé à la situation qui a fini par exiger sa vie.

Beaucoup de Juifs refusent aujourd'hui de monter dans une VW, et certains refusent même d'écouter la musique de Beethoven ; n'est-ce pas aussi névrotique et « maladif » que les idéologies du XIXe siècle fondées sur le sang, la race et le territoire, enseignées à la fois par les Allemands et les Juifs allemands ? Personnellement, je prends plaisir à révéler à des amis juifs nationalistes et attachés à l'idée de lignée un fait qu'en général ils ignorent : bon nombre des chevaliers-poètes allemands du Moyen Âge, les Minnesingers, étaient... juifs.

Donc, Dr Friedrich Foerster, « le plus grand critique moderne de l'Allemagne », au contraire, il y a maintenant, il y a toujours eu au moins deux, et probablement trois, sept, neuf Allemagnes ; c.-à-d. de conceptions allemandes du monde. J. S. Bach se considérait lui-même comme Polonais (son monarque était sous fief d'un roi polonais). Mais nous qualifions Bach d'allemand parce qu'il parlait allemand. Tony Boucher parle allemand, et à la perfection ; est-il donc allemand, et par conséquent nazi ? Les Juifs allemands parlaient l'allemand... et souvenez-vous, la main d'un violoniste juif fut cassée par un sioniste fanatique qui avait brandi un tuyau de plomb parce que le violoniste en question avait osé jouer un morceau de Strauss lors d'un concert en Israël... est-ce là une fois de plus le retour des Chemises brunes des années 30 ou pas ?

Quand un fanatique juif de mes amis m'appelle un « Gentil », je lui dis simplement : « Appelle-moi goy et n'en parlons plus. » Parce que, si je suis un « Gentil », deux mille ans d'évolution de la pensée humaine ont été délaissés.

Et s'il refuse de rouler dans ma VW — qui a sans doute été fabriquée à New York, pas en Allemagne, et qui m'a été vendue, c'est sûr, par un Juif, Leon Felton, de San Rafael — alors je ne lui permettrai pas de manger un bagel en ma présence. (Bien sûr, je plaisante ; j'essaie de montrer ceci : que nous ne pouvons pas davantage tenir un peuple pour responsable que nous ne pouvons tenir pour responsable n'importe quelle autre entité mythique, sémantique, non réelle ; un Allemand$_1$, n'est pas un Allemand$_2$ et un Allemand$_2$ n'est pas un Allemand$_3$, et ainsi de suite. Tout comme, dans ce pays-ci, ni vous ni moi n'avons posé de bombe dans ce catéchisme pour Noirs... vous savez foutrement bien que nous ne l'avons pas fait, et si nous, vous et moi, pouvions attraper les salauds de Blancs — ou plutôt les salauds tout court — qui l'ont fait, nous exercerions à leur encontre une vengeance tout aussi forte et aussi prompte que ne le ferait ou ne le pourrait n'importe quelle foule de Noirs.)

Je ne suis pas un « homme blanc ». Mes amis allemands ne sont pas « des Allemands », ni mes amis juifs « des Juifs ». Je suis un nominaliste. Pour moi, il n'y a que des entités individuelles, pas d'entités collectives comme celles définies par la race, le sang, le peuple, etc. Par exemple, je suis catholique anglican ; néanmoins, mes opinions diffèrent de celles de mon pasteur, et les siennes — énormément — de celles de l'évêque du diocèse — l'évêque Pike, dont il se trouve que *je* partage les opinions. Et ainsi de suite.

Je ne sortirai pas d'une pièce quand un Allemand y entrera, pas plus que je ne serais sorti d'une pièce quand un Juif y serait entré. Pas plus que je ne me permettrais d'être un « Gentil », c.-à-d. un membre d'une *race* pour mes amis juifs. S'ils ne m'aiment pas, qu'ils me frappent *moi*, en tant qu'individu, les yeux dans les yeux ; voyons s'ils frappent une race — comme les nazis tentèrent de le faire — les yeux dans les yeux. Ça ne marchera pas ; les nazis ont échoué : Israël existe, et les Juifs existent. Et — voyons les choses en face : l'Allemagne existe. Vivons dans le présent et pour le futur, sans nous installer comme des névrosés dans les outrages du passé. Ludwig von Beethoven n'a pas allumé les feux de Dachau. Leonard Bernstein n'a pas frappé la main de ce violoniste juif avec un bout de tuyau en plomb. O.K. ? Et *salve*, comme disaient les Romains. Ou, comme nous autres catholiques anglicans disons, que la paix et l'amour de Dieu soient avec vous. Allemands compris. Et, je vous en prie, les Juifs aussi.

La schizophrénie
et le Livre des Changements

Traduction d'Emmanuel Jouanne

Titre original :
SCHIZOPHRENIA & THE BOOK OF CHANGES

paru dans Niekas, *n° 11, mars 1965.*

Dans de nombreuses espèces de formes de vie, comme chez les animaux de pâture, un individu nouveau-né est plus ou moins projeté au sein du *koinos kosmos* (l'univers collectif) immédiatement. Pour un agneau ou un poney, l'*idios kosmos* (l'univers personnel) disparaît la première fois que la lumière lui frappe les yeux — mais un enfant humain, à la naissance, dispose encore de quelques années d'une sorte d'existence semi-réelle devant lui : semi-réelle au sens où, jusqu'à ce qu'il ait quinze ou seize ans, il demeure capable, dans une certaine mesure, de rester pas tout à fait né, pas tout à fait indépendant ; des fragments de l'idios kosmos subsistent, et ni tout ni même partie du koinos kosmos ne se sont encore imposés à lui.

Le fardeau du koinos kosmos ne pèse pas avant ce à quoi l'on se réfère délicieusement comme étant les coups de « la maturité psychosexuelle », ce qui renvoie à ces temps bénis où, dans les classes supérieures, l'on demande à cette jolie fille de la rangée de devant si elle aimerait prendre un soda après les cours, et où elle dit NON. C'est comme ça. Le koinos kosmos s'est ancré. Préparez-vous, jeune homme, à un long hiver. Bien plus — et bien pis — vous attend.

L'individu préschizophrénique est généralement baptisé « schizophréno-effectif », ce qui signifie que, adolescent, il espère toujours ne pas devoir solliciter un rendez-vous auprès de la jeune fille (ou du jeune homme) de la rangée de devant. Pour parler selon ma propre « schizophréno-effectivité » on la regarde pendant quelque chose comme plusieurs années, en faisant mentalement le tour de toutes les conséquences possibles ; les bonnes sont à ranger dans la rubrique « rêveries », les mauvaises dans la rubrique « phobies ». Cette guerre bipolaire intérieure se prolonge indéfiniment ; pendant ce temps, la jeune fille réelle n'a pas la moindre idée du fait que vous êtes vivant (et devinez pourquoi : c'est parce que vous ne l'êtes pas). Si les phobies l'emportent (supposez que je lui demande et qu'elle dise « avec *toi ?* » etc.), l'enfant schizophréno-effectif s'enfuit physiquement de la salle de classe avec une agoraphobie qui s'élargit graduellement aux dimensions d'une évasion véritablement schizophrénique face à tous contacts humains, ou se retire dans l'imaginaire, devient, pour ainsi dire, son propre Abe Merritt — ou, si les choses deviennent encore pires, son propre H. P. Lovecraft. En tout cas, la fille est oubliée et le bond vers la maturité psycho-sexuelle n'a jamais lieu... ce qui ne serait pas si mal en soi, parce qu'il y a vraiment autre chose que les jolies filles dans la vie (enfin, à ce qu'on m'a dit).

Mais c'est ce que cela implique qui constitue une telle menace. Ce qui est arrivé se répétera et se répétera encore, partout où le gosse rentrera tête baissée dans le koinos kosmos. Et cela représente dix ans pendant lesquels il ne cessera pas de buter contre lui (« Appelle le dentiste, Charley, et prends un rendez-vous pour faire soigner cette carie », etc.). L'idios kosmos fout le camp, il est progressivement jeté hors de l'utérus post-utérin. L'âge biologique entre en ligne de compte, et il ne peut pas s'y opposer. Ses efforts en ce sens, s'ils se poursuivent, seront ultérieurement désignés comme « une tentative pour battre en retraite face à la responsabilité et la réalité adultes », et s'il tombe ensuite sous le coup d'un diagnostic de schizophrénie, on dira qu'il a « fui l'univers réel pour en gagner un imaginaire ».

Cela, quoique presque vrai, n'est pas vraiment tout à fait exact. Parce que la réalité possède une qualité qui, lorsqu'on la pèse, fait que l'on s'aperçoit qu'il s'agit de la réalité : on *ne peut pas* y échapper. D'ailleurs, au cours de sa vie préschizophrénique, au cours de la période schizophrénoeffective, c'est en quelque sorte ce qu'il a fait. Il ne le peut plus. L'apparence mortelle, vers dix-neuf ans, de la schizophrénie, n'est pas un recul face à la réalité, mais le contraire : l'explosion de la réalité autour de lui, sa présence, non son absence dans le voisinage. Le combat d'une vie pour l'éviter s'est achevé sur un échec ; il est englouti dedans. Argh !

Ce qui distingue l'existence du schizophrène de celle dont le reste d'entre nous aime imaginer qu'il profite, c'est l'élément temps. Le schizophrène a tout *maintenant*, qu'il le veuille ou non ; toute la bobine du film lui est tombée dessus, alors que nous voyons défiler celui-ci image par image. Ainsi pour lui la causalité n'existe-t-elle pas. À la place, le principe de connexion acausal que Wolfgang Pauli a baptisé Synchronicité opère dans toutes les situations — pas à la façon d'un simple facteur mis en œuvre comme dans notre cas. Telle une personne sous L.S.D., le schizophrène est plongé dans un éternel maintenant.

À ce stade, le *Yi-king* (le Livre des Changements) intervient, étant donné qu'il fonctionne sur le principe de la synchronicité — et constitue un outil grâce auquel la synchronicité peut être maîtrisée. Peut-être préférez-vous le mot « coïncidence » au terme de Pauli. De toute façon, les deux termes renvoient à des connexions acausales, ou plutôt aux événements connectés de cette manière, des événements qui se produisent hors du temps. Pas dans une chaîne passant d'hier à aujourd'hui puis à demain, mais tout en même temps. Tout carillonnant au même instant, comme les horloges de Leibniz. Et cependant aucun n'ayant un lien causal avec l'un des autres.

Que les événements puissent se produire à l'extérieur du temps est une découverte que je trouve lugubre. Ma première réaction a été : « Bon sang, j'avais raison ; quand on est chez le dentiste, ça dure *vraiment* une éternité. » Je laisse aux mystiques le soin de développer les possibilités plus favorables, comme la félicité éternelle. En tout cas, le L.S.D. a rendu cette découverte accessible à tous, et par conséquent sujette à une validation consensuelle, et par conséquent entrant dans le domaine de la connaissance, et par conséquent digne d'être considérée comme un fait scientifique (ou juste un fait réel, si vous préférez). N'importe qui peut accéder à cet état, désormais ; pas seulement les schizophrènes. Oui, mes amis, vous aussi, vous pouvez souffrir éternellement ; prenez simplement 150 mg de L.S.D. — et régalez-vous ! En cas de non-satisfaction, contentez-vous d'écrire — mais assez. Parce qu'après avoir passé 2000 ans sous L.S.D., participant au Jugement dernier, on sera sans doute plutôt apathique pour réclamer le remboursement de ses cinq dollars.

Mais au moins aura-t-on désormais appris de quoi la vie a l'air dans l'état de schizophrénie catatonique, et on revient du L.S.D. dans un court délai conforme à ce qui avait été calculé par le koinos kosmos (en gros, dix heures), quelque longueur supplémentaire que cela ait eu dans l'idios kosmos (pour plutôt sous-évaluer le problème). Pour un schizophrène catatonique, la durée de cet état ne relève pas seulement définitivement de l'idios kosmos, mais aussi, à moins d'un coup de chance, du koinos kosmos. Pour le dire en termes zen, sous l'influence du L.S.D. on ne fait l'expérience de l'éternité que durant une courte période (ou, comme on disait dans *Planet Stories* : « “Vous !”, cria-t-il à mi-voix »). Ainsi, dans un intervalle de non-temps, toutes sortes d’événements compliqués et particuliers peuvent avoir lieu ; des épopées entières peuvent se déployer à la façon du film récent, *Ben Hur*. (Si vous préférez faire l’expérience du L.S.D. sans en prendre, imaginez-vous restant assis pendant vingt projections de *Ben Hur* sans l’entracte au milieu. Vous avez saisi ? Ne lâchez pas.)

Ce déploiement n’est en aucun cas une progression causale ; c’est davantage l’ouverture verticale de la synchronicité que la séquence horizontale des causes et effets dont nous faisons l’expérience dans le temps mesuré et, étant donné qu’elle est intemporelle, elle est d’une étendue illimitée : elle n’a pas de fin prévue en soi. Aussi l’univers du schizophrène est-il, pour faire une nouvelle sous-estimation, assez vaste. Beaucoup trop vaste. Le nôtre, comme la dose mesurée de dentifrice biquotidien, est contrôlé et fini ; nous nous disons que nous sommes en position de le manœuvrer, pour être plus précis. En tout cas, nous semblons nous débrouiller pour en contrôler la vitesse, tout comme, par exemple, nous décidons de ne pas emprunter l’autoroute aux heures d’affluence mais prenons cette bonne vieille route que personne *(sic)* ne connaît, sauf nous. Bon, il va sans dire que nous finissons par nous égarer ; nous prenons le mauvais tournant, particulièrement quand nous avons autour de soixante-cinq ans ; nous mourons d’une crise cardiaque, et malgré des années d’expérience de maîtrise du flux de la réalité, nous sommes tout aussi morts que le psychotique bloqué dans son perpétuel maintenant.

Mais, pour me répéter, cela nous attend simplement plus loin, dans l'avenir ; nous n'avons pas encore oublié de faire faire l'examen médical annuel ou bien, si nous l'avons oublié, il n'aurait rien révélé cette fois-ci, à part l'ulcère habituel. Notre connaissance partielle de la réalité suffit à ce que nous nous en sortions — pour quelque temps encore. La cause et l'effet font leur petit bonhomme de chemin, et nous les accompagnons ; en bons petits-bourgeois américains, nous continuons de payer nos polices d'assurance, avec l'espoir d'échapper aux prévisions des tableaux des actuaires. Ce qui finira par nous détruire, c'est la synchronicité ; au bout du compte, nous arriverons à un carrefour sans visibilité à quatre heures du matin au même instant qu'un autre imbécile, lui aussi gorgé de bière ; nous partirons alors tous les deux pour l'autre monde, avec sans doute le même aboutissement là-bas aussi. La synchronicité, voyez-vous, ne peut pas être prévue ; c'est l'une de ses caractéristiques.

Ou peut-elle l'être ? Si elle le pouvait... imaginez : être capable de déterminer à l'avance, de façon systématique, l'approche de toutes les coïncidences significatives. Est-ce que cet *a priori*, au sens propre du terme, n'est pas une contradiction en soi ? Après tout, une coïncidence ou, comme disait Pauli, une manifestation de la synchronicité, n'est par nature pas dépendante du passé ; aussi rien n'existe-t-il qui en soit avant-coureur (*cf.*

David Hume sur ce thème ; en particulier le sifflet du train par opposition au train). Cet état, dans lequel on ne sait pas ce qui va arriver ensuite et où on n'a par conséquent aucun moyen de le contrôler, est le *sine qua non* du monde malheureux du schizophrène ; il est impuissant, passif, et au lieu de faire les choses, il les subit. La réalité lui arrive — une sorte d'accident de voiture perpétuel, qui continue et continue encore, sans répit.

Les schizophrènes n'écrivent ni ne postent de lettres, ne vont nulle part, ne donnent pas de coups de téléphone ; ils reçoivent du courrier émanant de créditeurs en colère et du Département de police de San Francisco ; ils reçoivent des coups de téléphone de parents agressifs ; de temps à autre, on les traîne de force chez le coiffeur, chez le dentiste ou à l'asile de fous. Si, par quelque miracle, ils se hissent jusqu'à l'état actif, appellent Hl 4-1234 et demandent un taxi pour rendre visite à leur bon copain le pape, une benne à ordures rentrera dans le taxi, et si, après leur sortie de l'hôpital (voir l'expérience de Horace Gold il y a quelques années), un autre taxi est appelé et qu'ils essayent une nouvelle fois, une autre benne à ordures surgira, qui les heurtera. Ils savent cela. Cela leur est arrivé. La synchronicité a agi continuellement ; ce n'est une nouveauté que pour *nous* d'apprendre que de telles coïncidences peuvent se produire.

O.K. ; alors, qu'est-ce qu'on peut faire ? Pour un schizophrène, n'importe quelle méthode permettant de s'accommoder de la synchronicité signifie une possibilité de survie ; pour nous, cela serait un soutien considérable dans l'entreprise de survie temporaire... nous pourrions, les uns comme les autres, avoir l'usage d'un tel système à casser la baraque.

C'est ce que le *Yi-king*, depuis trois mille ans, a été et est toujours. Ça marche (en gros 80 % des fois, d'après ceux qui, comme Pauli, ont analysé le phénomène sur une base statistique). John Cage, le compositeur, l'utilise pour dériver ses progressions d'accords. Plusieurs physiciens y ont recours pour déterminer le comportement des particules subatomiques — contournant ainsi le principe d'incertitude d'Heisenberg. Je m'en suis servi pour développer le sens d'un roman. Jung s'en servait avec ses patients pour contourner leurs zones aveugles psychologiques. Leibniz fonda son système binaire dessus, l'idée de la porte ouverte-et-fermée, sinon l'intégralité de sa philosophie de la monadologie... pour ce qu'elle vaut.

Vous aussi, vous pouvez l'utiliser : pour engager des paris à l'occasion d'un match de boxe ou pour amener votre copine à dire oui, pour tout ce que vous pouvez désirer, en fait — sauf prédire l'avenir. Ça, ça ne peut pas le faire ; ce n'est pas un instrument de prédiction, contrairement à ce que les gens ont pu croire à son sujet, les Chinois ainsi que Richard Willhem, qui a fait la traduction en allemand, désormais disponible dans l'édition de Pantheon Press[1] (Hel-

1. Et en français sous plusieurs formes : livre (trad. Émile Perrot, Librairie de Médicis), jeu de cartes (Éd. Grimaud.), etc. (*N.d.T.*).

mut, le fils de Richard, qui est également sinologue, a démontré cela dans des articles dans les *Eranos Jahrbucher* et dans des conférences ; également disponibles en anglais chez Pantheon. Et Legge, dans la première version anglaise, vers 1900, le démontra à l'époque).

C'est vrai, le livre *semble* concerner le futur ; il expose devant nos yeux, pour que nous puissions l'observer, une Gestalt des forces qui sont en train d'opérer et qui vont *déterminer* le futur. Mais ces forces sont à l'œuvre maintenant ; elles existent, pour ainsi dire, en dehors du temps, comme dans le cas de l'ablatif absolu en latin. Le livre est analytique et diagnostique, pas prédictif. Mais il en est de même d'un examen physique multiphasé ; il vous dit ce qui se passe *maintenant* dans votre corps — et à partir de cette connaissance, un médecin compétent pourrait peut-être, dans une certaine mesure, prédire ce qui pourrait advenir dans le futur (« Faites remplacer cette artère, Mr. McNit, ou bien la semaine prochaine, ou peut-être même en rentrant chez vous cet après-midi, vous tomberez probablement mort. »)

Grâce au *Yi-king*, la totalité de la configuration du koinos kosmos peut être scrutée — ce qui est la raison pour laquelle le roi Wang, emprisonné au XIe siècle av. J.-C., l'a rédigé ; il n'était pas intéressé par l'avenir : il voulait savoir ce qui se passait à l'extérieur de sa cellule sur le moment, ce qui arrivait à son royaume à l'instant où il lançait les fines baguettes et en dérivait un hexagramme. Ce type de connaissance est évidemment d'une grande valeur pour quiconque, étant donné que, grâce à elle, une assez bonne estimation (répétez : *estimation*) peut être faite de l'avenir et, ainsi, il est possible de décider de ce que l'on doit faire (rester chez soi toute la journée, sortir brièvement, aller voir le pape, etc.).

Toutefois, si l'on est schizophrène dans une quelconque mesure, et la profession psychiatrique reconnaît désormais à contrecœur que c'est le cas d'un bon paquet d'entre nous, en beaucoup plus grand nombre qu'on ne l'admettait autrefois, cette exposition absolue, totale, d'un schème représentant l'intégralité du koinos kosmos lors de cet *Augenblick* précis, consiste en une période de connaissance intégrale, compte tenu du fait que, pour le schizophrène, il n'y a de toute façon pas d'avenir.

Ainsi, en rapport avec le degré d'implication schizophrénique dans le temps où l'on est englué — ou impliqué —, nous pouvons gagner quelque chose dans le *Yi-king*. Pour un individu complètement schizophrène (ce qui est impossible, mais imaginons la chose, pour notre propos présent), l'hexagramme dérivé est tout ; lorsqu'il a étudié celui-ci plus les textes annexes, il sait — littéralement — tout ce qu'il y a à savoir. Il peut se détendre, si l'hexagramme est favorable ; sinon, il peut se sentir plus mal ; ses craintes étaient justifiées. Les choses *sont* insupportables, tout comme elles sont désespérantes, tout comme elles échappent à tout contrôle. Il peut par exemple poser au livre la question complètement justifiée : « Suis-je mort ? » et le livre répondra. *Nous* demanderions : « Est-ce que je vais me faire tuer dans le proche avenir ? », et en lisant notre hexagramme obtiendrions une certaine forme d'intuition — si nous lisions le jugement « *L'effondrement.* Il est prudent de ne rien entreprendre[1] », nous pourrions décider de ne pas nous lancer dans la circulation banlieusarde ce soir-là en direction de North Beach — et nous pourrions par là rester en vie quelques années de plus, ce qui a assurément de la valeur pour n'importe qui, schizophrène ou pas.

Nous ne pouvons vivre d'après ce foutu livre, parce qu'essayer reviendrait à nous soumettre à un temps statique — comme le roi Wang fut contraint de le faire quand il perdit son trône et fut emprisonné pour le restant de ses jours, comme y sont obligés les schizophrènes des Temps modernes, de même que ceux d'entre nous qui sont assez givrés pour s'envoyer une dose de L.S.D. Mais nous pouvons en faire un usage partiel ; partiel, comme est extrêmement partielle sa capacité à « prévoir les événements à venir » — puisque le sens strict, comme je viens de le dire, est inexistant. Bien sûr, nous pouvons bricoler et arranger les choses pour que cela dépeigne *effectivement* le futur. Mais cela serait devenir schizophrène, ou en tout cas plus schizophrène. Ce serait une perte plus grande que le gain ; nous aurions induit notre futur à être consumé par le présent : comprendre tota-

1. Trad. de l'hexagramme Po (n° 23) d'après le jeu de cartes. (*N.d.T.*).

lement l'avenir serait le posséder maintenant. Essayez, et regardez l'impression que ça fait. Parce qu'une fois que le futur a disparu, la possibilité d'un acte libre, efficace, de quelque genre que ce soit, est abolie. Cela, bien sûr, est un thème qui apparaît constamment dans la S.-F. ; si aucun autre exemple ne vous traverse l'esprit, souvenez-vous de mon propre roman, *The World Jones Made*[1]. Parce qu'il était un précog, Jones finit par perdre le pouvoir d'agir entièrement ; au lieu d'être libéré par son talent, il était paralysé par celui-ci. Vous pigez ?

Il me vient en tête de résumer ces observations en disant ceci. Si vous êtes à présent totalement schizophrène, je vous en prie, recourez au *Yi-king* en toutes circonstances, y compris pour qu'il vous dise quand prendre un bain et quand ouvrir une boîte de thon pour votre chat Rover. Si vous êtes partiellement schizophrène (pas de noms, s'il vous plaît), utilisez-le dans certaines situations — mais avec parcimonie ; ne vous y confiez pas immodérément. Réservez-le pour les Grandes Questions, comme : « Devrais-je l'épouser ou continuer à vivre dans le péché avec elle ? », etc. Si vous n'êtes pas du tout schizophrène (ceux qui entrent dans cette catégorie ont les pieds sur terre, ou quelle que soit l'expression, forgée par vous autres non-schizophrènes), ayez la bonté de n'utiliser le livre qu'un petit peu, avec mesure — en doses modé-

1. *Les Chaînes de l'avenir*, trad. Jacqueline Huet et Dominique Defert, Le Livre de Poche, 1988. (*N.d.T.*).

rées, comme vous suivez les grandes lignes de votre habile usage petit-bourgeois de Gleam, ou quel que soit le nom de ce foutu dentifrice. Servez-vous du livre comme (ugh) d'un divertissement. Posez-lui des questions aux antipodes de celles que nous autres schizophrènes partiels posons ; ne lui demandez pas : « Comment puis-je me dégager des épouvantables circonstances de déchéance complète dans lesquelles je me suis embringué pour la cinquième fois, à cause de ma propre stupidité ? » etc., mais plutôt quelque chose du genre : « Qu'est-il arrivé à l'Atlantide perdue ? » Ou bien : « Où ai-je pu égarer mon club de golf ce matin-*ci* ? » Posez-lui des questions dont l'issue ne pourra avoir aucune conséquence sérieuse sur votre existence, ou même sur votre conduite immédiate ; en d'autres termes, ne « jouez » pas à partir du scénario que le livre vous propose. Comportez-vous exactement comme vous devriez le faire sous L.S.D. : observez et appréciez ce que vous voyez (ou, si c'est l'enfer, observez et souffrez dans le silence et l'immobilité), mais tenez-vous-en là, homme blanc ; vous commencez à vous comporter dans la vie courante sur la base de ce que vous voyez, et nous vous expédions dans un Asile d'Aliénés de la Démocratie Populaire de Shanghai pour que vous travailliez comme une bête à la saison des moissons.

Je parle par expérience. L'Oracle — le *Yi-king* — m'a dit d'écrire cet article. (C'est vrai, c'est une façon zen de s'en sortir que d'expliquer que le *Yi-king* a imposé d'écrire un article expliquant pourquoi il ne faut pas faire ce que le *Yi-king* conseille. Mais pour moi il est trop tard ; le livre m'a accroché il y a des années. Vous avez des suggestions quant à la façon dont je pourrais me débarrasser de ma dépendance morbide à l'égard du livre ? Peut-être devrais-je le lui demander. Hmmm. Excusez-moi ; je reviendrai devant ma machine à écrire à un moment donné de l'année prochaine. Sinon plus tard.) (Je n'ai jamais très bien su déchiffrer l'avenir.)

Rajustement

Traduction d'Hélène Collon

Titre original :
ADJUSTEMENT TEAM

paru dans Orbit Science Fiction, *sept.-oct. 1954.*

Il faisait grand jour. Le soleil brillait sur les trottoirs et les pelouses humides de rosée, et se reflétait dans les chromes étincelants des voitures en stationnement. Le sourcil froncé, l'Employé s'approcha d'un pas pressé tout en feuilletant ses instructions. Il fit halte devant la petite maison à façade de stuc vert, puis s'engagea dans l'allée et pénétra dans la cour.

Le chien dormait dans sa niche, le dos tourné au monde. Seule dépassait sa queue fournie.

« Pour l'amour du ciel ! » s'écria l'Employé, les mains sur les hanches. Il fit bruyamment tinter son stylo sur sa planchette. « On se réveille là-dedans ! »

Le chien remua et sortit lentement de sa niche, la tête la première, clignant des yeux et bâillant dans la lumière du soleil matinal. « Ah ! c'est vous. Déjà ? » Nouveau bâillement.

« Il se passe des choses. » L'Employé fit courir un doigt compétent sur la feuille de contrôle de la circulation. « Ce matin, on rajuste le Secteur T137. À compter de neuf heures tapantes. » Il jeta un coup d'œil à sa montre de gousset. « Une altération de trois heures. Ce sera fini vers midi.

— Le T137 ? Mais c'est tout près d'ici ! »

Les lèvres minces de l'Employé se crispèrent de mépris. « En effet. Vous faites preuve d'une perspicacité étonnante, ami noiraud. Peut-être serez-vous également capable de deviner la raison de ma présence ici.

— Le T137 déborde sur notre secteur.

— Tout juste. Certains éléments vont être affectés. Il faut s'assurer qu'ils auront une localisation correcte lorsque le rajustement prendra effet. » L'Employé reporta son regard sur la petite maison de stuc. « Votre tâche personnelle concerne l'homme qui vit là. Il travaille dans un cabinet d'affaires qui fait partie du Secteur T137. Il est absolument essentiel qu'il ait rejoint son poste avant neuf heures. »

Le chien considéra la maison. Les stores étaient déjà relevés, la lumière était allumée dans la cuisine. On entrevoyait derrière les rideaux en dentelle de vagues formes allant et venant autour de la table. Un homme et une femme. Ils buvaient leur café.

« Ils sont là, murmura le chien. L'homme, vous dites ? On ne va pas lui faire de mal au moins ?

— Mais non, bien sûr que non. Cependant, il faut qu'il soit en avance au bureau. Il part toujours après neuf heures, mais aujourd'hui, il faut qu'il ait quitté les lieux à huit heures trente. S'il ne se trouve pas à l'intérieur du Secteur T137 au moment où le processus s'enclenchera, il ne sera pas altéré, et ne coïncidera donc pas avec le nouveau rajustement. »

Le chien poussa un soupir. « Ce qui veut dire que je dois appeler.

— C'est ça. » L'Employé vérifia ses instructions. « Vous êtes censé appeler à huit heures et quart précises. Compris ? Huit heures et quart, pas une minute de plus.

— Et quelle sera la conséquence de cet appel à huit heures et quart ? »

L'Employé ouvrit d'un coup sec son manuel d'instructions et examina les codes rangés en colonnes. « Un Ami En Voiture qui le conduira au travail plus tôt que d'habitude. » Il referma son manuel et croisa les bras ; l'attente commençait. « De cette façon, il arrivera au bureau avec presque une heure d'avance. Ce qui est d'une importance capitale.

— Capitale », répéta doucement le chien. Il se recoucha, une moitié du corps toujours à l'intérieur de la niche. « Capitale. » Ses yeux se fermèrent.

« Réveille-toi ! Cette mission doit être accomplie à l'heure dite. Si jamais tu appelais trop tôt ou trop tard... »

Le chien eut un hochement de tête ensommeillé. « Je sais bien. Je ferai ce que j'ai à faire, comme toujours. »

Ed Fletcher ajouta de la crème dans son café. Puis il soupira et se laissa aller contre son dossier. Derrière lui, le fourneau émettait un faible sifflement et emplissait la cuisine d'un chaud fumet. Au plafond brillait une ampoule électrique jaune.

« Encore une brioche ? demanda Ruth.

— Je suis rassasié. » Ed sirota son café. « Prends-la, si tu veux.

— Il faut que je me prépare. » Ruth se leva en défaisant sa robe de chambre. « C'est l'heure d'aller travailler.

— Déjà ?

— Mais oui. Tout le monde n'a pas ta chance. Moi aussi j'aimerais bien traîner un peu. » Ruth se dirigea vers la salle de bains en passant ses doigts dans sa longue chevelure brune. « On commence tôt quand on est fonctionnaire.

— Mais on finit tôt aussi », fit remarquer Ed. Il déplia le journal et jeta un coup d'œil à la page des sports. « Bon, eh bien, bonne journée. Fais attention à ce que tu tapes à la machine ; pas de mots à double sens, hein ! »

La porte de la salle de bains se referma au moment où Ruth quittait sa robe de chambre et commençait à s'habiller.

Ed bâilla et jeta un regard à l'horloge au-dessus de l'évier. Il avait tout le temps. Il était à peine huit heures. Il but encore un peu de café et frotta son menton hérissé de barbe. Il allait devoir se raser. Il eut un haussement d'épaules résigné. Il lui restait bien dix minutes.

Ruth réapparut en combinaison, l'air affairé, et entra en coup de vent dans la chambre. « Je suis en retard. » Elle fonçait en tous sens, attrapant au vol un chemisier, sa jupe, ses bas, ses petites chaussures blanches. Enfin elle se pencha sur lui pour l'embrasser. « Au revoir, mon chéri ; c'est moi qui fais les courses ce soir.

— Au revoir. » Ed abaissa son journal, passa un bras autour de la taille svelte de sa femme et la serra affectueusement. « Tu sens drôlement bon. Ne t'avise pas de flirter avec le patron. »

Ruth franchit la porte d'entrée en courant et le bruit de ses pas pressés résonna sur les marches. Il entendit le martèlement de ses talons décroître à mesure qu'elle avançait dans l'allée.

Elle était partie. La maison redevint silencieuse. Il était seul.

Ed se leva en repoussant sa chaise, puis se dirigea nonchalamment vers la salle de bains et prit son rasoir. Huit heures dix. Il se lava la figure, l'enduisit de mousse et commença à se raser. Il prit tout son temps. Rien ne pressait.

L'Employé se pencha sur sa montre de gousset en s'humectant nerveusement les lèvres. Sur son front perlaient des gouttes de sueur. La petite aiguille poursuivait sa course. Huit heures quatorze. On y était presque.

« Tenez-vous prêt ! » lança-t-il. Il se raidit de toute sa petite taille. « Encore dix secondes !... ... *Top !* » s'écria l'Employé.

Rien ne se produisit.

L'homme se retourna, les yeux écarquillés d'horreur. Une queue noire bien fournie dépassait de la niche. Le chien s'était rendormi.

« C'EST L'HEURE ! » hurla-t-il. Il expédia un

violent coup de pied dans l'arrière-train du chien. « Pour l'amour de Dieu !... »

L'animal remua. On entendit une série de coups sourds et le chien sortit précipitamment de la niche, à reculons. « Dieu du ciel ! » Mal à l'aise, il gagna prestement la clôture du jardin. Debout sur les pattes de derrière, il ouvrit toute grande la gueule. « Ouah ! » fit-il en guise d'appel. Puis il lança un regard contrit à l'Employé. « Je vous demande pardon. Je ne sais vraiment pas ce qui... »

L'Employé fixait obstinément sa montre. La panique lui nouait l'estomac. Les aiguilles indiquaient huit heures seize. « Vous avez échoué, grinça-t-il. *Échoué,* espèce de misérable vieux crétin de sac à puces, *échoué !* »

Le chien retomba sur ses pattes et revint anxieusement vers lui. « Échoué, dites-vous ? Est-ce à dire que l'heure de l'appel était passée ?

— Oui, vous avez appelé trop tard. » L'Employé rangea sa montre, le visage inexpressif. « Trop tard. On n'aura plus l'Ami En Voiture. Qui sait ce qui viendra à la place. J'ai peur de ce que "huit heures seize" va nous apporter.

— J'espère qu'*il* arrivera à temps dans le Secteur T137.

— Aucune chance, gémit l'Employé. Il n'y sera pas. Nous avons commis une terrible erreur. À cause de nous, tout va aller de travers ! »

Ed était en train de se rincer la figure lorsque le bruit étouffé des aboiements du chien résonna dans la maison silencieuse.

« La barbe, marmonna Ed. Il va réveiller tout le quartier. » Il se sécha tout en prêtant l'oreille. Peut-être que quelqu'un venait. Il y eut une vibration, puis...

La sonnette de la porte d'entrée retentit.

Ed sortit de la salle de bains. Qui cela pouvait-il bien être ? Ruth avait-elle oublié quelque chose ? Il enfila prestement une chemise blanche et alla ouvrir la porte.

Un jeune homme au visage rayonnant, affable et plein de vivacité, darda sur lui un regard joyeux. « Bonjour, monsieur. » Il toucha son chapeau. « Je m'excuse de vous déranger si tôt...

— Qu'est-ce que vous voulez ?

— J'appartiens à la Compagnie fédérale des assurances sur la vie. Je viens vous voir à propos de... »

Ed referma la porte d'une poussée. « Je n'ai besoin de rien. Il faut que je parte au travail.

— Mais votre femme m'a dit que c'était le seul moment de la journée où je pouvais vous trouver. » Le jeune homme ramassa sa mallette et rouvrit la porte. « C'est elle qui m'a demandé tout spécialement de passer à cette heure-ci. D'habitude, nous ne commençons pas la tournée si tôt, mais puisqu'elle me l'a demandé, j'ai fait une exception.

— Bon, d'accord, soupira Ed avec lassitude. Vous n'avez qu'à me parler de votre police pendant que je m'habille. »

Le jeune homme ouvrit sa mallette sur le canapé et disposa des piles de prospectus et autres dépliants illustrés. « J'aimerais vous montrer quelques-uns de ces chiffres, si vous permettez. Il est de la plus grande importance pour vous et votre famille que... »

Ed se retrouva assis à étudier les prospectus. Il prit une assurance sur la vie d'une valeur de dix mille dollars et reconduisit le jeune homme à la porte. Un coup d'œil à l'horloge : presque neuf heures et demie !

« Zut ! » Il allait être en retard. Il acheva de nouer sa cravate, attrapa son manteau, éteignit le fourneau et la lumière puis déposa précipitamment la vaisselle dans l'évier et sortit en courant.

Tout en se précipitant vers l'arrêt d'autobus, il se maudit intérieurement. Ces courtiers en assurances ! Pourquoi avait-il fallu que cet imbécile débarque juste au moment où il se préparait à partir ?

Ed poussa un grognement. Qui pouvait dire quelles seraient les conséquences de son retard ? En tout cas, il ne serait pas au travail avant dix heures maintenant. Il se crispa d'avance. Son sixième sens lui disait que ça allait être sa fête. Et en beauté. Ce n'était pas le jour d'être en retard.

Si seulement ce représentant n'était pas venu...

Ed sauta du bus à un pâté de maisons du bureau et remonta la rue d'un pas pressé. La grosse horloge de la bijouterie Stein lui apprit qu'il était presque dix heures.

Il en eut un coup au cœur. Pas de doute, le vieux Douglas allait lui faire passer un sale quart d'heure. Il voyait la scène comme s'il y était. Douglas gonflant les joues et soufflant, rouge de colère, lui brandissant sous le nez un gros index menaçant ; Miss Evans faisant son sourire en coin derrière sa machine à écrire ; Jackie, le coursier, grimaçant et ricanant ; Earl Hendricks, Joe et Tom, Mary, avec ses yeux noirs, sa poitrine rebondie et ses longs cils. Tous le mettraient en boîte pendant le reste de la journée.

Il arriva au croisement et fit halte pour attendre le feu vert. De l'autre côté de la rue se dressait un grand immeuble en béton peint en blanc, une colonne élancée d'acier et de ciment, de poutrelles et de verre : l'immeuble où il travaillait. Ed se sentit défaillir. Peut-être pouvait-il prétendre qu'il était resté coincé dans l'ascenseur, quelque part entre le deuxième et le troisième étage...

Le feu passa au vert. Il était seul à traverser la rue. Il s'engagea sur la chaussée, puis remonta prestement sur le trottoir d'en face... Et se figea sur place.

Le soleil avait disparu. Un moment plus tôt il brillait, et tout à coup, voilà qu'il n'était plus là. Ed scruta le ciel. De gros nuages gris aux formes imprécises tourbillonnaient au-dessus de sa tête. Des nuages, et rien d'autre. Un épais brouillard d'allure menaçante rendait toute chose instable et floue. Un sentiment de malaise le fit frissonner. *Mais qu'est-ce qui se passait ?*

Il progressa prudemment, cherchant son chemin à tâtons. Le silence régnait. Pas le moindre son ; même les bruits de la circulation avaient disparu. Ed regarda tout autour de lui en s'efforçant de percer les vagues de brume tournoyantes. Pas âme qui vive. Pas une seule voiture. Pas de soleil. Rien.

L'immeuble de bureaux se profilait au-dessus de lui, fantomatique. Il était d'une vague couleur grise. Ed tendit le bras d'un geste incertain...

Un morceau de l'immeuble se détacha et se déversa en pluie ; un véritable torrent de particules. On aurait dit du sable. Ed resta planté là d'un air stupide, bouche bée. Une cascade de débris grisâtres s'écoulait à ses pieds. De plus, à l'endroit où il avait posé la main bâillait une cavité aux bords irréguliers, un puits affreux défigurant le mur de l'immeuble.

Médusé, il avança vers l'escalier et gravit les marches qui menaient à l'entrée. Elles cédèrent sous ses pas et il sentit ses pieds s'enfoncer. Il pataugeait dans une espèce de sable glissant, une matière molle et putréfiée qui cédait sous son poids.

Il s'engagea dans le couloir obscur. Les lampes du plafond palpitaient faiblement dans l'ombre. Une espèce de suaire irréel planait sur tout ce qui l'entourait.

Il aperçut la guérite du marchand de cigares. Ce dernier était penché sur son comptoir, muet, un cure-dents à la bouche, le visage vide. Et gris. Gris de la tête aux pieds.

« Eh là ! croassa Ed. Qu'est-ce qui se passe ici ? »

Le buraliste ne répondit pas. Ed tendit la main pour lui toucher le bras... et passa au travers.

« Ça alors », fit Ed.

Tout à coup, le bras du marchand se détacha, tomba par terre et se brisa en mille morceaux. De petits fragments de fibre grisâtre. Comme de la poussière. Ed se sentit chavirer.

« Au secours ! » hurla-t-il lorsqu'il eut retrouvé sa voix.

Pas de réponse. Il regarda autour de lui. Ici et là se dessinaient quelques formes vagues : un homme lisant son journal, deux femmes qui attendaient l'ascenseur.

Ed s'approcha de l'homme et le toucha du bout des doigts. Il s'effondra lentement en tas, formant une pile désordonnée de cendres grises, ou de poussière. Ou de particules, il ne savait pas. Les deux femmes se désintégrèrent aussi lorsqu'il les toucha. Sans bruit. Le processus de pulvérisation s'effectuait dans le silence le plus total.

Ed trouva l'escalier. Attrapant fermement la rampe, il se mit à monter. Les marches s'écroulaient derrière lui. Il accéléra l'allure, laissant un sillage d'empreintes nettement découpées dans le béton. Il atteignit le deuxième étage dans un nuage de poussière grise.

Il jeta un coup d'œil dans le couloir silencieux. Rien que des ténèbres, des vagues de ténèbres. Il gagna d'un pas mal assuré le troisième étage. À un moment, son soulier passa complètement au travers d'une marche. L'espace d'une seconde d'horreur, il resta suspendu au-dessus d'un puits ouvrant sur un néant sans fond.

Il poursuivit son ascension et, pour finir, arriva

devant son propre bureau : DOUGLAS & BLAKE, AGENTS IMMOBILIERS.

Le hall d'entrée était lugubre et encore assombri par les nuages de poussière. Le plafonnier s'allumait et s'éteignait par intermittence. Il saisit la poignée, qui lui resta dans la main. Il la laissa tomber et planta ses ongles dans la porte. La vitre s'écrasa à côté de lui et se pulvérisa. Il arracha la porte, enjamba ce qui en restait et pénétra dans le bureau.

Miss Evans était assise derrière sa machine à écrire, les doigts suspendus au-dessus du clavier. Elle était parfaitement immobile. Et grise : cheveux, peau, vêtements, tout était décoloré. Ed la toucha. Ses doigts passèrent à travers son épaule pour ne rencontrer qu'une substance floconneuse et sèche.

Écœuré, il eut un mouvement de recul. Miss Evans ne fit pas le moindre geste.

Il poursuivit son exploration et heurta un bureau qui se transforma instantanément en un tas de poussière putréfiée. Earl Hendricks se tenait à côté de la glacière, une tasse à la main. Ce n'était plus qu'une statue grise et figée. Autour de lui, rien ne bougeait. Pas le moindre bruit, une absence totale de vie. Le bureau tout entier était réduit à l'état de poussière grise, sans vie ni mouvement.

Ed se retrouva dans le couloir. Éberlué, il secoua la tête. Qu'est-ce que tout cela pouvait bien vouloir dire ? Était-il en train de devenir fou ? Était-il...

Un bruit.

Ed fit volte-face et fouilla du regard le brouillard grisâtre. Quelqu'un approchait — un homme en toge blanche. D'autres venaient derrière lui. Des hommes en blanc transportant du matériel et traînant derrière eux une machine d'apparence complexe.

« Hé là !... » fit Ed d'une voix faible et étranglée.

Les hommes s'immobilisèrent. Leur bouche s'ouvrit et les yeux leur sortirent de la tête.

« Regardez ça !

— Quelque chose n'a pas marché !

— Il en reste un de chargé.

— Passez-moi le dé-énergiseur.

— On ne peut pas continuer tant que... »

Les hommes vinrent entourer Ed. L'un d'entre eux tirait un long tuyau pourvu d'une sorte de bec. Un chariot portatif roula jusqu'à eux. Des instructions fusèrent de tous côtés.

Ed émergea de sa paralysie. La peur l'envahit, une peur panique. Il se passait quelque chose d'abominable. Il fallait qu'il sorte de là, qu'il avertisse tout le monde, qu'il se mette à l'abri.

Il tourna les talons et se mit à dévaler les escaliers, qui s'effondrèrent sous son poids. Il tomba, dégringola plusieurs marches et roula dans les tas de cendre sèche. Ed se releva prestement et reprit sa course jusqu'au rez-de-chaussée.

Le couloir était noyé de cendre grise. Il fonça à l'aveuglette vers la porte. Derrière lui venaient les hommes en blanc, qui s'interpellaient tout en s'efforçant de le rattraper, trimbalant toujours leur équipement.

Ed déboucha sur le trottoir. À ce moment-là l'immeuble vacilla et s'affaissa sur un côté ; des torrents de cendre s'écoulèrent en tas sur le sol. Il se rua vers le carrefour, les autres toujours sur ses talons. Les nuages gris tournoyaient autour de lui. Il traversa la rue à tâtons, les bras tendus devant lui. Il atteignit enfin le trottoir opposé...

Et le soleil réapparut d'un seul coup. Sa chaude lumière dorée vint baigner ses épaules. Les voitures klaxonnaient, les feux changeaient de couleur, partout des hommes et des femmes en habits légers aux couleurs printanières marchaient d'un pas vif en se bousculant : des gens qui faisaient leurs courses, un flic en tenue, des représentants à attaché-case... Des magasins, des vitrines, des panneaux, des voitures remontant et descendant l'avenue... Et tout là-haut, le soleil resplendissant, le bleu familier du ciel.

Ed marqua une pause, hors d'haleine, et jeta un coup d'œil en arrière. De l'autre côté de la rue se dressait l'immeuble de bureaux, pareil à lui-même. Ferme et distinct. Du béton, de l'acier et du verre.

Il recula d'un pas et entra en collision avec un citoyen pressé. « Et alors ! grogna l'homme. Pouvez pas faire attention, non ?

— Excusez-moi. » Ed secoua la tête pour s'éclaircir les idées. De l'endroit où il se tenait, l'immeuble lui paraissait aussi imposant, solennel et substantiel que d'habitude ; il écrasait de toute sa masse l'autre côté de la rue.

Et pourtant, une minute plus tôt...

Peut-être avait-il perdu la raison. Pourtant, il avait vu de ses yeux l'immeuble s'émietter. L'immeuble... et ses occupants. Tous étaient tombés en poussière, en nuages de poussière grise. Et puis, il y avait eu les hommes en blanc qui s'étaient lancés à sa poursuite. Des hommes en longues toges qui criaient des ordres et poussaient une machinerie complexe montée sur roues.

Oui, il avait dû perdre la tête. Il ne voyait pas d'autre explication. Sans forces, Ed se retourna et trébucha sur le rebord du trottoir ; ses pensées tournoyaient follement. Il se mit en marche sans regarder où il allait, sans destination précise, perdu dans un brouillard de confusion et de terreur.

L'Employé fut appelé à se présenter devant la chambre administrative du plus haut degré, où il reçut l'ordre d'attendre.

Il allait et venait d'un pas nerveux en se tordant les mains tant était grande son appréhension. Il ôta ses lunettes et les essuya d'une main tremblante. Mon Dieu. Que de tourments. Et ce n'était même pas de sa faute. Mais c'était lui qui allait devoir payer les pots cassés. C'était à *lui* qu'il incombait de mettre les Appelants au travail, de veiller à ce que les ordres soient exécutés. Voilà que ce misérable sac à puces d'Appelant s'était rendormi — et c'était sur lui que ça allait retomber.

Les portes s'ouvrirent. « Entrez », chuchota une voix d'un ton préoccupé. Une voix fatiguée, accablée de soucis. L'Employé frémit et franchit lentement le seuil ; des gouttes de transpiration descendaient le long de son cou jusque dans son col de celluloïd.

Le Vieillard leva les yeux et posa son livre à côté de lui. Il étudia tranquillement l'Employé d'un œil bleu empreint d'une bienveillance qui fit d'autant plus frémir ce dernier, qui sortit son mouchoir de sa poche et s'épongea le front.

« On me dit qu'il s'est produit une erreur, murmura le Vieillard. En rapport avec le Secteur T137. Un élément provenant d'une zone limitrophe, c'est bien cela ?

— C'est exact. » L'Employé s'exprimait d'une voix faible et voilée. « Une très regrettable erreur.

— Que s'est-il passé exactement ?

— Je me suis mis au travail ce matin pourvu de mes instructions. Le matériel en relation avec le T137 avait la priorité absolue, bien entendu. J'ai informé l'Appelant de mon district en précisant qu'on attendait de lui un appel à huit heures quinze.

— L'Appelant s'est-il bien rendu compte qu'il y avait urgence ?

— Oui, monsieur. » L'Employé hésita une seconde. « Mais...

— Mais quoi ? »

L'Employé se contorsionna misérablement. « Dès que j'ai eu le dos tourné, l'Appelant s'est de nouveau coulé dans sa niche, et aussitôt rendormi. J'étais occupé à vérifier l'heure à ma montre. J'ai signalé le moment propice — mais rien n'est venu.

— Vous avez appelé à huit heures quinze précises ?

— Oh oui, monsieur ! Exactement à l'heure dite. Seulement, l'Appelant dormait. Le temps que je le réveille, il était déjà huit heures seize. Il a bien appelé, mais au lieu d'Un Ami En Voiture, nous avons eu... Un Courtier En Assurances Sur La

Vie. » L'Employé fit une grimace de dégoût. « Ce courtier a retardé l'élément jusqu'à presque neuf heures et demie. Il est donc arrivé au travail en retard, et non pas en avance comme prévu. »

Le Vieillard observa quelques instants de silence. « C'est donc que l'élément ne se trouvait pas à l'intérieur du T137 au début du rajustement.

— Eh non ! Il y est arrivé à dix heures environ.

— En plein milieu de l'opération. » Le Vieillard se leva et se mit à arpenter lentement la pièce, l'air mécontent, les mains derrière le dos. Sa longue robe flottait derrière lui. « L'affaire est grave. Pendant les Rajustements de Secteur, tous les éléments concernés issus d'autres secteurs doivent être inclus dans la manœuvre. Sinon, leurs orientations demeurent hors phase. Lorsque cet élément a pénétré dans le T137, le rajustement durait depuis cinquante minutes. Il a atteint le secteur concerné au stade de dé-énergisation maximum. Il a erré jusqu'à ce qu'une des équipes de rajustement tombe sur lui.

— L'ont-ils attrapé ?

— Malheureusement non. Il s'est enfui et est sorti du secteur pour rentrer dans une zone voisine qui, elle, était pleinement énergisée.

— Que va-t-il se passer maintenant ? »

Le Vieillard interrompit ses allées et venues ; son visage ridé arborait une expression sévère. Il passa une main lourde dans sa longue chevelure blanche. « Nous l'ignorons. Nous avons perdu tout contact avec lui. Nous le rétablirons incessamment, bien entendu. Mais pour l'instant il échappe à notre contrôle.

— Qu'allez-vous faire ?

— Il faut le contacter et l'empêcher de nuire. L'amener ici. Il n'y a pas d'autre solution.

— *Ici* ?

— Il est trop tard pour le dé-énergiser. Le temps qu'il se remette, il en aura parlé à d'autres. Un lavage de cerveau ne ferait que compliquer les choses. Les méthodes habituelles ne suffiront pas. Il faut que je m'occupe personnellement du problème.

— J'espère qu'on le localisera rapidement, reprit l'Employé.

— Sans aucun doute. Tous les Surveillants ont été alertés. Tous les Surveillants et tous les Appelants. » Les yeux du Vieillard se mirent à pétiller. « Même les Employés, encore que nous nous soyons demandé si on pouvait *vraiment* compter sur eux... »

L'Employé s'empourpra. « J'ai hâte que toute cette affaire soit terminée », grommela-t-il.

Ruth descendit les escaliers en sautillant et sortit de l'immeuble pour se retrouver dans le chaud soleil de midi. Elle alluma une cigarette et s'engagea sur le trottoir d'un pas vif ; sa petite poitrine se gonflait tandis qu'elle inspirait l'air printanier.

« Ruth ! » Ed arriva derrière elle et la rattrapa.

« Ed ! » Elle se retourna et eut un hoquet de surprise. « Mais qu'est-ce que tu fais là au lieu d'être...

— Viens. » Ed la prit par le bras et l'entraîna. « Ne t'arrête pas.

— Mais... que... ?

— Je t'expliquerai plus tard. » Ed était tout pâle, avec une expression lugubre. « Allons dans un endroit où on sera tranquilles pour parler.

— J'allais déjeuner chez Louie. On pourra parler là-bas. » Ruth marchait à toute allure, sans reprendre sa respiration. « Qu'est-ce qu'il y a ? Qu'est-ce qui s'est passé ? Tu as l'air drôlement bizarre. Et pourquoi n'es-tu pas au travail ? Est-ce que par hasard tu aurais été renvoyé ? »

Ils traversèrent la rue et entrèrent dans un petit restaurant. Hommes et femmes allaient et venaient en quête de leur déjeuner. Ed trouva une table dans le fond, isolée dans un coin. « Mettons-nous là. » Il s'assit brusquement. « Ça ira très bien. » Elle se glissa dans l'autre siège.

Ed commanda une tasse de café. Ruth, elle, demanda une salade et des toasts à la crème de thon, du café et de la tarte aux pêches. Ed la regarda manger en silence, l'air sombre et buté.

« S'il te plaît, dis-moi ce qui se passe, l'implora Ruth.

— Tu veux vraiment le savoir ?

— Mais bien sûr ! » L'air anxieux, Ruth posa sa petite main sur celle de son mari. « Je suis ta femme, tout de même.

— Il s'est passé quelque chose aujourd'hui. Ce matin, j'étais en retard au travail. Un abruti de courtier en assurances est arrivé et m'a mis en retard. Une demi-heure. »

Ruth retint sa respiration. « Et Douglas t'a viré.

— Non. » Ed déchiquetait lentement une serviette en papier. Il enfonça les morceaux dans son verre d'eau à demi vide. « Je me faisais un souci monstre. J'ai sauté du bus et j'ai remonté la rue à toute allure. C'est quand j'ai posé le pied sur le trottoir devant le bureau que j'ai vu...

— Vu quoi ? »

Il lui raconta tout. Toute la scène, sans rien omettre.

Lorsqu'il eut fini, Ruth se renfonça dans son siège, pâle comme un linge et les mains tremblantes. « Je vois, murmura-t-elle. Pas étonnant que tu en sois tout retourné. » Elle but une gorgée de café froid en faisant tinter la tasse contre la soucoupe. « Quelle horreur ! »

Ed se pencha par-dessus la table et regarda intensément sa femme. « Ruth. Est-ce que tu crois que je suis en train de devenir fou ? »

Les lèvres rouges de Ruth se contractèrent. « Je ne sais que te répondre. Tout ça est tellement étrange...

— Plus que ça. Ma main passait à travers eux, je te dis. Comme s'ils étaient en argile. En argile desséchée. En poussière. Oui, des statues de poussière. » Ed prit une cigarette dans le paquet de Ruth et l'alluma. « Une fois sorti, j'ai regardé derrière moi et il était là. L'immeuble. Comme d'habitude.

— Tu craignais de te faire réprimander par Mr. Douglas, n'est-ce pas ?

— Bien sûr. J'avais peur et... j'avais honte. » Ed battit des paupières. « J'étais en retard et je ne me sentais pas capable de l'affronter. Alors j'ai été victime d'une espèce de crise psychotique destinée à me protéger. Un retrait de la réalité. » Il écrasa sa cigarette avec violence. « Ruth, depuis ce moment-là je marche dans les rues. Deux heures et demie. Évidemment que j'ai peur. J'ai une peur bleue d'y retourner.

— Peur de Douglas ?

— Mais non ! Des hommes en blanc. » Ed fut parcouru d'un frisson. « Mon Dieu. Ils me pourchassaient. Avec leurs foutus tuyaux et... et leur matériel. »

Ruth resta silencieuse. Finalement, elle releva sur son époux des yeux sombres et brillants. « Ed, il faut que tu y retournes.

— Y retourner ? Mais pourquoi ?

— Pour faire la preuve.

— La preuve de quoi ?

— Là preuve que tout va bien. » Ruth lui pressa la main. « Il le faut, Ed. Il faut y aller et faire face. Pour te démontrer à toi-même qu'il n'y a aucune raison d'avoir peur.

— Tu parles ! Après ce que j'ai vu ? Écoute, Ruth. J'ai vu le tissu de la réalité se déchirer sous mes yeux. Et j'ai vu... *derrière*. Dessous. J'ai vu ce qui se trouve *réellement* là. Et je ne veux pas y retourner. Je ne veux plus voir d'êtres en poussière. Plus jamais. »

Ruth gardait les yeux intensément rivés aux siens. « J'irai avec toi, dit-elle.

— Pour l'amour de Dieu, Ruth...

— Non, pour l'amour de *toi*. Pour ta santé mentale. Comme ça tu sauras. » Ruth se mit brusquement debout et s'enveloppa de son manteau. « Allez, viens, Ed. J'y vais avec toi. On va y retourner ensemble, chez Douglas & Blake, Agents immobiliers. J'irai même jusqu'à monter voir Douglas avec toi. »

Ed se leva lentement, fixant sur sa femme un regard dur. « Tu penses que je suis tombé dans les pommes. Que je me suis défilé. Que j'ai eu peur d'affronter le patron. » Il parlait d'une voix basse et tendue. « C'est ça ? »

Ruth était déjà en train de se frayer un chemin vers la caisse. « Viens. Tu verras. Rien n'aura disparu. Tout sera exactement comme avant.

— D'accord », fit Ed. Il lui emboîta le pas sans hâte. « On y retourne, et on verra bien lequel de nous deux a raison. »

Ils traversèrent la rue ensemble, Ruth tenant fermement le bras de son mari. Devant eux s'élevait la haute tour de béton, de métal et de verre.

« Le voilà, dit Ruth. Tu vois bien. »

L'imposant immeuble était indéniablement là. Il se dressait, robuste et ferme, scintillant de toutes ses vitres.

Ed et Ruth montèrent sur le trottoir. Ed se raidit, tous les muscles contractés. Son visage se crispa au moment où il posa le pied sur le trottoir...

Mais rien ne se passa : les bruits de la rue continuèrent ; les voitures, les gens qui passaient à toute allure, un petit vendeur de journaux. Il y avait des sons, des odeurs, le vacarme habituel de la ville en milieu de journée. Et au-dessus de leurs têtes, le soleil et le ciel d'un bleu éclatant.

« Alors, tu vois ? dit Ruth. J'avais raison. »

Ils gravirent les marches du perron et pénétrèrent dans le hall. Le marchand de cigares se tenait derrière son éventaire ; les bras croisés, il écoutait un match à la radio. « Bonjour, monsieur Fletcher », lança-t-il à Ed. Une expression bon enfant vint éclairer son visage. « Qui est la dame ? Votre femme est au courant ? »

Ed eut un petit rire gêné. Ils s'éloignèrent en direction de l'ascenseur. Un petit groupe de quatre ou cinq cadres entre deux âges, très correctement vêtus, attendait impatiemment. « Tiens, Fletcher, dit l'un d'entre eux. Mais où étais-tu donc passé ? Douglas est furieux.

— Salut, Earl », marmonna Ed. Il agrippa le bras de Ruth. « Je ne me sentais pas bien. »

L'ascenseur arriva. Ils commencèrent à monter. « Salut, Ed, fit le garçon d'ascenseur. Mais qui est cette charmante personne ? Pourquoi ne nous la présentes-tu pas ? »

Ed sourit machinalement. « C'est ma femme. »

L'ascenseur les déposa au troisième. Ed et Ruth en sortirent et se dirigèrent vers les portes vitrées de Douglas & Blake.

Ed s'arrêta, le souffle court. « Attends. » Il passa sa langue sur ses lèvres. « Je... »

Ruth attendit patiemment qu'Ed ait fini de s'essuyer le front avec son mouchoir. « Ça va mieux ?

— Ouais. » Ed fit un pas en avant et poussa la porte.

Miss Evans leva les yeux et cessa de taper à la machine. « Ed Fletcher ! Mais où étiez-vous ?

— Malade. Bonjour, Tom. »

Tom leva les yeux de son travail. « Salut, Ed. Douglas te traite de tous les noms. Où étais-tu ?

— Oui, oui, je sais. » Ed se tourna vers Ruth d'un air abattu. « Mieux vaut y aller tout de suite et me faire sonner les cloches. »

Ruth exerça une pression sur son bras. « Tout va bien se passer, j'en suis sûre. » Ses lèvres rouges et ses dents blanches se coalisèrent pour dessiner un éclatant sourire de soulagement. « D'accord ? Appelle-moi si tu as besoin de moi.

— Entendu. » Ed lui déposa un rapide baiser sur la bouche. « Merci, ma chérie. Merci de tout cœur. Je ne sais vraiment pas ce qui m'a pris. Mais c'est fini, maintenant.

— N'y pense plus. À ce soir. » Ruth sortit du bureau d'un pas allègre et la porte se referma sur elle. Ed l'écouta reprendre à toute allure le couloir de l'ascenseur.

« Belle petite, dit Jackie d'un ton appréciateur.

— Ouais. » Ed hocha la tête et arrangea sa cravate. Il prit d'un air accablé le chemin des bureaux en essayant d'afficher un air décidé. Bon, il fallait faire face. Ruth avait raison. Mais il n'allait pas être facile de tout expliquer au patron. Il voyait d'ici Douglas avec ses épais fanons cramoisis, son rugissement de taureau, son visage déformé par la rage...

Ed se figea sur le seuil du bureau. Le bureau... *ce n'était plus le même.*

Ses poils se hérissèrent sur sa nuque. Une terreur glaciale le saisit, lui coupant la respiration. Le bureau était bel et bien différent. Il tourna lentement la tête d'un côté puis de l'autre, balayant du regard le spectacle qui s'offrait à lui : les tables de travail, les sièges, les luminaires, les armoires à dossiers, les tableaux... Partout des changements. Modestes, subtils. Ed ferma les yeux et les rouvrit lentement. Tous les sens en éveil, il haletait, le cœur battant à tout rompre. Ce n'était plus le même bureau. Pas de doute là-dessus.

« Que se passe-t-il, Ed ? » s'enquit Tom. Les membres du personnel interrompirent leur travail et le considérèrent avec curiosité.

Ed resta sans mot dire. Lentement, il s'avança. Le bureau avait été *retouché*. Il l'aurait juré. Les choses avaient été modifiées, réarrangées. Rien de flagrant, pourtant ; rien qui sautât vraiment aux yeux. Mais il en était sûr.

Joe Kent le salua d'un air gêné. « Qu'est-ce qui se passe, Ed ? Tu as un air de chien enragé. Ça ne va p... ? »

Ed examina Joe. Joe n'était plus le même. En quoi était-il donc différent ? C'était son visage. Il était un peu plus plein. Et puis, il portait une chemise à rayures bleues, alors que Joe ne portait *jamais* de chemises à rayures bleues. Ed reporta son regard sur le bureau de son collègue. De la paperasse, des feuilles de calculs. Le bureau lui-même était trop à droite. Et plus grand aussi. Ce n'était plus le même.

Et le tableau au mur : changé, lui aussi. C'était

une image complètement différente. Et les objets posés sur le dessus de l'armoire de classement — certains étaient nouveaux, d'autres avaient disparu.

Il se retourna et jeta un regard par la porte. Maintenant qu'il y pensait, les cheveux de Miss Evans étaient coiffés différemment. Plus clairsemés, aussi.

Dans la pièce où il se trouvait, il aperçut Mary qui se limait les ongles près de la fenêtre — elle était plus grande, ses formes étaient plus pleines. Son sac reposait sur la table devant elle — un sac en tricot rouge.

« Vous... l'aviez, ce sac ? » lui demanda Ed.

Mary leva les yeux. « Pardon ?

— Ce sac. Vous l'aviez ? »

Mary laissa échapper un rire. Avec coquetterie, elle lissa sa jupe sur ses cuisses galbées et abaissa modestement ses longs cils. « Mais enfin, monsieur Fletcher, je ne vois pas ce que vous voulez dire. »

Ed se détourna. Si elle ne voyait pas, lui *savait*. Elle aussi avait été retouchée, changée : son sac, ses vêtements, sa silhouette, tout. Aucune des personnes présentes ne s'en rendait compte, mais lui si. Son esprit tourbillonnait follement. Tous, ils avaient tous changé. Ils étaient devenus *autres*. On les avait refondus, remodelés. Les stores aux fenêtres : blancs, et non plus ivoire. Le motif du papier peint était différent. Les lampes...

Et ainsi de suite ; une myriade d'altérations subtiles.

Ed rebroussa chemin et marcha vers l'autre

bureau. Il leva la main et frappa à la porte de Douglas.

« Entrez. »

Ed poussa la porte et Nathan Douglas leva les yeux d'un air impatienté. « Mr. Douglas... », commença Ed. Il pénétra dans la pièce d'un pas hésitant — et s'immobilisa.

Douglas n'était plus le même. Plus du tout. Le bureau tout entier avait changé : les tapis, les rideaux. La table était en chêne et non plus en acajou. Quant à Douglas lui-même...

Il était plus jeune et plus mince. Ses cheveux étaient maintenant bruns et sa peau moins rouge. Il avait un visage plus doux, dépourvu de rides. Le menton avait une forme différente. Les yeux étaient verts, et non noirs. C'était un autre homme. Mais c'était toujours Douglas — un Douglas différent. Une version différente !

« Qu'y a-t-il ? s'enquit Douglas avec impatience. Ah ! c'est vous, Fletcher. Où étiez-vous toute la matinée ? »

Ed tourna les talons et s'enfuit sans demander son reste.

Il claqua la porte derrière lui et traversa le bureau en hâte. Tom et Miss Evans levèrent la tête, interloqués. Ed passa devant eux sans s'arrêter et ouvrit d'un coup la porte du couloir.

« Hé ! s'exclama Tom. Mais qu'est-ce que... ? »

Ed remonta le couloir à toutes jambes. Des vagues de terreur l'assaillaient. Il fallait qu'il fonce. Il avait vu. Il n'y avait pas de temps à perdre. Devant l'ascenseur, il massacra le bouton d'appel.

Pas le temps.

Il se précipita vers l'escalier et se mit à descendre. Il atteignit le deuxième étage. Sa terreur ne cessait de croître. C'était une question de secondes.

De secondes !

La cabine téléphonique. Ed y entra en coup de vent, tirant la porte derrière lui. Il introduisit d'un geste violent une pièce dans la fente et composa un numéro. Il devait appeler la police. Le cœur battant, il appliqua l'écouteur contre son oreille.

Prévenir. Ces modifications... Quelqu'un s'amusait à trafiquer la réalité. À l'altérer. Il avait vu juste. Les hommes en blanc avec leur matériel, qui fouillaient l'immeuble.

« Allô ! » s'écria Ed d'une voix enrouée. Mais il n'y eut pas de réponse. Nulle tonalité, rien. Ed regarda désespérément par la porte vitrée.

Alors il s'effondra, vaincu. Lentement, il raccrocha le téléphone.

Il n'était plus au deuxième. La cabine s'élevait, laissait derrière elle l'étage pour l'emporter vers le haut, de plus en plus vite. Elle traversait prestement, sans bruit, un étage après l'autre.

La cabine passa à travers le toit de l'immeuble et s'élança dans le ciel radieux. Elle prit de la vitesse. Le sol s'éloignait de plus en plus. Seconde après seconde, les maisons et les rues décrurent. De minuscules points noirs s'agitaient loin au-dessous, des voitures et des gens qui rapetissaient à toute allure.

Des nuages dérivaient entre lui et la surface du sol. Ed ferma les yeux ; l'effroi lui donnait le vertige. Il se cramponna avec l'énergie du désespoir à la poignée de la porte.

La cabine poursuivait son ascension à une vitesse toujours plus grande. Loin au-dessous, la terre ne tarda pas à disparaître.

Affolé, Ed leva la tête. Où allait-il ? *Où ?* Où est-ce qu'on l'emmenait ?

Toujours accroché aux poignées, il attendit.

L'Employé eut un bref hochement de tête. « C'est bien lui. L'élément en question. »

Ed Fletcher regarda autour de lui. Il se trouvait dans une vaste salle dont les limites se perdaient dans des zones d'ombre incertaines. En face de lui se tenait un homme portant sous le bras des feuilles de notes ainsi que de grands livres, qui l'observait derrière une paire de lunettes à monture d'acier. C'était un petit homme nerveux, au regard vif, arborant une chemise à col de celluloïd, un costume de serge bleue, une veste et une chaîne de montre. Il était chaussé de souliers noirs et brillants.

Et derrière lui...

Un vieil homme tranquillement assis dans un immense siège de conception moderne contemplait calmement Fletcher en fixant sur lui des yeux pleins d'une indulgence mêlée de lassitude. Fletcher se sentit parcouru d'un étrange frisson. Ce n'était pas de la peur. Plutôt une vibration qui l'ébranla de la tête aux pieds — un sentiment profond de crainte et de respect nuancés de fascination.

« Où est-ce que... quel est cet endroit ? »

demanda-t-il d'une voix faible. Il était toujours étourdi par l'ascension rapide qu'il venait de subir.

« Ne posez pas de questions ! » jeta le petit homme d'un ton irascible tout en tapotant du crayon ses livres de comptes. « Ici, c'est *nous* qui posons les questions. »

Le Vieillard remua légèrement. Puis il leva la main. « Je vais m'entretenir seul à seul avec cet élément », murmura-t-il. Il avait une voix grave qui vibrait et résonnait comme un grondement dans la pièce. Impressionné, Ed se sentit à nouveau submergé par une vague d'effroi.

« Seul à seul ? » Le petit homme fit un pas en arrière en rassemblant dans ses bras ses livres et ses papiers. « Mais bien entendu. » Il jeta un regard hostile à Ed Fletcher. « Je me réjouis qu'il soit maintenant sous bonne garde. Quand je pense à tout le tourment qu'il nous a... »

Il disparut. La porte se referma sans bruit derrière lui. Ed et le Vieillard se retrouvèrent seuls.

« Asseyez-vous, je vous en prie », fit ce dernier.

Ed repéra un siège et s'exécuta gauchement, nerveusement. Il sortit ses cigarettes, puis les remit dans sa poche.

« Qu'est-ce qui ne va pas ? s'enquit le Vieil Homme.

— Je commence à peine à comprendre.

— Comprendre quoi ?

— Que je suis mort. »

Le Vieil Homme sourit fugitivement. « Mort ? Mais non, vous n'êtes pas mort. Vous êtes... en visite. C'est un événement assez inhabituel, mais nécessaire étant donné les circonstances. » Il se pencha vers Ed. « Monsieur Fletcher, vous avez été mêlé à quelque chose.

— Ouais, acquiesça Ed. Et j'aimerais bien savoir quoi.

— Ce n'était pas de votre faute. Vous avez été victime d'une erreur administrative. Une bévue dont vous avez subi les conséquences.

— De quelle erreur parlez-vous ? » Ed se frotta le front d'un geste las. « Je... je suis tombé sur quelque chose. J'ai vu au travers. J'ai vu une chose que je n'étais pas censé voir. »

Le Vieillard acquiesça. « C'est exact. Vous avez vu quelque chose que vous ne deviez pas voir — rares sont les éléments qui s'en sont aperçus, et plus rares encore ceux qui y ont assisté.

— Que voulez-vous dire par "éléments" ?

— Ce n'est qu'un terme officiel. Ne vous en préoccupez pas. Il y a eu erreur, mais nous comptons bien la réparer. J'ai bon espoir que...

— Ces gens, coupa Ed. C'étaient des monceaux de cendre sèche. Et ils étaient gris. On les aurait dits morts. Sauf que tout y passait : les escaliers, les murs, le sol... Plus aucune couleur, plus aucune vie.

— Le secteur en question a dû être temporairement dé-énergisé. De façon que l'équipe de rajustement puisse y pénétrer et apporter quelques modifications.

— Des modifications, en effet, approuva Ed. C'est juste. Quand j'y suis retourné un peu plus tard, tout avait repris vie. Mais différemment. Plus rien n'était pareil.

— Le rajustement s'est achevé aux alentours de midi. L'équipe a accompli sa mission et ré-énergisé le secteur.

— Je vois, marmonna Ed.

— Vous étiez censé vous trouver à l'intérieur du secteur lorsque le rajustement a commencé. Suite à l'erreur commise, vous n'y étiez pas. Vous y êtes parvenu en retard — au beau milieu du rajustement. Vous vous êtes enfui, et à votre retour il avait pris fin. Vous avez vu et vous n'auriez pas dû voir. Au lieu d'être le témoin de ce qui s'est passé, vous étiez censé en faire partie. À l'instar des autres, vous auriez dû subir des altérations. »

Le front d'Ed Fletcher s'emperla de sueur. Il l'épongea. Il se sentait tout retourné. Il s'éclaircit la gorge tant bien que mal. « Je vois. » Sa voix était devenue presque inaudible. En lui grandissait une effrayante prémonition. « J'étais censé changer, comme les autres. Et quelque chose est allé de travers.

— En effet. Et nous sommes maintenant confrontés à un problème grave. Vous avez vu. Vous en savez trop. De plus, vous n'êtes pas coordonné avec la nouvelle configuration.

— Nom de nom, marmotta Ed. Bon, eh bien, je ne le dirai à personne. » Il dégoulinait de sueur glacée. « Vous pouvez y compter. Considérez-moi comme modifié aussi.

— Mais vous en avez *déjà* parlé à quelqu'un, répliqua froidement le Vieillard.

— Moi ? » Ed cligna des yeux d'un air surpris. « À qui ?

— À votre épouse. »

Ed se mit à trembler. Son visage changea de couleur et devint d'une pâleur maladive. « Je le reconnais, c'est vrai.

— Votre épouse est au courant. » Le visage du Vieillard était déformé par la colère. « Une femme ! C'était vraiment la dernière chose à...

— Je ne pouvais pas savoir. » Ed battit en retraite, tressaillant sous le coup de la panique. « Mais *maintenant* je sais. Vous pouvez compter sur moi. Faisons comme si j'avais changé. »

Les antiques prunelles bleues le transperçaient, fouillant jusqu'au tréfonds de son être. « De plus, vous étiez sur le point d'appeler la police. Vous vouliez informer les autorités.

— Mais je ne savais pas qui accomplissait ces changements.

— Maintenant vous savez. Le processus naturel nécessite de temps en temps un coup de main par-ci, par-là — un rajustement. Certaines rectifications. Nous sommes pleinement habilités à le faire. Nos équipes de rajustement sont chargées d'une tâche essentielle. »

Ed s'efforça de retrouver une certaine dose de courage. « Ce rajustement-là, Douglas, le bureau... Qu'était-il censé opérer ? Je me doute qu'il y avait une raison valable. »

Le Vieillard agita la main. Dans l'ombre qui régnait derrière lui, une immense carte lumineuse apparut. Ed retint sa respiration. Les bords de la carte se fondaient dans les ténèbres ambiantes. Il distingua un réseau sans fin de sections bien délimitées formant un lacis de carrés et de lignes droites. Chaque carré portait une marque. Certains émettaient une lueur bleue. Les lumières changeaient constamment.

« Le Tableau général des secteurs », commenta le Vieil Homme. Il poussa un soupir de lassitude. « Un travail invraisemblable. Parfois, nous en arrivons à nous demander comment nous aurons la force d'entamer la tranche suivante. Néanmoins, cela doit être fait. Pour le bien de tous. Pour *votre* bien à vous.

— Et le changement dans notre... notre secteur ?

— Votre société s'occupe d'achat et de vente de terrains. Le vieux Douglas était un homme avisé, mais sa santé laissait à désirer. Il déclinait rapidement. Dans quelques jours il se verra proposer une vaste zone forestière non viabilisée dans l'ouest du Canada. Cette affaire exigera qu'il rassemble la majeure partie de ses capitaux. Un Douglas plus âgé, moins viril, aurait atermoyé. Or, il est impératif qu'il n'ait aucune hésitation. Il faut qu'il achète ce terrain et qu'il procède immédiatement à son déboisement. Seul un homme jeune — un Douglas jeune — entreprendrait une chose pareille.

« Lorsque cette zone de forêt sera nettoyée, on mettra au jour certains vestiges anthropologiques. Ils y ont d'ores et déjà été déposés. Douglas louera sa terre au gouvernement canadien dans un but d'exploration scientifique. Ces fouilles susciteront l'enthousiasme des savants du monde entier.

« Les événements s'enchaîneront. On viendra de partout inspecter ces vestiges. Des savants soviétiques, polonais, tchèques, feront le déplacement.

« À cause de cet enchaînement, ces savants se retrouveront en contact pour la première fois depuis longtemps. La recherche au niveau national sera momentanément oubliée, perdue dans l'excitation générale causée par ces découvertes supranationales. Un savant soviétique de grande envergure se liera d'amitié avec un savant belge. Avant de repartir, ils s'entendront pour correspondre — à l'insu de leurs gouvernements, bien entendu.

« Le cercle s'élargira. D'autres savants des deux bords seront attirés. On fondera une société. Un nombre croissant d'hommes instruits lui consacreront toujours plus de temps. La recherche nationale subira une éclipse légère mais critique. Les tensions diminueront quelque peu.

« Cette altération est d'une importance vitale. Et elle dépend de l'acquisition et du déboisement de cette zone encore sauvage du Canada. Le vieux Douglas n'aurait pas eu le cran de prendre le risque. Mais le nouveau, lui, assisté de son personnel modifié, plus jeune, entreprendra l'opération avec un enthousiasme sans partage. Et à partir de là surviendra une chaîne d'événements capitale aux retentissements toujours plus nombreux. Et tout cela pour vous. Nos méthodes vous paraissent peut-être étranges, indirectes, voire incompréhensibles. Mais je vous prie de croire que nous savons très bien ce que nous faisons.

— Je m'en rends compte à présent, reconnut Ed.

— Et pour cause. Vous en savez beaucoup. Beaucoup trop. Nul élément ne devrait posséder un tel savoir. Peut-être devrais-je convoquer une équipe de rajustement sur l'heure... »

Une image se forma dans l'esprit d'Ed : un tourbillon de nuages gris, des hommes et des femmes tout gris. Il frissonna. « Écoutez, fit-il d'une voix rauque. Je ferai tout ce que vous voudrez. Absolument tout. Mais ne me dé-énergisez pas. » La transpiration ruisselait sur son visage. « D'accord ? »

Le Vieillard réfléchit un instant. « On peut peut-être trouver une solution de rechange. Il y a bien une autre possibilité...

— Laquelle ? s'enquit vivement Ed. De quoi s'agit-il ? »

Le Vieillard reprit alors d'une voix posée, pensive : « Si je vous laissais repartir, seriez-vous disposé à jurer de garder le silence sur cette affaire ? Jurerez-vous de ne jamais révéler à quiconque ce que vous avez vu ? Ce que vous savez ?

— Bien sûr ! » s'empressa-t-il de répondre d'une voix étranglée, aveuglé qu'il était par la vague de soulagement qui le submergeait. « Je le jure !

— Quant à votre femme, elle ne doit pas en apprendre davantage. Il faut qu'elle croie que vous avez fait une bouffée délirante — une fugue hors de la réalité.

— C'est ce qu'elle pense déjà.

— Elle devra continuer. »

Ed arborait un air sûr de lui. « Je ferai en sorte qu'elle s'en tienne à l'aberration mentale. Elle ne saura jamais ce qui s'est réellement produit.

— Êtes-vous certain de pouvoir lui cacher la vérité ?

— Certain, fit Ed avec confiance. Je sais que j'en suis capable.

— Très bien. » Le Vieillard hocha lentement la tête. « Je vais vous renvoyer là-bas. Mais vous ne devez en parler à *personne.* » Sa voix s'enfla de façon perceptible. « N'oubliez pas : vous finirez toujours par revenir devant moi — c'est le sort qui attend tout un chacun, à la fin. Alors, votre sort ne serait guère enviable.

— Je ne lui dirai rien, fit Ed toujours en sueur. Je vous le promets. Vous avez ma parole. Je sais m'y prendre avec Ruth. Ne vous en faites pas pour ça. »

Ed arriva chez lui au coucher du soleil.

Étourdi par la descente rapide, il cligna des yeux et resta un moment immobile sur le trottoir, le temps de recouvrer son équilibre et sa respiration. Puis il remonta prestement l'allée.

Il poussa la porte et pénétra dans la petite maison verte.

« Ed ! » Ruth se précipita sur lui, le visage convulsé par les pleurs. Elle lui jeta les bras autour du cou et le serra très fort contre elle. « Mon Dieu, mais où étais-tu ?

— Mais... au bureau, évidemment », murmura-t-il.

Ruth se dégagea brusquement. « Non, c'est faux. »

Ed fut transpercé par de vagues vrilles d'inquiétude. « Mais bien sûr que si. Où veux-tu que je...

— J'ai appelé Douglas vers trois heures. Il m'a dit que tu étais parti. Tu es ressorti dès que j'ai eu le dos tourné ou presque. Eddie... »

Ed lui donna une série de petites tapes fébriles. « Ne t'énerve pas, chérie. » Il entreprit de déboutonner son manteau. « Tout va bien. Tu comprends ? Il n'y a absolument aucun problème. »

Ruth s'assit sur l'accoudoir du canapé. Elle se moucha et se tamponna les yeux. « Si tu savais le souci que je me suis fait. » Elle empocha son mouchoir et croisa les bras. « Je veux savoir où tu étais. »

Mal à l'aise, Ed alla suspendre son manteau dans le placard. Il revint vers elle et l'embrassa. Elle avait les lèvres glacées. « Je vais te le dire. Mais si on mangeait quelque chose ? Je meurs de faim. »

Ruth le fixa intensément. Elle quitta son accoudoir. « Je vais me changer et préparer le dîner. »

Elle se hâta vers la chambre, où elle se débarrassa de ses chaussures et de ses bas. Ed la suivit. « Je n'avais pas l'intention de te causer du souci, dit-il prudemment. Après ton départ, aujourd'hui, je me suis rendu compte que tu avais raison.

— Ah oui ? » Ruth défit son chemisier et sa jupe et les disposa sur un cintre. « À quel propos ?

— À propos de moi. » Il se composa un large sourire et s'arrangea pour lui présenter un visage illuminé. « Pour... pour ce qui est arrivé. »

Ruth suspendit sa combinaison à un cintre. Tout

en luttant pour enfiler son blue-jean moulant, elle regardait fixement son mari. « Continue. »

Le moment était venu. C'était maintenant, ou jamais. Ed Fletcher prit son courage à deux mains et choisit soigneusement ses mots. « J'ai compris, exposa-t-il, que toute cette histoire n'était arrivée que dans ma tête. C'est toi qui avais vu juste, Ruth. Tu avais parfaitement raison. Et j'ai même compris ce qui l'avait déclenchée. »

Ruth tira sur son tee-shirt et l'enfonça dans son jean. « Et quelle en était la cause ?

— Le surmenage.

— Le surmenage ?

— J'ai besoin de vacances. Il y a des années que je n'en ai pas pris. Je n'ai pas la tête au travail. Je rêvasse. » Il avait beau s'exprimer avec fermeté, il se sentait sur le point de défaillir. « Il faut que je m'en aille. À la montagne. Pêcher la perche. Ou alors... » Il chercha frénétiquement l'inspiration. « Ou alors... »

Ruth s'approcha d'un air menaçant. « Ed ! aboya-t-elle. Regarde-moi !

— Qu'est-ce qu'il y a ? » La panique fusa en lui. « Pourquoi me regardes-tu comme ça ?

— *Où étais-tu cet après-midi ?* »

Le sourire d'Ed s'évanouit. « Je viens de te le dire. Je suis allé me promener. Je ne te l'ai pas dit ? Une petite promenade. Pour faire le point.

— Ne me raconte pas d'histoires, Eddie Fletcher. Je sais parfaitement quand tu mens ! » Les yeux de Ruth s'emplirent à nouveau de larmes. Sa poitrine se soulevait et s'abaissait follement sous son tee-shirt de coton. « Avoue ! Tu n'es pas du tout allé te promener ! »

Ed balbutia faiblement. Il transpirait à grosses gouttes. Désemparé, il chercha un appui contre la porte. « Qu'est-ce que tu veux dire par là ? »

Les yeux noirs de sa femme lancèrent des éclairs de colère. « Ça suffit ! Je veux savoir où tu étais ! Dis-le-moi ! J'ai le droit de savoir. Que s'est-il passé en réalité ? »

Terrorisé, Ed battit en retraite ; sa résolution fondait comme neige au soleil. Tout allait mal. « Je t'assure. Je suis sorti me...

— Dis-moi la vérité ! » Ruth planta dans son bras ses ongles pointus. « Je veux savoir où tu étais — et avec qui ! »

Ed resta bouche bée. Il tenta bien de sourire, mais son visage refusa d'obéir. « Je ne vois pas ce que tu veux dire.

— Tu le sais très bien. Avec qui étais-tu et où es-tu allé ? Dis-le ! De toute façon, tôt ou tard je le saurai. »

C'était sans issue. Il était coincé — et il le savait. Il ne pouvait plus lui cacher les faits. Il essaya désespérément de gagner du temps. S'il pouvait seulement détourner son attention sur autre chose, si seulement elle lui accordait ne fût-ce qu'une seconde de répit, il inventerait quelque chose, une histoire un peu plus crédible. Du temps... il lui fallait un peu de temps. « Ruth, il faut que tu... »

Soudain il y eut un bruit : un aboiement résonnait dans la maison plongée dans l'obscurité.

Alertée, Ruth lâcha prise et pencha la tête sur

le côté. « C'était Dobbie. Je crois que quelqu'un vient. »

La sonnette de la porte d'entrée se fit entendre.

« Reste là. Je reviens tout de suite. » Ruth sortit de la pièce en courant et se dirigea vers la porte. « La barbe. » Elle ouvrit.

« Bonsoir ! » Un jeune homme s'empressa d'entrer, les bras chargés d'objets divers, arborant un large sourire. « Je représente les aspirateurs Aspirtout. »

Ruth eut un froncement de sourcils agacé. « Écoutez, nous sommes sur le point de passer à table.

— Oh ! mais je n'en aurai que pour une minute. » Il déposa brutalement l'aspirateur et ses accessoires sur le sol en faisant tinter les parties métalliques. Il déroula prestement une longue banderole illustrée montrant l'aspirateur en action. « Bon, si vous voulez bien me tenir ça pendant que je branche l'appareil... »

Il s'affairait gaiement dans la pièce, débranchant la télévision, branchant l'aspirateur, poussant les chaises sur son passage.

« Je vais tout d'abord vous faire la démonstration du nettoyeur de rideaux. » Il fixa un tuyau et un embout au gros réservoir luisant de la machine. « Maintenant, si vous voulez bien vous asseoir, je vais vous montrer le fonctionnement de chacun de ces accessoires, qui sont d'un usage très facile. » Sa voix enjouée couvrit le vacarme de l'aspirateur. « Vous remarquerez que... »

Ed Fletcher se laissa tomber sur le lit et fouilla dans ses poches jusqu'à trouver ses cigarettes. Il en alluma une d'une main tremblante et s'adossa au mur, assommé de soulagement.

Il leva les yeux au plafond avec une expression de gratitude. « Merci, fit-il doucement. Je crois qu'on y arrivera, après tout. Merci infiniment. »

Interférence

Traduction d'Hélène Collon

Titre original :
MEDDLER

paru dans Future, *octobre 1954.*

À l'intérieur du beau se tapit le laid ; on perçoit déjà dans cette nouvelle assez sommaire le germe de mon thème de prédilection, à savoir que les choses ne sont pas ce qu'elles paraissent être. Il faut lire ce texte comme un coup d'essai de ma part ; à l'époque, je commençais à pressentir que forme manifeste et forme latente sont deux choses bien distinctes. Comme le dit Héraclite dans son Fragment 54 : « La structure latente domine la structure manifeste », et c'est de là que vint ensuite le dualisme platonicien, plus élaboré, qui oppose le monde phénoménal au royaume réel mais invisible des formes sous-jacentes. J'interprète peut-être à outrance ce récit de jeunesse, mais au moins commençais-je à entrevoir ce qui devint plus tard si clair pour moi ; au Fragment 123, Héraclite déclare : « La nature des choses a coutume de se dissimuler », et c'est là, au-dedans, que gît toute chose.

PHILIP K. DICK *(1978)*

Ils pénétrèrent dans la vaste salle. Tout au fond, des techniciens s'affairaient autour d'un immense panneau constellé de voyants qui clignotaient sans trêve selon une série de combinaisons en apparence infinie. Des machines disposées sur de longues tables ronronnaient : des ordinateurs, manipulés par des hommes ou par des robots. Les murs étaient entièrement recouverts de cartes. Hasten considéra l'ensemble avec stupéfaction.

Wood se mit à rire. « Venez un peu par là, que je vous montre quelque chose. Je suppose que vous reconnaissez ceci ? » Il désignait une machine d'apparence massive entourée d'hommes et de femmes silencieux vêtus de blouses blanches.

« En effet, fit lentement Hasten. Ça ressemble à notre Caisson Plongeur, mais en presque vingt fois plus grand. Qu'est-ce que vous allez chercher avec ça ? Et *quand ?* » Il effleura la surface argentée du Plongeur, puis s'accroupit pour jeter un coup d'œil par l'ouverture. Celle-ci était verrouillée : le Plongeur était en marche. « Franchement, si nous avions su qu'il existait un tel engin, Histo-Recherche aurait...

— Eh bien, maintenant, vous le savez. » Wood s'accroupit à ses côtés. « Écoutez-moi, Hasten. Vous êtes la première personne étrangère au service à pénétrer ici. Vous avez dû remarquer les gardes. Nul n'entre ici sans autorisation ; ils ont ordre d'abattre tout individu qui tenterait de s'introduire illégalement.

— Comment ? Pour dissimuler l'existence de ceci vous iriez jusqu'à... ? »

Les deux hommes se relevèrent et Wood dévisagea Hasten d'un air farouche. « Vous, vous avez un Caisson qui plonge dans l'Antiquité. Rome, la Grèce, tout ça. Poussière et vieux grimoires. » Wood posa la main sur l'énorme machine. « Celui-ci est d'une autre sorte. Nous y tenons comme à notre propre vie et à celle de tout un chacun ; et savez-vous pourquoi ? »

Hasten patienta sans mot dire. « Figurez-vous que ce Plongeur opère non pas dans l'Antiquité mais bel et bien dans l'avenir. » Il regarda Hasten droit dans les yeux. « Vous saisissez ? Dans l'avenir.

— Vous sondez *l'avenir ?* Mais voyons, vous ne pouvez pas faire ça ! Vous savez bien que c'est interdit par la loi ! » Hasten eut un mouvement de recul. « Si le Conseil exécutif avait vent de ceci, il réduirait toute votre installation en miettes. Vous devez vous rendre compte des risques que vous prenez. Berkowski lui-même en a fait la démonstration dans sa thèse originale. »

Hasten se mit à arpenter nerveusement le laboratoire. « Je ne comprends pas comment vous osez vous servir d'un Plongeur opérant dans l'avenir. Vous savez bien que quand on rapporte des objets de l'avenir, on introduit automatiquement des facteurs nouveaux dans le présent ; le futur s'en trouve altéré, et on déclenche un processus irréversible. Plus on plonge, plus on rapporte de facteurs nouveaux. On crée des conditions instables pour les siècles à venir. C'est bien pour cela qu'il existe une loi. »

Wood hocha la tête. « Je sais tout cela.

— Et vous continuez quand même ? » Hasten fit un geste englobant les techniciens et la machine.

« Je vous en supplie, il faut arrêter cela ! Arrêtez avant d'introduire un quelconque élément fatal irréversible. Pourquoi persister à... »

Wood parut soudain s'affaisser. « Ça va, Hasten. Inutile de nous faire la leçon. Il est trop tard, de toute façon. Le mal est fait. Nous l'avons introduit au cours de nos premières expériences, ce fameux élément fatal. Nous croyions savoir ce que nous faisions... » Il leva les yeux. « C'est la raison de votre présence ici. Asseyez-vous, je vais tout vous dire. »

Ils prirent place l'un en face de l'autre de chaque côté du bureau. Wood croisa les mains et commença : « Je ne vais pas vous raconter d'histoires. Vous êtes considéré comme un expert, je dirais même comme *l'expert* d'Histo-Recherche. Vous en savez plus que quiconque sur la plongée temporelle ; c'est pour cette raison que nous vous avons dévoilé nos travaux, nos travaux *illégaux*.

— Et vous vous êtes déjà attiré des ennuis ?

— De gros ennuis, même, et chaque tentative pour interférer davantage ne fait que les aggraver d'autant. Si nous ne faisons rien, nous deviendrons l'organisation la plus criminelle de l'histoire.

— Commençons par le commencement, si vous voulez bien, fit Hasten.

— Le Plongeur a eu l'aval du Conseil des Sciences Politiques, dont les membres souhaitaient connaître le résultat de quelques-unes de leurs décisions. Dans un premier temps, nous avons refusé en arguant de la loi de Berkowsky ; mais voyez-vous, cette idée nous obsédait. Alors nous avons fini par céder et construire le Plongeur — dans le plus grand secret, bien entendu.

« Pour notre premier essai, nous lui avons fait faire un plongeon d'environ un an dans le futur. Afin de nous garantir contre le côté négatif de la théorie de Berkowsky, nous avons usé d'un subterfuge : nous n'avons rien rapporté dans nos filets. Ce Plongeur est conçu pour ne *rien* rapporter. Il ne ramasse aucun objet, mais se contente de prendre des photographies à très haute altitude. Développé et agrandi, le film nous permet d'évaluer la situation.

« Au début, les résultats étaient satisfaisants. Plus de guerres, des villes prospères et d'aspect plus agréable. Les agrandissements de scènes de rue montraient une population nombreuse, apparemment contente de son sort. Quant au rythme de vie, il semblait quelque peu ralenti.

« Puis nous avons fait un deuxième saut, de cinquante ans en avant. C'était encore mieux : les villes étaient moins importantes, les gens moins dépendants des machines. Davantage de pelouses et de parcs. La situation générale était inchangée : la paix, le bonheur, beaucoup de loisirs. Moins de gaspillage effréné, moins de hâte.

« Nous sommes allés encore plus avant. Bien entendu, étant donné la méthode d'observation indirecte utilisée, nous ne pouvions êtres sûrs de rien, mais tout paraissait aller pour le mieux. Nous avons soumis ces résultats au Conseil, qui s'est conformé à son planning. Et c'est là que les choses se sont gâtées.

— Que s'est-il passé exactement ? s'enquit Hasten en se penchant en avant.

— Nous avons décidé de retourner dans une époque que nous avions déjà visitée, à une centaine d'années d'ici. Nous avons donc expédié le Plongeur, et nous l'avons récupéré avec un plein rouleau de pellicule, que nous avons développé et examiné. » Wood marqua une pause.

« Et alors ?

— Et alors il ne correspondait plus du tout au premier. Tout avait profondément changé. Partout c'était la guerre, la destruction. » Wood frémit. « Catastrophés, nous avons immédiatement renvoyé le Plongeur pour confirmation.

— Et qu'avez-vous trouvé cette fois ? »

Wood serra les poings. « Un nouveau changement, et en pis ! Des gens fouillant des ruines qui s'étendent à perte de vue. Le règne de la ruine et de la mort. Autant dire la fin de la guerre, la phase terminale.

— Je vois, fit Hasten en hochant la tête.

— Et ce n'est pas tout, il y a pire ! Nous avons communiqué la nouvelle au Conseil. Ils ont cessé toute activité et, à la suite d'une session qui a duré quinze jours, annulé tous les décrets et retiré tous les projets qu'ils avaient formés sur la base de nos rapports. Un mois s'est écoulé avant que le Conseil ne reprenne contact avec nous. Ils nous demandaient d'essayer encore une fois de renvoyer le Plongeur dans l'époque en question. Nous avons refusé, mais ils ont insisté, disant que de toute façon ce ne pouvait être pire.

« Le Plongeur est donc parti, et revenu avec un film que nous avons projeté. Il y a des choses pires que la guerre, Hasten. Vous ne pouvez pas vous imaginer ce que nous avons découvert. Il n'y avait plus trace de vie humaine, rien ; pas un seul être vivant.

— Vous voulez dire que tout avait été détruit ?

— Mais non ! Aucune trace de destruction ! Il y a de grandes et belles cités, des routes, des immeubles, des lacs et des champs. Mais pas âme qui vive ; les cités sont vides et continuent de fonctionner toutes seules, les machines et les réseaux sont intacts. Mais il n'y a plus personne.

— Que s'est-il donc passé ?

— Nous avons envoyé le Plongeur en reconnaissance, en lui faisant faire des bonds de cinquante années en avant. Le néant, toujours le même néant. Des cités, des routes, des constructions, et pas d'hommes. Tous ont péri. Que ce soit de la peste ou des effets des radiations, nous l'ignorons ; toujours est-il que quelque chose les a exterminés. D'où venait cette chose ? Nous ne le savons pas. En tout cas, elle n'était pas là lors de nos premières excursions.

— D'une manière ou d'une autre, c'est nous qui l'avons introduite par nos interférences. Elle n'y était pas au départ ; c'est notre faute, Hasten. » Blanc comme un linge, Wood le regardait fixement. « Nous avons apporté cette chose avec nous, et maintenant il faut trouver ce que c'est, ainsi que le moyen de l'éliminer.

— Comment allez-vous vous y prendre ?

— Nous avons construit un véhicule temporel capable de transporter un unique observateur humain dans l'avenir. Il ira voir sur place de quoi il retourne. Les photos ne nous en disent pas assez ; nous devons en savoir davantage ! Quand le phénomène a-t-il fait son apparition ? Et comment ? Quels en ont été les premiers signes ? *Qu'est-ce que c'est ?* Une fois que nous le saurons il sera peut-être possible de l'isoler, ce facteur, et de l'éliminer. Pour cela il faut envoyer quelqu'un dans l'avenir, quelqu'un qui puisse découvrir ce que nous avons déclenché. Il n'y a pas d'autre moyen. »

Wood se leva, et Hasten fit de même.

« Et ce quelqu'un, c'est vous, fit Wood. C'est vous qui partirez, parce que vous êtes l'homme le plus compétent que nous ayons sous la main. Le Véhicule est là-dehors, à l'air libre et sous surveillance étroite. » Sur un signe de Wood, deux soldats s'approchèrent du bureau.

« À vos ordres.

— Venez avec nous, répondit Wood. Nous allons sur l'aire de stationnement du Véhicule. Assurez-vous que personne ne nous suit. » Il se tourna vers Hasten. « Vous êtes prêt ? »

Hasten hésita : « Attendez un peu. Il va falloir que je prenne connaissance de vos travaux, que je voie un peu ce qui a été fait. Que j'inspecte le Véhicule proprement dit. Je ne peux tout de même pas... »

Les deux gardes s'approchèrent encore, sans quitter Wood des yeux. Ce dernier posa la main sur l'épaule de Hasten. « Je regrette, fit-il, mais il n'y a plus une minute à perdre ; suivez-moi. »

Les ténèbres l'enveloppaient de tourbillons qui, tour à tour, venaient à sa rencontre puis repartaient en arrière. Il prit place sur le tabouret face au tableau de commande et essuya la transpiration qui coulait sur son visage. Il était parti, pour le meilleur ou pour le pire. Wood lui avait brièvement exposé le fonctionnement de l'appareil. Il lui avait donné de rapides instructions, avait effectué quelques réglages, puis la porte métallique s'était d'un seul coup refermée derrière lui.

Hasten jeta un coup d'œil autour de lui. Il faisait froid dans la sphère ; l'air y était rare et glacial. Il contempla un moment l'agitation des cadrans, mais le froid le mit bientôt mal à l'aise. Il avisa un placard et en fit glisser la porte. Il contenait une veste et un fusil à rayons. La veste était épaisse. Il soupesa l'arme et se mit à l'examiner. Il y avait aussi des outils, un grand choix d'outils et d'équipements divers. Au moment où il reposait le fusil, la sourde pulsation des moteurs s'interrompit abruptement. L'espace d'une seconde d'horreur pure, il se retrouva en train de flotter, de partir à la dérive ; puis, tout à coup, l'impression disparut.

Le soleil entrait à flots, dardant ses rayons sur le sol de la sphère. Il éteignit la lumière et alla regarder par le hublot. Wood avait programmé la machine pour faire un bond de cent ans en avant ; il prit son courage à deux mains et jeta un coup d'œil à l'extérieur. Une prairie déroulant à l'infini son tapis d'herbe et de fleurs. Un ciel bleu traversé de quelques nuages. Dans le lointain paissaient des animaux regroupés à l'ombre d'un arbre. Il se dirigea vers la porte, la déverrouilla et fit un pas au-dehors. La chaude lumière du soleil le frappa en plein visage et il se sentit instantanément mieux. Il vit alors que les animaux en question étaient des vaches.

Il demeura longtemps debout sur le seuil, les mains sur les hanches. L'épidémie avait-elle été d'origine bactérienne ? Se propageait-elle par la voie des airs ? Du moins s'il s'agissait bien d'une épidémie. Il leva la main et sentit le contact rassurant de son casque. Sans doute valait-il mieux le garder.

Il revint sur ses pas et sortit l'arme du placard. Puis il vérifia le verrou de la porte et s'assura qu'elle resterait close durant son absence. Alors seulement, Hasten osa s'aventurer sur l'herbe de la prairie. Il ferma la porte et regarda autour de lui. Il ne tarda pas à s'éloigner d'un pas décidé et prit la direction d'une colline qui s'élevait à quelque distance de là. Tout en progressant, il examina le bracelet d'orientation qui l'aiderait, en cas de difficulté, à retrouver le chemin de la sphère métallique.

Arrivé devant l'arbre, il passa à côté des vaches, qui se levèrent à son approche et s'éloignèrent de lui. Il remarqua soudain un détail qui lui fit froid dans le dos : leurs pis étaient tout ratatinés. Ce n'était de toute évidence pas un troupeau gardé.

Atteignant le sommet de la colline, il marqua

une pause et prit les jumelles qui pendaient à sa ceinture. Son regard descendit le long de kilomètres de champs incultes qui ondoyaient, sans délimitation aucune, à perte de vue. Il n'y avait donc rien d'autre ? Il se tourna de l'autre côté et inspecta l'horizon.

Soudain, il se figea et ajusta la mise au point. Au loin, sur sa gauche, à la limite du perceptible, s'élevaient les vagues contours d'une ville. Il abaissa ses jumelles et entreprit la descente du versant d'un pas rapide encore qu'alourdi par ses bottes ; un long trajet l'attendait.

Hasten marchait depuis à peine une heure lorsqu'il vit les papillons. Ils s'envolèrent brusquement à quelques mètres devant lui, dansant et palpitant de toutes leurs ailes dans la lumière du soleil. Il décida de prendre un peu de repos et se mit à les observer. Ils étaient multicolores : rouges et bleus avec des éclaboussures de jaune et de vert. Jamais il n'en avait vu de si grands. Peut-être s'étaient-ils échappés de quelque zoo pour proliférer en toute liberté après la disparition de l'homme. Les papillons s'élevèrent de plus en plus haut dans les airs. Ils semblaient inconscients de sa présence et prirent la direction des lointaines flèches de la cité ; en un clin d'œil ils avaient disparu.

Hasten se remit en route. Des papillons, des vaches, de l'herbe... il était vraiment difficile de se représenter l'extinction de l'espèce humaine dans un tel décor. Quel monde paisible et beau elle avait laissé derrière elle !

Soudain, un papillon isolé sorti des herbes vint battre des ailes devant son visage, le touchant presque. Il leva machinalement le bras et tenta de le repousser. Le papillon s'abattit sur sa main. Il se mit à rire puis...

La douleur le fit défaillir ; il trébucha, haleta, suffoqua. Plié en deux, il s'écroula face contre terre, recroquevillé, le visage enfoui dans le sol. Son bras le faisait terriblement souffrir et il se sentait tout parcouru d'élancements douloureux ; pris de vertige, il ferma les yeux.

Lorsque Hasten refit enfin surface, le papillon avait disparu ; il n'avait pas demandé son reste.

Il demeura un bon moment allongé sur l'herbe, puis se rassit avec lenteur avant de se remettre debout sur des jambes flageolantes. Il déchira sa chemise et examina sa main et son poignet. La chair en était noircie, dure, déjà enflée. Il la contempla brièvement, puis reporta son regard sur la cité. C'était là qu'étaient allés les papillons...

Il reprit le chemin du Véhicule temporel.

Hasten atteignit la sphère quelques instants après que le soleil eut entamé son déclin dans l'obscurité du soir. Il fit glisser la porte d'entrée d'une pression de la main et entra. Puis il se mit en devoir de bander son bras blessé en prenant soin de l'enduire avec un baume trouvé dans la trousse d'urgence ; cela fait, il s'assit sur le tabouret et s'absorba dans ses pensées tout en contemplant son bras. Ce n'était qu'une piqûre bénigne et accidentelle. Le papillon ne l'avait certainement pas fait exprès. Mais si l'essaim entier s'en était pris à lui...

Il attendit que le soleil soit tout à fait couché et que seules les ténèbres règnent à l'extérieur. La nuit, abeilles et papillons disparaissaient ; du moins à son époque à lui. Il fallait courir le risque. Il sentait toujours une douleur diffuse pulser sans répit dans son bras. Le baume était resté sans effet ; la tête lui tournait et il avait dans la bouche un goût de fièvre.

Avant de quitter la sphère, il rouvrit le placard et sortit tout ce qu'il contenait. Il considéra le fusil à rayons, mais le mit finalement de côté. Au bout de quelques minutes, il trouva ce qu'il cherchait : une lampe à souder et une torche électrique. Il rangea tout le reste et se remit sur pied. Maintenant, il était prêt — si on voulait. Aussi prêt que possible.

Il sortit dans l'obscurité en s'éclairant avec la torche. Il avançait rapidement. C'était une de ces nuits sombres où l'on se sent bien seul ; de rares étoiles scintillaient au-dessus de sa tête, et il n'y avait d'autre lumière sur terre que celle de sa lampe électrique. Il escalada la colline et redescendit de l'autre côté. Il vit bientôt se profiler un bouquet d'arbres et se retrouva en terrain plat. Là, il prit la direction de la ville en s'aidant du faisceau lumineux.

Lorsqu'il parvint enfin en ville, il était épuisé. Il avait fait un long chemin et le souffle commençait à lui manquer. De gigantesques contours d'allure fantomatique se dressaient au-dessus de lui pour se perdre dans l'obscurité. Apparemment, il ne se trouvait pas dans une très grande cité, mais le tracé de celle-ci lui était inconnu : le dessin d'ensemble était plus vertical, plus fin que ce dont il avait l'habitude.

Il franchit les portes. De l'herbe poussait entre les pavés des rues. Il fit halte et regarda à ses pieds. Partout des herbes folles, et aux croisements, le long des immeubles, de petits tas de poussière et d'ossements. Il poursuivit sa route, promenant sa torche le long des façades élancées. Ses pas résonnaient lugubrement. Toujours aucune autre lumière que la sienne.

Les immeubles commencèrent à se faire rares. Il déboucha bientôt sur une vaste place envahie d'une jungle de buissons et de plantes grimpantes. À l'autre bout se dressait une construction plus imposante que les autres. Il se dirigea vers elle, traversant la place vide et désolée tout en balayant les alentours de sa torche. Il gravit une marche à demi ensevelie et arriva sur une esplanade en béton. Il fit brusquement halte. À sa droite, un second immeuble apparut, qui retint son attention. Son cœur battait à tout rompre. Au-dessus de la porte, sa torche lui permit de distinguer une inscription gravée avec art dans la pierre :

Bibliotheca

Exactement ce qu'il lui fallait. Il gravit la volée de marches qui conduisait à l'entrée plongée dans l'obscurité. Les planches vermoulues cédaient sous ses pieds. Il arriva sur le seuil et se retrouva face à une porte en bois massif pourvue de poignées métalliques. Lorsqu'il s'en saisit, l'ensemble tomba en morceaux qui s'écrasèrent de tous côtés et dévalèrent les marches pour aller se perdre dans la nuit. Un relent de poussière et de moisi le prit à la gorge.

Il entra et longea des couloirs silencieux, sentant les toiles d'araignée frôler son casque. Il choisit une salle au hasard. Ici encore, on voyait des empilements de débris et de fragments d'os. Les murs étaient bordés de tables basses et de rayonnages. Il s'y dirigea et s'empara d'une brassée de livres qui tombèrent en poussière entre ses doigts, laissant échapper une pluie de morceaux de papier et de tissu. Comment croire qu'un siècle seulement s'était écoulé depuis son époque ?

Hasten s'installa devant une table et ouvrit un livre qui lui semblait en meilleur état que les autres. Les mots n'appartenaient à aucune langue connue de lui, mais il l'identifia comme étant d'origine romane, et très certainement artificielle. Il passa rapidement les pages en revue, puis cueillit quelques livres au hasard avant de regagner la sortie. Soudain, son cœur fit un bond dans sa poitrine. Il se dirigea vers le mur, les mains tremblantes. Des journaux !

Il saisit précautionneusement les feuillets fragiles, cassants, et les tint à la lumière. De larges manchettes noires, toujours rédigées dans la même langue, bien sûr. Il réussit à rouler quelques feuilles ensemble et les ajouta à son fardeau de livres. Puis il regagna la porte, reprit le couloir et repartit par où il était venu.

Lorsqu'il se retrouva à nouveau sur les marches, il fut frappé par la fraîcheur de l'air, qui lui chatouilla les narines. Il promena son regard sur les contours diffus des immeubles qui se profilaient tout autour de la place, puis descendit l'escalier et retraversa l'esplanade en tâtant le terrain avec soin. Il retrouva enfin les portes de la ville et fut bientôt dehors, sur la plaine qui menait au Véhicule temporel.

Il marcha une éternité, la tête courbée, la démarche pesante. Au bout d'un moment, la fatigue le força à s'arrêter ; il vacillait sur ses jambes et prenait de profondes inspirations. Il déposa son chargement à terre et inspecta les alentours. Dans le lointain, au bord de l'horizon, une traînée de gris avait fait son apparition, naissant en silence pendant qu'il marchait. C'était l'aube ; le soleil ne tarderait pas à se lever.

Un vent froid se leva et vint l'envelopper. Sous la lumière grisâtre, on commençait à distinguer les arbres et les collines, qui plantaient alentour un décor d'une grande rigidité. Il se retourna vers la ville et regarda, fasciné, la première lueur de l'aube frapper les formes mornes et élancées des immeubles désertés. Puis la couleur s'évanouit et une brume vint s'interposer entre lui et la cité. Aussitôt il ramassa son fardeau et se remit en route aussi vite qu'il pouvait ; il se sentait parcouru d'un frisson d'angoisse.

Au-dessus de la ville, un point noir avait brusquement surgi et planait maintenant dans le ciel.

Au bout d'un moment, un *long* moment, Hasten jeta un coup d'œil derrière lui. Le point noir était toujours là... mais il avait grandi. Et il n'était plus vraiment noir ; dans la clarté du jour, il commençait à briller d'un éclat multicolore.

Il pressa le pas et franchit rapidement les collines. Il s'arrêta une seconde pour brancher son bracelet d'orientation, qui lui apprit à grand bruit qu'il n'était plus très loin de la sphère. Il remua le bras : le cliquètement s'amplifia, puis décrut. Il fallait donc prendre à droite. Il essuya ses mains couvertes de transpiration et se remit en marche.

Quelques minutes plus tard, comme il avait atteint le sommet d'une colline, il aperçut la sphère de métal luisant reposant en silence sur l'herbe et ruisselante de rosée. Le Véhicule ! Dérapant à demi, il se mit à dévaler le versant dans sa direction.

Au moment même où il donnait de l'épaule contre la porte de la sphère, la première nuée de papillons apparut au-dessus de la colline et poursuivit sa lente progression vers lui.

Il verrouilla la porte et se débarrassa de son chargement, tous les muscles bandés. Il ressentait une douleur cuisante dans sa main blessée. Mais il n'avait pas le temps de s'y attarder ; il se précipita vers la fenêtre et jeta un œil dehors. Les papillons tourbillonnaient en direction de la sphère, s'élançant et dansant au-dessus de lui dans un grouillement bigarré. Ils se posèrent sur elle, recouvrant jusqu'au hublot. Le paysage disparut brusquement derrière un rideau de petits corps brillants, mous et charnus, dont les ailes palpitantes se mêlaient les unes aux autres. Il prêta l'oreille. Cela faisait un bruit assourdi dont les échos lui parvenaient de tous côtés. À mesure que les insectes obturaient le hublot, l'intérieur de la sphère s'assombrissait. Il alluma la lumière.

Le temps passa. Hésitant sur la conduite à adopter, il examina les journaux. Que faire ? Repartir en arrière ? Aller de l'avant ? Mieux valait faire un bond de cinquante années dans le futur. Les papillons étaient certes dangereux, mais ils ne constituaient peut-être pas le véritable facteur mortel, celui qu'il recherchait. Il inspecta sa main. La chair était toujours dure et noire, et la zone de peau morte gagnait du terrain. Une inquiétude l'effleura : son état était loin de s'améliorer.

Le raclement incessant qui l'entourait de tous côtés commençait à l'irriter et l'emplissait d'une agitation fébrile. Il reposa les livres et se mit à faire les cent pas.

Comment des insectes, même de la taille de ceux-ci, avaient-ils pu anéantir l'espèce humaine ? Il y avait sûrement un moyen de les combattre. Les poisons, les pulvérisations d'insecticides...

Un petit morceau de métal — à peine une particule — glissa le long de sa manche. Il le chassa d'un geste. Alors une seconde particule tomba, puis d'autres minuscules parcelles de métal. Il sursauta et leva vivement les yeux.

Un cercle se dessinait au-dessus de lui, puis un autre un peu plus à droite, puis un troisième. Tout alentour, des cercles apparaissaient sur les parois et le plafond de la sphère. Il se rua vers le tableau de bord et enclencha le dispositif de sécurité. Les instruments se mirent en marche dans un bourdonnement. Il s'employa frénétiquement à effectuer les réglages nécessaires. Le métal de la sphère tombait maintenant de tous côtés en une pluie de parcelles qui venaient joncher le sol. Les papillons devaient exsuder quelque espèce de substance corrosive. Un acide ? Une sécrétion naturelle, sans doute. Un gros morceau de métal tomba ; il fit volte-face. Alors les papillons envahirent la sphère, leurs milliers d'ailes palpitant autour de lui. Le bout de métal qui s'était détaché était circulaire, et ses contours parfaitement dessinés. Mais Hasten n'eut même pas le temps de s'en faire la remarque ; il s'empara de la lampe à souder et l'alluma prestement. La flamme surgit dans un gargouillement. Voyant les papillons approcher, il pressa le manche de la lampe et dirigea le bec sur eux. L'air fut soudain envahi de particules incandescentes qui s'abattirent sur lui tandis qu'une furieuse odeur de grillé empuantissait la sphère.

Il établit les derniers contacts. Les voyants de l'indicateur clignotèrent, le plancher vibra sous ses pieds. Il rabattit le levier principal. Les papillons continuaient d'affluer, se bousculant nerveusement pour s'introduire à bord. Soudain, un second disque de métal chut lourdement sur le sol, livrant passage à une nouvelle horde d'insectes. Hasten recula, braquant sa lampe à souder. Ils arrivaient, toujours plus nombreux.

Puis la sphère fut tout à coup plongée dans un silence si subit qu'il ne comprit pas tout de suite ce qui se passait. Le raclement perpétuel et insistant avait cessé. Il était seul, si l'on exceptait le nuage de cendres et de particules qui tapissait les parois : tout ce qui restait des intrus. Hasten se laissa tomber sur le tabouret, tremblant de tous ses membres. C'était fini, il rentrait dans son époque ; et le doute n'était désormais plus permis : il avait bien découvert le facteur fatal. Il gisait là, par terre, dans le monceau de cendres, dans ces disques nettement découpés à même la coque de l'appareil. Sécrétions corrosives ? Il eut un sourire amer.

Au dernier moment, juste avant de disparaître, l'essaim sans cesse renouvelé lui avait appris ce qu'il voulait savoir. Les premiers à s'introduire portaient, bien calés entre eux, de minuscules outils coupants. C'était ainsi qu'ils s'étaient frayé un chemin : en cisaillant la coque. Ils s'étaient munis de leur propre matériel.

Il attendit patiemment que le Véhicule temporel arrive au terme de son voyage.

Les gardes du service se saisirent de lui et l'aidèrent à se dégager de l'appareil. Il fit quelques pas hésitants en s'appuyant sur eux. « Merci », murmura-t-il.

Wood accourut. « Hasten, êtes-vous sain et sauf ? »

Il hocha la tête. « Oui. Mis à part ma main.

— Rentrons immédiatement. » Ils franchirent la porte et se retrouvèrent dans la grande salle.

« Asseyez-vous. » Wood eut un geste impatient, et l'un des soldats s'empressa d'apporter une chaise. « Trouvez-lui du café bien chaud. »

L'homme s'exécuta et Hasten s'assit pour boire à petites gorgées. Enfin il repoussa sa tasse et s'enfonça dans son siège.

« Vous sentez-vous capable de nous raconter ce qui s'est passé, maintenant ? s'enquit Wood.

— Je pense que oui.

— Très bien. » Wood prit place en face de lui. Un magnétophone se mit en marche avec un léger bruit, un appareil photo cadra le visage de Hasten. « Allons-y. Qu'avez-vous découvert ? »

Lorsqu'il eut achevé son récit, le silence tomba dans la pièce. Ni les gardes ni les techniciens ne dirent mot.

Wood se leva en frémissant. « Mon Dieu ! Ainsi, c'est une forme de vie toxique qui a eu raison de l'homme... Je m'attendais à quelque chose de ce genre. Mais des papillons... Et intelligents, en plus. Capables d'attaques concertées. Il est probable que cette espèce se reproduit rapidement et bénéficie d'une grande faculté d'adaptation.

— Les livres et les journaux nous en apprendront sans doute davantage.

— Mais d'où ont-ils bien pu venir ? S'agit-il d'une mutation à partir d'une forme de vie existante ? Ou d'envahisseurs d'une autre planète ? Ils ont pu s'introduire grâce au voyage spatial. Il *faut* que nous sachions.

— Ils n'attaquent que les êtres humains, intervint Hasten. Ils ne s'en prennent pas aux vaches. Rien qu'aux gens.

— On peut peut-être arrêter ça. » D'un geste, Wood alluma le vidphone. « Je vais convoquer le Conseil en séance extraordinaire. Nous lui communiquerons votre rapport et vos recommandations. Il faut lancer une opération à l'échelle planétaire. Maintenant que nous savons de quoi il retourne, nous avons une chance de réparer les dégâts. Grâce à vous, Hasten, nous avons une chance d'arriver à temps ! »

L'opérateur apparut sur l'écran et Wood lui donna le code du Conseil. Hasten attendit un peu, l'air las, puis se leva et erra dans la pièce. Son bras ne lui laissait guère de répit. Il ne tarda pas à repasser la porte pour se retrouver devant l'aire de stationnement du Véhicule. Quelques gardes inspectaient l'appareil avec curiosité. Hasten les regarda sans réagir, l'esprit vide.

« Qu'est-ce que c'est que cela, monsieur ? demanda l'un d'eux.

— Ça ? » Hasten parut se réveiller et s'approcha lentement. « Eh bien, c'est un Véhicule temporel.

— Non, je veux dire *ça.* » Le soldat désignait un point situé sur la coque. « Ceci, monsieur, n'était pas là au moment du départ. »

Hasten sentit son cœur s'arrêter. Il passa devant eux, les yeux levés. Tout d'abord, il ne vit rien que le métal corrodé de la surface. Puis un frisson de terreur le secoua.

Là, sur la coque, se tenait une petite chose brune recouverte d'une sorte de fourrure. Il tendit la main et la toucha. C'était un petit sac tout raide, sec et vide. Ouvert à une extrémité, il ne contenait plus rien. Il releva la tête. La surface de la coque était parsemée de petits sacs identiques ; certains étaient encore occupés, mais la plupart étaient déjà vides.

Des cocons.

Souvenir

Traduction d'Hélène Collon

Titre original :
SOUVENIR

paru dans Fantastic Universe, *octobre 1954.*

« On y va, monsieur », dit le pilote robot. En l'entendant, Rogers sursauta et releva brusquement la tête. Il se raidit et rajusta le filet traceur qui bordait l'intérieur de son manteau tandis que la bulle-navette amorçait sa descente rapide et silencieuse vers la surface de la planète.

La planète de Williamson, songea-t-il avec un serrement de cœur. Le légendaire monde perdu, retrouvé au bout de trois siècles. Par accident, bien entendu. C'était quasiment par miracle que cette planète verte et bleue, ce Graal du système galactique, avait été découverte par une mission de reconnaissance de routine.

Frank Williamson avait été le premier Terrien à concevoir la poussée galactique — le premier à bondir hors du système solaire pour plonger dans l'univers qui s'étendait au-delà. Il n'était jamais revenu. Ni lui, ni son monde, sa colonie, n'avaient été localisés. Il y avait eu des rumeurs sans fin, des fausses pistes, des légendes apocryphes — et rien d'autre.

« Je reçois l'autorisation d'atterrir. » Le pilote robot monta le volume du haut-parleur de contrôle et fit entendre un déclic.

« Terrain d'atterrissage dégagé, fit une voix fantomatique venue de la surface. N'oubliez pas que votre système de propulsion nous est inconnu. Quelle longueur de piste vous faut-il ? Les parois de freinage d'urgence sont en place. »

Rogers sourit. Il entendit le pilote les informer qu'ils n'avaient nul besoin de piste. Pas avec ce vaisseau-là. Quant aux parois, ils pouvaient les rentrer en toute sécurité.

Trois cents ans ! Il avait fallu longtemps pour trouver la planète de Williamson. Nombre de gouvernements avaient renoncé. Certains pensaient qu'il n'avait jamais atterri nulle part, qu'il avait péri dans l'espace. Peut-être *n'y avait-il pas* de planète de Williamson. En tout cas, on n'avait jamais eu d'indices crédibles, jamais rien de tangible à quoi se raccrocher. Frank Williamson et trois familles entières avaient disparu dans un vide dénué de tout point de repère, et on n'avait plus jamais entendu parler d'eux.

Jusqu'à maintenant...

Un jeune homme vint à sa rencontre sur le terrain d'atterrissage. Mince, roux, il portait une combinaison bariolée, taillée dans un tissu brillant. « Vous venez du Centre de relais galactique ? s'enquit-il.

— C'est exact, répondit Rogers d'une voix émue. Je m'appelle Edward Rogers. »

Le jeune homme tendit une main que Rogers

serra gauchement. « Et moi Williamson, fit-il. Gene Williamson. »

Le nom retentit aux oreilles de Rogers comme un coup de tonnerre. « Vous êtes... ? »

Le regard énigmatique, le jeune homme hocha la tête. « Je suis son arrière-arrière-arrière-arrière-petit-fils. Sa tombe est ici. Vous pouvez la voir, si vous le désirez.

— Je m'attendais presque à le voir lui. Pour nous, il est... une sorte de demi-dieu. Le premier homme à avoir quitté le système solaire.

— Il est très important pour nous aussi, répondit le jeune homme. C'est lui qui nous a amenés ici. Ils avaient cherché longtemps avant de trouver une planète habitable. » Williamson embrassa du geste la cité qui s'étendait au-delà du terrain d'atterrissage. « Celle-ci s'est révélée satisfaisante. C'est la dixième planète du système. »

Les yeux de Rogers s'allumèrent. La planète de Williamson ! Là, sous ses pieds. Ils descendirent la passerelle côte à côte et tournèrent le dos au terrain. Rogers avait conscience de chacun de ses pas. Combien d'hommes, dans toute la galaxie, avaient rêvé d'arpenter une rampe d'atterrissage sur la planète de Williamson, avec à ses côtés un jeune descendant du grand homme lui-même ?

« Ils vont tous vouloir venir maintenant, reprit Williamson comme s'il lisait dans ses pensées. Ils vont jeter leurs ordures partout et détruire toutes les fleurs. Ramasser des poignées de terre pour les emporter en souvenir. » Il eut un petit rire nerveux. « Bien sûr, le Relais surveillera leurs agissements.

— Bien sûr », l'assura Rogers.

Parvenu à l'extrémité de la rampe, Rogers s'arrêta net. Pour la première fois la cité s'offrait à son regard.

« Quelque chose ne va pas ? » demanda Gene Williamson avec dans la voix une pointe d'ironie.

Évidemment, ils avaient été coupés de tout. Complètement isolés ; ce n'était donc pas tellement surprenant. On aurait pu s'attendre à ce qu'ils vivent dans des cavernes et mangent de la viande crue. Mais Williamson avait toujours représenté le progrès, le développement. Cet homme avait été *en avance* sur les autres.

Bien entendu, son système de propulsion était de type primitif, comparé aux normes modernes, quelque chose comme une curiosité. Mais le concept lui-même n'en souffrait pas : Williamson restait le pionnier, l'inventeur. Le bâtisseur.

Pourtant, la cité n'était guère plus qu'un village composé d'une dizaine de maisons et de quelques bâtiments publics, plus quelques installations industrielles à la périphérie. Au-delà, des champs verdoyants, des collines, de vastes prairies. Quelques véhicules de surface avançaient sans hâte dans les rues étroites, mais la plupart des citoyens allaient à pied. Cela lui fit l'effet d'un invraisemblable anachronisme, un vestige du passé.

« Je suis habitué à la culture galactique universelle, dit Rogers. Le Relais maintient un niveau technocratique et idéologique constant à travers l'Empire tout entier. Il m'est difficile de m'adapter à un stade de développement social aussi radicalement différent. Mais il est vrai que vous avez été isolés.

— Comment cela ? demanda Williamson.

— Du Relais, je veux dire. Vous avez dû vous débrouiller tout seuls. »

Un véhicule de surface s'arrêta devant eux. Le conducteur ouvrit manuellement les portières.

« Maintenant que je me remémore ces données, je suis tout à fait capable de m'adapter, affirma Rogers.

— Vous n'y êtes pas du tout, répliqua Williamson en pénétrant dans le véhicule. Voilà maintenant plus d'un siècle que nous recevons les signaux de votre Relais. » Il fit signe à Rogers de prendre place à côté de lui.

Rogers n'en croyait pas ses oreilles. « Je ne vous suis pas. Vous voulez dire que vous vous êtes raccordés au réseau sans pour autant essayer de...

— Nous recevons vos signaux, expliqua Williamson, mais nos concitoyens ne jugent pas utile de les exploiter. »

Le véhicule de surface avançait à bonne allure sur la grand-route, longeant le pied d'une immense colline rouge. Ils laissèrent bientôt la ville derrière eux, avec sa faible lueur rougeoyante, reflet des rayons du soleil. Buissons et plantes apparurent en bordure de la route. Le flanc de la falaise abrupte s'élevait comme une muraille en surplomb faite de grès rouge sombre ; elle était dentelée, à l'état naturel.

« Belle soirée », fit Williamson.

Interrompu dans ses pensées, Rogers hocha la tête en signe d'assentiment. Williamson baissa la vitre. La voiture s'emplit d'air frais. Quelques insectes semblables à des moucherons s'y engouffrèrent également. Dans le lointain, deux silhouettes minuscules labouraient un champ : un homme et une énorme bête de somme d'allure pesante.

« Quand est-ce qu'on arrive ? s'enquit Rogers.

— Bientôt. La plupart d'entre nous vivent à l'écart des villes, dans des domaines fermiers isolés, autonomes, conçus sur le modèle des manoirs du Moyen Âge.

— C'est donc que vous vous maintenez à un niveau de subsistance rudimentaire. Combien de personnes vivent dans chaque ferme ?

— Disons, une centaine.

— Cent personnes ne peuvent guère que tisser, teindre et presser le papier.

— Nous disposons de complexes industriels spéciaux — nos systèmes de fabrication. Ce véhicule est un bon exemple de ce que nous savons produire. Nous avons aussi des communications, le tout-à-l'égout et des installations médicales. Notre avance technologique est comparable à celle de Terra.

— Vous voulez sans doute parler de la Terre du XXIe siècle, protesta Rogers. Mais c'était il y a trois cents ans. Vous perpétuez sciemment une culture archaïque au nez et à la barbe du Relais. C'est parfaitement absurde.

— Peut-être préférons-nous cela.

— Vous n'êtes pas libres de préférer un niveau culturel inférieur. Toute culture doit se conformer à la tendance générale. Le Relais rend possible l'uniformité de développement. Il intègre les facteurs corrects et rejette le reste. »

Ils approchaient de la ferme, le prétendu « manoir » de Gene Williamson. Celui-ci consistait en un petit nombre de constructions très simples, serrées les unes contre les autres au fond d'une vallée en bord de route, cernées de champs et de pâturages. Le véhicule de surface emprunta un chemin et entreprit de descendre prudemment la spirale qui menait au fond de la vallée. L'air s'assombrit. Un vent froid envahit la voiture et le chauffeur alluma ses phares.

« Pas de robots ? demanda Rogers.

— Non, répondit Williamson. Nous faisons tout le travail nous-mêmes.

— Vous établissez une distinction purement arbitraire, fit remarquer Rogers. Les robots sont des machines. On ne peut guère s'en passer. Cette voiture est elle-même une machine.

— C'est vrai, reconnut Williamson.

— La machine est la version développée de l'outil, poursuivit Rogers. La hache est une machine simple. Le bâton devient outil, machine sommaire, entre les mains de l'homme qui cherche à atteindre quelque chose. Les machines ne sont rien d'autre que des outils multi-éléments qui accroissent le taux de rendement. L'homme est un animal fabricant d'outils. L'histoire de l'humanité, c'est l'histoire des outils devenant machines, de plus en plus volumineuses et efficaces. Si on rejette la mécanique, on rejette en même temps une des caractéristiques essentielles de l'humanité.

— Nous sommes arrivés », fit Williamson. Le véhicule fit halte et le chauffeur vint leur ouvrir la portière.

Trois ou quatre grandes constructions en bois se profilaient au-dessus de leurs têtes dans l'obscurité. Quelques formes indistinctes allaient et venaient autour d'elles ; des formes humaines.

« Le dîner est prêt, fit Williamson en humant l'air. Je le sens. »

Ils pénétrèrent dans le bâtiment principal. Plusieurs individus des deux sexes étaient assis autour d'une longue table en bois grossièrement poli. On avait disposé devant eux des assiettes et des plats. Ils attendaient Williamson.

« Je vous présente Edward Rogers », annonça-t-il. Ils l'étudièrent avec curiosité, puis reportèrent leur attention sur la nourriture.

« Asseyez-vous, lui intima une jeune femme aux yeux sombres. À côté de moi. »

Ils lui firent une place près du bout de la table. Rogers fit mine de s'y diriger, mais Williamson le retint. « Non, pas là. Vous êtes *mon* invité. Vous êtes censé vous asseoir à côté de moi. »

La jeune femme et ses compagnons éclatèrent de rire. Gêné, Rogers prit place au côté de Williamson. Sous lui, le banc était rugueux et sans confort. Il examina son gobelet de bois tourné à la main. La nourriture était empilée dans d'énormes jattes, en bois là encore. Il y avait du ragoût, de la salade et de grosses miches de pain.

« On se croirait revenu au XIVe siècle, commenta Rogers.

— Au moins, acquiesça Williamson. La vie de manoir remonte au temps de l'Empire romain et des âges classiques. Les Gaulois, les Bretons.

— Et ces gens, là ? Sont-ils... ? »

Williamson hocha la tête. « Ma famille. Nous sommes répartis en petites unités organisées selon les principes du patriarcat traditionnel. Je suis le mâle le plus âgé, donc le chef en titre. »

Les convives mangeaient rapidement, concentrés sur la nourriture accompagnée de bonnes tranches de pain beurré qu'ils faisaient descendre avec du lait. La pièce était pourvue d'un éclairage fluorescent.

« Je n'arrive pas à le croire, murmura Rogers. Vous en êtes encore au courant électrique.

— Mais bien sûr. Il y a de nombreuses chutes d'eau sur cette planète. Le véhicule qui nous a amenés était électrique. Mû par une batterie.

— Pourquoi n'y a-t-il pas d'hommes âgés ? » Rogers voyait plusieurs femmes desséchées par la vieillesse, mais Williamson était le plus vieux des hommes. Et il ne pouvait guère avoir plus de trente ans.

« Les combats, répondit Williamson avec un geste expressif.

— Que voulez-vous dire ?

— Les guerres de clans entre familles sont une composante majeure de notre culture. » Williamson eut un geste du menton en direction de la longue table. « Nous ne vivons pas très vieux. »

Rogers en resta bouche bée. « Des guerres de clans ? Mais...

— Nous avons des flammes, des emblèmes... comme les anciennes tribus écossaises. »

Il montra du doigt un ruban de couleur vive cousu sur sa manche et qui représentait un oiseau. « Chaque famille a ses couleurs, et c'est pour les défendre que nous nous battons. La famille Williamson ne contrôle plus la planète. Il n'y a pas de pouvoir central. En cas de problème majeur, il y a toujours le plébiscite — le vote de tous les clans. Chaque famille de la planète a le droit de vote.

— Comme les Indiens d'Amérique. »

Williamson acquiesça. « C'est un système tribal. Avec le temps, nous finirons par former autant de tribus distinctes, je suppose. Nous avons conservé un langage commun, mais nous sommes en train de nous morceler — de nous décentraliser. Et ceci avec, pour chaque famille, des habitudes, coutumes et manières différentes.

— Mais pour quoi vous battez-vous donc ? »

Williamson haussa les épaules. « Pour certaines choses bien réelles, comme la terre et les femmes par exemple. Certaines imaginaires, aussi. Le prestige... Pour les questions d'honneur, nous avons un combat public annuel, officiel, auquel prend part un représentant de chaque famille. Le meilleur guerrier.

— Un peu comme les joutes médiévales.

— Nous avons puisé dans toutes les traditions. Disons, dans la tradition humaine en général.

— Chaque famille a-t-elle sa déité propre ? »

Williamson eut un rire. « Non. Nous pratiquons tous une espèce de culte animiste voué à la notion de vitalité générale et positive imprégnant le processus universel. » Il éleva devant lui une miche de pain. « Une manière de rendre grâce pour tout ceci.

— Toutes choses que vous avez pourtant fait pousser vous-mêmes.

— Mais sur une planète qui nous a été providentiellement offerte. » Williamson mâcha son pain d'un air pensif. « Les vieux registres prétendent que le vaisseau était pratiquement à bout de course. Le carburant était presque épuisé, après cette succession interminable de déserts arides. Si cette planète n'était pas apparue, l'expédition tout entière aurait péri. »

« Un cigare ? » proposa Williamson lorsqu'on eut repoussé les bols vides.

« Merci. » Rogers accepta du bout des lèvres. Williamson alluma le sien et se laissa aller contre le mur.

« Combien de temps resterez-vous ? demanda-t-il bientôt.

— Pas longtemps, répondit Rogers.

— On vous a fait préparer un lit. Nous nous retirons très tôt, mais il va y avoir une espèce de bal ; on chantera et on jouera la comédie, aussi. Nous passons beaucoup de temps sur scène, à créer des pièces de théâtre.

— Vous accordez beaucoup d'importance au défoulement psychologique ?

— Nous aimons créer et fabriquer, si c'est ce dont vous voulez parler. »

Rogers regarda autour de lui. Les murs étaient couverts de fresques peintes à même le bois. « Je vois, en effet. Vous faites vos propres couleurs à partir d'argile et de baies ?

— Pas du tout, rétorqua Williamson. Nous avons une grosse industrie du pigment. Demain je vous montrerai le four où nous cuisons nos objets. Nous excellons tout particulièrement dans la fabrication des tissus et dans la sérigraphie.

— Intéressant. Une société décentralisée s'acheminant graduellement vers un retour à l'organisation tribale primitive. Une société qui rejette les produits culturels et technocratiques avancés de la galaxie, et se tient donc délibérément à l'écart de tout contact avec le reste de l'humanité...

— Seulement de la société humaine uniforme telle que contrôlée par le Relais, souligna l'autre.

— Savez-vous pourquoi le Relais maintient un niveau uniforme sur tous les mondes ? interrogea Rogers. Je vais vous le dire. Il y a deux raisons à cela. D'abord, le corpus de savoir accumulé par les hommes ne permet pas la reproduction de l'expérience. Nous n'avons pas de temps à perdre avec cela. Lorsqu'on fait une découverte, il est inutile qu'elle se répète sur d'innombrables planètes de part et d'autre de l'univers. L'information apparue sur n'importe lequel de ces mille mondes est expédiée en un éclair au Centre Relais, qui la renvoie ensuite à la galaxie tout entière. Le Relais examine et sélectionne les expériences, et les organise en système rationnel, fonctionnel, dénué de contradictions. Il ordonne l'expérience globale de l'humanité pour lui conférer une structure cohérente.

— Quelle est la seconde raison ?

— Lorsqu'une culture uniforme est maintenue et contrôlée depuis une source centrale, la guerre ne peut éclater.

— C'est vrai, admit Williamson.

— Nous avons aboli la guerre. C'est aussi simple que cela. Nous bénéficions d'une culture homogène comparable à celle de la Rome antique, une culture commune à toute l'humanité que nous imposons à la Galaxie. Chaque planète est concernée exactement au même titre que les autres. Il n'existe pas de coin culturellement reculé où puissent se développer la haine et l'envie.

— Comme ici, par exemple. »

Rogers expulsa lentement l'air de ses poumons. « Oui, vous nous avez mis dans une position inhabituelle. Il y a trois siècles que nous recherchons la planète de Williamson. Nous l'avons désirée, nous avons rêvé de la trouver. Nous la considérions comme une espèce d'empire mythique comme celui du prêtre Jean — un monde fabuleux, coupé du reste de l'humanité. Peut-être dépourvu de toute réalité. Car Frank Williamson pouvait s'être écrasé quelque part.

— Mais ce ne fut pas le cas.

— Non. Et voilà que la planète de Williamson jouit d'une culture qui lui est propre. Volontairement isolée, avec son mode de vie bien à elle, ses propres critères. Le contact est désormais établi, le rêve est devenu réalité. Le peuple de la galaxie ne tardera pas à apprendre que la planète de Williamson a été découverte. Nous pourrons bientôt rendre à la première colonie extérieure au système solaire la place qui lui revient dans la culture galactique. »

Rogers sortit de son manteau une boîte métallique qu'il ouvrit, avant d'étaler sur la table un bout de papier craquant.

« Qu'est-ce que c'est ? s'enquit Williamson.

— Ce sont les statuts. Il faut les signer, de manière que la planète de Williamson puisse devenir partie intégrante de la culture galactique. »

Williamson et le reste de l'assistance se figèrent dans le silence. Tous gardaient les yeux baissés sur le document, sans mot dire.

« Eh bien ? » questionna Rogers, tendu. Il fit glisser le document en direction de Williamson. « Voici. »

Williamson secoua la tête. « Désolé. » Il repoussa d'un geste ferme le morceau de papier vers Rogers. « Nous avons déjà organisé un plébiscite. Je regrette de vous décevoir, mais nous avons décidé de ne pas nous joindre à vous. Et c'est notre *dernier* mot. »

Le cuirassé Classe 1 trouva une orbite dans la ceinture de gravité de la planète de Williamson.

Le commandant Ferris entra en contact avec le

Centre Relais. « Nous y sommes. Quelle est la suite de la manœuvre ?

— Envoyez à la surface une équipe de câblage. Faites-moi votre rapport dès qu'elle aura touché le sol. »

Dix minutes plus tard, on lâchait à l'extérieur du navire le caporal Pete Matson, en combinaison à gravité pressurisée. Il dériva lentement vers le globe vert et bleu, au-dessous de lui, virevoltant et tournant sur lui-même à mesure qu'il s'approchait de la surface.

Matson atterrit enfin, rebondit deux ou trois fois et se remit tant bien que mal sur ses pieds. De toute évidence, il se trouvait à la lisière d'une forêt. Une fois dans l'ombre des grands arbres, il ôta son casque de sécurité. Cramponné à son éclateur, il avança prudemment au milieu des troncs.

Un déclic retentit dans ses écouteurs. « Un quelconque signe d'activité ?

— Aucun, commandant, émit-il en retour.

— Il y a sur votre droite quelque chose qui ressemble à un village. Vous pourriez tomber sur quelqu'un. Continuez d'avancer mais restez sur vos gardes. On est en train de larguer le reste de l'équipe. Les instructions suivront par l'intermédiaire de votre filet Relais.

— J'ouvre l'œil », promit Matson en nichant son arme au creux de son bras.

Il la pointa sur une lointaine colline afin de la tester, et appuya sur la détente. La colline réduite en poussière s'éleva en formant une colonne de particules. Matson escalada une longue ligne de crête et s'abrita les yeux de la main pour inspecter les alentours.

De là où il se trouvait, il pouvait voir le village. L'équivalent d'un bourg de campagne sur Terra. Il avait l'air intéressant. Il hésita une seconde, puis redescendit prestement et partit d'un pas vif et souple dans cette direction.

Au-dessus de lui trois autres membres de l'équipe tombaient déjà du cuirassé Classe 1 ; agrippés à leurs fusils, ils tournoyaient doucement vers la surface...

Rogers replia les papiers d'incorporation et les rangea lentement dans son manteau. « Vous vous rendez bien compte de ce que vous êtes en train de faire ? » demanda-t-il.

Il régnait dans la pièce un silence de mort. Williamson acquiesça. « Mais bien sûr. Nous sommes en train de refuser de faire partie de votre système Relais. »

Rogers effleura du doigt son filet traceur, qui tiédit et se mit en marche. « Croyez bien que je regrette de vous l'entendre dire.

— Cela vous surprend ?

— Pas vraiment. Le Relais a soumis le rapport de notre éclaireur aux ordinateurs. Il y avait une chance pour que vous décliniez notre offre. J'ai reçu des instructions pour le cas où cette situation se présenterait.

— Et quelles sont ces instructions ? »

Rogers jeta un coup d'œil à sa montre. « Je dois vous informer que vous disposez de six heures pour rejoindre nos rangs — sinon, vous serez rayés de la carte de l'univers. » Il se leva brusquement. « Je suis désolé que les choses aient tourné de cette façon. La planète de Williamson est l'une de nos plus précieuses légendes. Mais rien ne doit venir détruire l'unité de la galaxie. »

Williamson s'était également mis debout. Il était pâle comme la mort. Les deux hommes s'affrontèrent du regard.

« Nous nous battrons », dit-il posément. Ses doigts s'entremêlaient nerveusement, se nouant et se dénouant tour à tour.

« Cela n'a strictement aucune importance. Vous avez reçu les signaux du Relais. Vous savez donc de quoi dispose notre flotte en matière d'armement. »

Les autres, qui n'avaient pas bougé de leur siège, gardaient les yeux obstinément fixés sur leurs assiettes. Nul ne broncha.

« Est-ce bien nécessaire ? dit durement Williamson.

— Les variations culturelles doivent être évitées si l'on veut que la paix règne dans la galaxie, répliqua fermement Rogers.

— Vous nous réduiriez à néant pour éviter la guerre ?

— Nous réduirions n'importe quoi à néant pour cette cause. Nous ne saurions permettre à notre société de dégénérer et d'entretenir de perpétuelles chamailleries entre provinces, comme celles qui sévissent entre vos clans. Si nous sommes une société stable, c'est parce que nous ne connaissons pas le concept de diversité. Il faut préserver l'uniformité et décourager le séparatisme. La notion même doit demeurer inconnue. »

Williamson resta pensif. « Croyez-vous que ce soit possible ? Il existe un tel champ sémantique autour d'elle, tant d'allusions, de locutions qui lui sont apparentées. Et si vous nous faites disparaître, l'idée pourra toujours resurgir ailleurs.

— Nous prenons le risque. » Rogers fit un mouvement en direction de la porte. « Je retourne à bord de mon vaisseau ; j'attends votre réponse. Je vous suggère de procéder à un second vote. Maintenant que vous savez jusqu'où nous sommes prêts à aller, le résultat sera peut-être différent.

— J'en doute. »

Soudain, le filet de Rogers se mit à murmurer faiblement. « Ici North, au Relais. »

Rogers fit courir ses doigts sur le filet en signe de bonne réception.

« Un Classe 1 croise dans votre secteur. Une équipe a atterri. Maintenez votre navette au sol jusqu'à ce qu'elle puisse se replier. J'ai donné l'ordre à cette équipe de disposer des terminaux de mines fissiles. »

Rogers garda le silence. Ses doigts agrippèrent convulsivement le filet.

« Qu'est-ce qui ne va pas ? s'enquit Williamson.

— Tout va bien. » Rogers poussa la porte. « Je dois immédiatement regagner mon vaisseau. Allons-y. »

Le commandant Ferris contacta Rogers aussitôt que la navette eut quitté la planète de Williamson.

« North me dit que vous les avez déjà mis au courant, commença Ferris.

— C'est exact. Il est également entré en contact direct avec votre équipe. Il leur a ordonné de se préparer à l'attaque.

— Je sais. Quel délai leur avez-vous donné ?

— Six heures.

— Croyez-vous qu'ils se rendront ?

— Je l'ignore, répondit Rogers. Je l'espère, mais j'en doute. »

La planète de Williamson avec ses forêts vertes et bleues, ses fleuves et ses océans, tournait lentement dans la baie d'observation. Terra aurait pu ressembler à cela, jadis. Il vit l'énorme globe argenté du Classe 1 poursuivre sa lente révolution autour de la planète.

Le monde de légende avait été découvert. Le contact avait été établi. Et maintenant, il allait être détruit. Rogers avait fait son possible pour éviter cela, mais en vain. Comment empêcher l'inévitable ?

Si la planète de Williamson refusait de faire partie de la culture galactique, sa destruction devenait une nécessité — macabre, mais axiomatique. C'était soit la planète de Williamson, soit la galaxie. Pour sauver la plus grande, la plus petite devait être sacrifiée.

Il s'installa aussi confortablement que possible devant la baie et attendit. Au bout de six heures, une série de points noirs s'éleva de la planète et prit lentement la direction du Classe 1. Il les identifia sans peine : c'étaient d'anciens modèles de fusées à réaction. Une formation de vaisseaux de guerre archaïques qui venaient livrer bataille.

Ils n'avaient donc pas changé d'avis. Ils allaient se battre. Ils préféraient être détruits plutôt que renoncer à leur mode de vie.

Les points noirs grandirent progressivement et se transformèrent en disques de métal flamboyants qui suivaient une course erratique. Quel spectacle pathétique ! Rogers se sentit bizarrement ému en voyant ces appareils à réaction se positionner pour l'affrontement. Le Classe 1 s'était placé en orbite et flottait le long d'un arc étiré mais efficace. Ses batteries de tubes énergétiques remontaient lentement et s'alignaient pour faire face à l'attaque.

Soudain, la formation d'antiques fusées plongea vers l'avant. Elles se précipitèrent pêle-mêle sur le Classe 1 en tirant des salves de projectiles. Les tubes offensifs du Classe 1 poursuivirent leur trajet. Les fusées entreprirent de se rassembler maladroitement, gagnant de la distance en vue d'une deuxième tentative, d'un deuxième assaut.

Alors une langue d'énergie incolore jaillit, et les attaquants s'évanouirent.

Le commandant Ferris appela Rogers. « Pauvres idiots ! C'est tragique. » Son visage empâté avait pris une teinte cendrée. « Nous attaquer avec ces trucs-là !

— Il y a des dégâts ?

— Pas le moindre. » Ferris s'essuya le front d'une main tremblante. « Aucun dégât en ce qui me concerne.

— Qu'est-ce qu'on fait maintenant ? s'enquit Rogers d'un ton neutre.

— J'ai refusé le commandement de l'opération Mines et demandé au Relais de s'en charger. Il faudra bien qu'ils le fassent. L'impulsion a déjà dû être... »

Au-dessous d'eux le globe bleu-vert frémit convulsivement. Sans bruit, comme sans effort, il vola en éclats. Des fragments s'élevèrent tout autour et la planète finit par se dissoudre dans un nuage de flammes blanches pour former bientôt une masse aveuglante de matière incandescente. L'espace d'un instant, elle prit l'aspect d'un soleil miniature, illuminant le vide alentour, puis retomba en cendres.

Les écrans protecteurs du vaisseau de Rogers s'activèrent en bourdonnant sous les débris qui le mitraillaient. Ceux-ci furent aussitôt pris dans une pluie de particules et désintégrés sur place.

« Bon, dit Ferris. C'est fini. North déclarera que le premier éclaireur s'était trompé. La planète de Williamson n'a pas été retrouvée. La légende restera intacte. »

Rogers observa le spectacle jusqu'à ce que les derniers débris de planète aient cessé de fuser, et que seule demeure une ombre vague, sans couleur définie. Les écrans se désactivèrent automatiquement. À sa droite, le Classe 1 gagna de la vitesse et prit la direction du système de Riga.

Il n'y avait plus de planète de Williamson. La civilisation du Relais galactique était saine et sauve. Le concept de culture séparée, dotée de son mode de vie et de ses coutumes propres, avait été éradiqué de la manière la plus efficace possible.

« Du bon travail », murmura le filet traceur du Relais. North était content. « Les mines fissiles ont été parfaitement disposées. Il ne reste rien.

— Non, approuva Rogers. Rien du tout. »

Le caporal Pete Matson poussa la porte d'entrée, un large sourire aux lèvres. « Bonjour, chérie ! Surprise !

— Pete ! » Gloria Matson sauta au cou de son mari. « Mais qu'est-ce que tu fais là ? Pete...

— Permission spéciale. Quarante-huit heures. » Il jeta sa valise par terre d'un air triomphal. « Salut, gamin ! »

Son fils lui rendit timidement son bonjour.

Pete s'accroupit et ouvrit sa valise. « Comment ça a été, en mon absence ? L'école ?

— Il a encore attrapé un rhume, intervint Gloria. Mais c'est presque fini maintenant. Alors, qu'est-ce qui s'est passé ? Comment se fait-il que...

— Secret militaire. » Pete fouilla dans sa valise. « Tiens. » Il tendit quelque chose à son fils. « Je t'ai rapporté ça. Un souvenir. »

C'était un gobelet de bois fait main. Le garçon s'en empara et le retourna dans tous les sens, curieux et perplexe. « C'est quoi un... un *souvenir* ? »

Matson eut de la peine à exprimer un concept aussi délicat. « Eh bien, c'est un objet qui te rappelle un autre endroit. Une chose que tu n'as pas là où tu habites. Tu vois ? » Matson tapota le gobelet. « C'est pour boire. Ça ne ressemble pas du tout à nos verres en plastique, hein ?

— Non, répondit l'enfant.

— Regarde ça, Gloria. » Pete déploya une grande pièce de tissu bariolé pliée dans sa valise « Une occasion en or. Tu pourras t'en faire une jupe. Qu'est-ce que tu en dis ? As-tu jamais rien vu de pareil ?

— Non, répondit Gloria, impressionnée. Jamais. » Elle saisit le tissu et le caressa respectueusement.

Pete Matson rayonnait en voyant sa femme et son fils admirer les souvenirs qu'il leur avait rapportés, ces choses qui leur rappelleraient ses lointaines excursions en terre étrangère.

« Eh ben, dis donc... », murmura l'enfant en tournant le gobelet en tous sens. Une lueur étrange s'alluma dans ses yeux. « Merci beaucoup, papa pour le... *souvenir*. »

La lueur étrange s'accentua.

Progéniture

Traduction d'Hélène Collon

Titre original :
PROGENY

paru dans If, *novembre 1954.*

Ed Doyle était pressé. Il arrêta un véhicule de surface, agita un billet de cinquante crédits sous le nez du chauffeur-robot, épongea son visage écarlate à l'aide d'un mouchoir de poche également rouge, desserra son col, transpira, se passa nerveusement la langue sur les lèvres et avala sa salive avec peine pendant tout le trajet vers l'hôpital.

Le véhicule de surface s'arrêta en souplesse devant le grand bâtiment surmonté d'une coupole blanche. Ed sauta à terre et escalada les marches quatre à quatre en se frayant un chemin parmi les visiteurs et les convalescents qui se pressaient sur la terrasse. Il pesa de tout son poids contre la porte et fit irruption dans le hall, à la grande surprise des employés et autres personnages qui vaquaient à leurs occupations.

« Où est-ce ? » demanda-t-il en jetant un regard circulaire, les jambes largement écartées, les poings serrés, hors d'haleine. Il avait le souffle rauque, comme un animal. Le silence s'abattit sur le hall. Tous se tournèrent vers lui, interrompant leurs allées et venues. « Où est-ce ? répéta-t-il. Où est-elle ? Où sont-ils ? »

Une chance que Janet eût accouché ce jour-là entre tous. Proxima du Centaure était bien loin de la Terre, et bien mal desservie de surcroît. Prévoyant la naissance de son enfant, Ed avait quitté Proxima quelques semaines plus tôt. Il venait tout juste d'arriver en ville. Le billet lui avait été remis par un messager-robot alors qu'il déposait sa valise sur le tapis roulant du terminal : *Hôpital central de Los Angeles. Immédiatement.*

Ed ne perdit pas une seconde, Tout en se hâtant, il ne pouvait se retenir d'éprouver une certaine satisfaction à l'idée qu'il était arrivé le jour dit, et pratiquement à l'heure. C'était un sentiment agréable. Il l'avait déjà éprouvé par le passé, au cours de ses années passées à faire des affaires aux « colonies », là-bas, sur la frontière, à la lisière de la civilisation terrienne, là où l'on éclairait encore les rues à l'électricité et où l'on ouvrait les portes à la main.

Il n'allait pas être facile de se réacclimater. Ed se retourna vers la porte derrière lui, se sentant soudain ridicule. Il l'avait ouverte d'un coup, sans tenir compte de l'œil électronique. Elle était à présent en train de se refermer en se remettant doucement en place. Il se calma un peu et rangea son mouchoir dans la poche de sa veste. Les employés de l'hôpital se remettaient au travail, reprenant leur tâche là où ils l'avaient laissée. L'un d'eux, un robot bien charpenté du tout dernier modèle, glissa jusqu'à Ed et vint s'immobiliser devant lui.

Le robot agita son bloc-notes d'un air compétent tandis que ses yeux photocellulaires examinaient le visage empourpré d'Ed. « Puis-je vous demander qui vous cherchez, monsieur ? Qui désirez-vous voir ?

— Ma femme.

— Son nom, monsieur ?

— Janet. Janet Doyle. Elle vient d'accoucher. »

Le robot consulta son bloc. « Par ici, monsieur. » Il démarra en souplesse et s'éloigna dans le couloir.

Ed lui emboîta nerveusement le pas. « Elle va bien ? Je suis arrivé à temps ? » Il sentait revenir l'angoisse.

« Son état est tout à fait satisfaisant, monsieur. » Le robot leva un bras métallique et une porte coulissante s'ouvrit. « C'est ici, monsieur. »

Vêtue d'un élégant tailleur maille bleue, Janet était assise devant un bureau d'acajou, une cigarette à la main ; ses fines jambes étaient croisées et elle parlait avec animation. En face d'elle, un médecin habillé avec recherche l'écoutait en silence.

« Janet ! s'écria Ed en pénétrant dans la pièce.

— Salut, Ed. » Elle leva les yeux. « Tu viens d'arriver ?

— Mais oui. C'est... c'est fini ? Tu... je veux dire, ça y est ? »

Janet éclata de rire, révélant des dents régulières d'un blanc étincelant. « Mais bien sûr. Entre, viens t'asseoir. Je te présente le Dr Bish.

— Bonjour, docteur. » Mal à l'aise, Ed prit place en face d'eux. « Alors comme ça, c'est bien fini ?

— L'événement a eu lieu », répondit le Dr Bish d'une voix ténue aux consonances métalliques.

Ed eut un choc en comprenant qu'il s'agissait d'un robot. Un robot ultra-perfectionné, humanoïde, de conception très différente des travailleurs ordinaires à coque de métal. Il s'y était laissé prendre — il y avait si longtemps qu'il avait quitté la Terre ! Le Dr Bish avait l'air bien nourri, plutôt grassouillet, et arborait un visage aimable derrière ses lunettes. Ses grandes mains charnues reposaient devant lui sur le bureau ; il portait une bague. Costume rayé, cravate avec épingle en diamant, ongles manucurés, cheveux noirs, raie au milieu.

C'était sa voix qui l'avait trahi. Manifestement, on ne réussissait jamais à doter les robots d'une tonalité vocale parfaitement humaine. Leur système à air comprimé et à disque rotatif laissait vraiment à désirer. Mais cela mis à part, le résultat était très convaincant.

« J'ai cru comprendre que vous étiez domicilié dans les environs de Proxima, Mr. Doyle », commença le médecin d'un ton aimable.

Ed acquiesça. « C'est exact.

— Pas la porte à côté, hein ? Je n'y suis moi-même jamais allé. J'en ai toujours eu envie, pourtant. Est-il vrai qu'on s'apprête maintenant à pousser jusqu'à Sirius ?

— Écoutez, docteur...

— Un peu de patience, Ed. » Janet écrasa sa cigarette en lui lançant un coup d'œil réprobateur. Elle n'avait pas changé, en six mois. Petit visage de blonde, bouche bien rouge, yeux froids comme deux petites pierres bleues. Et elle avait retrouvé sa silhouette irréprochable. « On va l'amener ici. Ça ne prendra que quelques minutes. On doit d'abord le laver, lui mettre des gouttes dans les yeux et prendre un cliché de ses ondes encéphaliques.

— *Le ?* Alors c'est un garçon ?

— Mais bien sûr. Tu ne te souviens pas ? Tu étais pourtant avec moi quand on m'a fait les piqûres. Nous nous étions mis d'accord à ce moment-là. Tu n'as pas changé d'avis, au moins ?

— De toute façon, c'est un peu tard, maintenant, Mr. Doyle », fit le médecin d'une voix haut perchée mais posée. « Votre femme a décidé qu'il s'appellerait Peter.

— Peter. » Ed hocha la tête, un peu perdu. « Oui, c'est vrai, nous en avions décidé ainsi. Peter. » Il laissa le prénom tourner en rond dans sa tête. « Oui, c'est pas mal. Ça me va. »

Soudain, le mur s'évanouit, passant brusquement de l'opacité à la transparence. Ed se retourna vivement. Ils avaient devant eux une pièce brillamment éclairée emplie de matériel hospitalier et d'infirmiers-robots en blouse blanche. L'un des robots venait vers eux en poussant un chariot sur lequel se trouvait un grand récipient de métal.

Le souffle d'Ed s'accéléra. Un vertige le saisit. Il marcha jusqu'à la paroi transparente et se mit à contempler le récipient.

Le Dr Bish se leva. « Ne désirez-vous pas le voir aussi, madame Doyle ?

— Mais si, bien sûr. » Janet alla se poster devant

le mur, au côté d'Ed. Les bras croisés, elle observa la scène d'un œil critique.

Le Dr Bish fit un signe. L'infirmier plongea le bras dans le récipient et en sortit un plateau grillagé dont il enserrait les poignées dans ses pinces magnétiques. Sur le plateau se trouvait Peter Doyle, les yeux écarquillés d'étonnement, encore tout dégoulinant de l'eau du bain, qui coulait à travers le grillage. À part quelques mèches de cheveux sur le dessus du crâne et ces grands yeux bleus, il était rose de la tête aux pieds. Minuscule, ridé et édenté comme un vieux sage rabougri.

« Ça alors », dit Ed.

Le Dr Bish fit un second signe. La paroi coulissa. L'infirmier-robot s'avança dans la pièce en tendant devant lui son plateau dégoulinant. Le médecin en retira Peter, qu'il éleva devant ses yeux afin de l'examiner. Il se mit à le tourner dans tous les sens en l'inspectant sous tous les angles.

« Il m'a l'air tout à fait bien portant, dit-il enfin.

— Que dit le cliché encéphalique ? s'enquit Janet.

— Que tout va bien. Les tendances révélées sont excellentes. Très prometteuses. On observe un fort développement de... » Le médecin s'interrompit. « Qu'y a-t-il, Mr. Doyle ? »

Ed tendait les bras. « Donnez-le-moi, docteur. J'aimerais le tenir. » Il souriait de toutes ses dents. « Voyons s'il est lourd... Il me paraît tellement costaud ! »

La mâchoire du Dr Bish s'affaissa d'horreur. Janet et lui en restèrent bouche bée.

« Ed ! lança sèchement Janet. Qu'est-ce qui te prend ?

— Dieu du ciel, Mr. Doyle », murmura le médecin.

Ed cligna des yeux. « Qu'est-ce qu'il y a ?

— Si je m'étais douté que vous aviez ce genre d'idées derrière la tête... » Le Dr Bish s'empressa de rendre Peter à l'infirmier, lequel regagna prestement l'autre pièce et replaça l'enfant dans le récipient. Chariot, robot et récipient ne tardèrent pas à disparaître, et le mur se remit en place dans un claquement.

L'air irrité, Janet attrapa le bras de son mari. « Bonté divine, Ed ! Aurais-tu perdu la tête ? Allez, viens, sortons d'ici avant que tu fasses encore des tiennes.

— Mais...

— Viens. » Janet adressa un sourire crispé au médecin. « Il faut que nous partions maintenant, docteur. Merci infiniment. Ne faites pas attention à lui. Il y a longtemps qu'il vit là-bas, vous savez.

— Je comprends », dit le Dr Bish d'un ton égal. Il avait repris sa contenance. « Je compte bien que nous aurons de vos nouvelles, madame ? »

Janet entraîna Ed dans le couloir. « Ed, on peut savoir ce qui t'a pris ? Jamais de ma vie je ne me suis sentie aussi gênée. » Deux taches rouges brillaient sur ses joues. « Je t'aurais donné des coups de pied !

— Mais qu'est-ce qu'...

— Tu sais bien qu'on n'a pas le droit de le toucher. Tu veux gâcher toute sa vie, c'est ça ?

— Mais je ne...

— Allez, viens. » Ils sortirent en toute hâte de l'hôpital et se retrouvèrent sur la terrasse. Le soleil les inondait de sa chaleur.

« Qui sait le mal que tu as pu lui faire ? Si ça se trouve, il est déjà irrémédiablement atteint. Si, en grandissant, il devient anormal, hyper-émotif et... et névrosé, ce sera de ta faute. »

Soudain, cela lui revint. Il s'affaissa, le visage tout empreint de détresse. « C'est vrai. J'avais oublié. Seuls les robots peuvent approcher les enfants. Je te demande pardon, Jan. Je me suis laissé emporter. J'espère que je n'ai rien commis d'irréparable.

— Mais comment as-tu pu oublier ?

— C'est tellement différent, là-bas, sur Proxima. » Tout déconfit, Ed héla un véhicule de surface dont le chauffeur vint s'arrêter devant eux. « Jan, je suis sincèrement désolé, je t'assure. J'étais tout excité, tu comprends. Allons prendre un café quelque part et discuter un peu. Je veux savoir ce qu'a dit le médecin. »

Ed but son café pendant que Janet sirotait un cognac frappé. Excepté la vague luminosité irradiant de la table à laquelle ils avaient pris place, la salle du Nymphite était plongée dans une obscurité totale. La table répandait alentour une pâle lueur fantomatique qui semblait venir de nulle part. La serveuse-robot allait et venait sans bruit en portant son plateau de boissons. On entendait de la musique enregistrée jouer doucement au fond de la salle.

« Je t'écoute, dit Ed.

— Que veux-tu que je te dise ? » Janet se défit de sa veste et la disposa sur le dossier de son siège. Sa gorge luisait discrètement dans la faible lumière ambiante. « Il n'y a pas grand-chose à raconter. Tout s'est très bien passé. Ça n'a pas été long. J'ai bavardé avec le Dr Bish presque tout le temps.

— Je suis content d'être là.

— Tu as fait bon voyage ?

— Oui, merci.

— La liaison est-elle meilleure, maintenant ? Ou est-ce que ça prend toujours aussi longtemps ?

— Il n'y a pas grande différence.

— Je ne comprends pas pourquoi tu tiens à t'en aller si loin. Cet endroit est tellement... coupé de tout. Qu'est-ce que tu lui trouves ? Y a-t-il vraiment une telle demande de matériel sanitaire ?

— Ils en ont besoin. C'est la zone frontière. Tout le monde veut avoir son petit confort. » Ed fit un geste vague. « Qu'est-ce qu'il t'a dit, pour Peter ? Comment sera-t-il ? A-t-il moyen de le savoir ? Je suppose qu'il est encore trop tôt.

— Il allait justement m'en parler quand tu t'es mis à te comporter bizarrement. Je lui donnerai un coup de vidphone en rentrant. Le tracé encéphalique devrait être bon. Il descend de la meilleure souche eugénique.

— De ton côté, du moins, grogna Ed.

— Combien de temps restes-tu ?

— Je l'ignore. Pas très longtemps. Il va falloir que j'y retourne. J'aimerais quand même bien le revoir avant de partir. » Il lança à sa femme un regard plein d'espoir. « Crois-tu que ce soit possible ?

— Je pense que oui.

— Ils vont le garder longtemps ?

— À l'hôpital ? Non. Quelques jours. »

Ed hésita. « Ce n'est pas exactement de l'hôpital que je voulais parler. Je voulais dire, combien de temps vont-ils le garder avec eux ? Quand est-ce qu'on pourra le prendre ? Le ramener à la maison ? »

Il y eut un silence. Janet termina son cognac, puis se laissa aller en arrière et alluma une cigarette. La fumée dériva jusqu'à Ed et se mêla à la lumière blanchâtre. « Ed, je crois que tu ne comprends pas. Il y a si longtemps que tu es parti. Il s'est passé beaucoup de choses depuis ton enfance. Nous avons de nouvelles méthodes, de nouvelles techniques. Ils ont découvert tant de choses inconnues ! Ils font des progrès, pour la première fois. Ils savent ce qu'il faut faire. Ils sont en train de mettre au point une méthodologie réellement adaptée aux enfants. Concernant la période de la croissance. Le développement du comportement. L'apprentissage. » Elle lui adressa un sourire radieux. « J'ai beaucoup lu sur ce sujet.

— Alors ? Combien de temps avant qu'on le récupère ?

— Dans quelques jours, il sortira de l'hôpital. De là, il ira dans un centre d'orientation pour enfants. On lui fera passer des tests, on le mettra en observation. Ils détermineront ses diverses capacités, ainsi que ses aptitudes latentes. La direction que semble prendre son développement.

— Et après ?

— On le placera dans la section éducative appropriée. Pour qu'il reçoive la bonne formation. Tu sais, Ed, j'ai l'impression que ça va être quelqu'un ! Je l'ai lu dans le regard du Dr Bish. Quand je suis entrée, il était en train d'examiner ses diagrammes encéphaliques, et il avait un air... comment dire ? » Elle chercha ses mots. « Eh bien, un air presque... presque gourmand. Tout excité. Ils s'intéressent de si près à ce qu'ils font ! Cet homme...

— On ne dit pas cet homme en parlant d'un robot.

— Ed, je me demande vraiment ce qui te prend.

— Rien du tout. » Ed baissa les yeux d'un air maussade. « Continue.

— Ils veulent être sûrs de le former dans le sens qui lui convient. Pendant tout le temps qu'il passera là-bas, on lui fera passer des tests d'aptitude. Et puis, quand il aura neuf ans, on le transférera...

— Neuf ans !

— Mais oui.

— Mais quand est-ce qu'ils nous le rendront ?

— Ed, je pensais que tu étais au courant. Il faut donc que je t'explique tout ?

— Mon Dieu, Jan ! On ne peut tout de même pas attendre neuf ans ! » Ed se redressa brusquement. « Je n'ai jamais entendu parler d'une chose pareille. Neuf ans ? Mais, il sera déjà grand.

— Justement. » Janet se pencha vers lui en appuyant son coude nu sur la table. « Tant qu'il grandit, il doit rester avec eux. Pas avec nous. Plus tard, quand il aura achevé sa croissance et qu'il ne sera plus si malléable, nous pourrons passer avec lui autant de temps qu'il nous plaira.

— Comment ça "plus tard" ? Quand il aura dix-huit ans, c'est ça ? » Ed sauta sur ses pieds et repoussa sa chaise. « Je vais le chercher.

— Assieds-toi, Ed. » Janet levait sur lui un regard calme, un bras souple négligemment jeté sur le dossier de son siège. « Assieds-toi et essaie de te comporter en adulte, pour une fois.

— Mais ça ne te fait donc rien ? Tu t'en moques ?

— Bien sûr que non. » Janet haussa les épaules. « Mais il le faut. Sinon, il ne se développera pas correctement. C'est pour son bien à lui. Pas le nôtre. Ce n'est pas pour nous qu'il vit mais pour lui. Tu veux donc qu'il soit déchiré par les conflits intérieurs ? »

Ed s'écarta de la table. « À plus tard.

— Où vas-tu ?

— Faire un tour. Je ne supporte pas ce genre d'endroits. Ils me tapent sur les nerfs. Salut. » Ed traversa la salle et parvint à la porte. Celle-ci s'ouvrit, et il se retrouva dans la rue inondée par le soleil de midi, qui l'enveloppa de sa chaleur. Il cligna des yeux le temps de s'habituer à sa clarté aveuglante. Les gens déferlaient tout autour de lui. Des gens et du bruit. Il suivit le flot.

Il n'arrivait pas à y croire. Il l'avait toujours su, évidemment. Tout au fond de lui. Les progrès récents en matière d'éducation des enfants. Mais il n'en avait qu'une idée abstraite, générale. Rien qui le concerne directement. Lui ou son enfant.

En marchant, il retrouva son calme. Il s'énervait pour rien, en fait. Bien entendu, Janet avait raison. C'était pour le bien de Peter. Peter ne vivait pas pour eux, comme un chien ou un chat, un animal familier dans la maison. C'était un être humain doté d'une vie propre. La formation lui était destinée à *lui*, et non à eux deux. Il s'agissait de son développement, de ses capacités et de ses pouvoirs à *lui*. On allait le modeler, le façonner, faire ressortir sa personnalité.

Naturellement, c'étaient les robots qui s'en tireraient le mieux. Ils sauraient l'élever scientifiquement, selon des méthodes rationnelles. Sans sautes d'humeur. Les robots ne se mettaient pas en colère, eux. Ils ne pinaillaient pas, ils ne se lamentaient pas continuellement. Ils ne donnaient pas la fessée aux enfants et ne leur criaient pas après. Ils ne donnaient pas d'ordres contradictoires. Ils ne se querellaient pas entre eux et n'utilisaient pas l'enfant à leurs propres fins. Et avec des robots pour seul entourage, pas de complexe d'Œdipe à redouter.

Ni d'autres complexes, d'ailleurs. On savait depuis bien longtemps que la névrose avait sa source dans l'éducation que recevait l'enfant. Dans la façon dont ses parents l'élevaient. Les inhibitions qu'ils lui inculquaient, les comportements, les leçons, les punitions et récompenses. Névroses, complexes, anomalies du développement, tout cela provenait de la relation subjective qu'entretenaient parents et enfants. Si le facteur « parents » pouvait être éliminé...

Les parents n'étaient jamais capables d'objectivité vis-à-vis de leur enfant. Ils faisaient immanquablement sur lui une projection affective tendancieuse. Il était inévitable que leur point de vue soit erroné. Aucun parent ne pouvait être un bon instructeur pour son enfant.

En revanche, les robots, eux, savaient observer l'enfant, analyser ses besoins, ses désirs, tester ses aptitudes et ses centres d'intérêt. Jamais ils ne forçaient un enfant à se couler dans un moule particulier. On l'élevait au gré de ses propres tendances, toujours dans le sens de ses intérêts et de ses besoins, tels que déterminés par l'analyse scientifique.

Ed arriva au carrefour. Les voitures passaient devant lui dans un vrombissement continu. Distrait, il fit un pas en avant.

Un fracas métallique, suivi d'un choc. Des barreaux s'abaissèrent devant lui, le forçant à s'arrêter. Un robot chargé de la sécurité des passants.

« Veuillez faire plus attention, monsieur ! fit une voix stridente tout près de lui.

— Désolé. » Ed recula. Les barreaux de contrôle se relevèrent. Il attendit que le feu passe au vert. C'était pour le bien de Peter. Les robots sauraient l'élever comme il fallait. Plus tard, lorsqu'il serait sorti de la croissance, qu'il serait moins docile, moins prompt à réagir... « Ça vaut mieux pour lui », murmura Ed. Puis il le répéta un ton plus haut. Quelques personnes lui jetèrent un regard, ce qui le fit rougir. Évidemment, que ça valait mieux pour lui. Aucun doute là-dessus.

Dix-huit ans. Il ne pourrait pas être avec son fils avant qu'il ait dix-huit ans. Presque un adulte.

Le feu passa au vert. Plongé dans ses réflexions, Ed traversa la rue en compagnie des autres piétons, prenant bien soin de rester dans les limites du passage aménagé. C'était la meilleure solution pour Peter. Mais dix-huit ans, c'était bien long.

« Sacrément long, murmura encore Ed en fronçant les sourcils. Sacrément trop long. »

Le Dr 2g-Y Bish examinait attentivement l'homme qui se tenait devant lui. Ses connecteurs et banques de données travaillaient, formant une image identificatrice de plus en plus précise et affichant, via le scanner, toute une série de possibilités comparatives.

« En effet, je me souviens de vous, monsieur, fit enfin le Dr Bish. Vous êtes celui qui vient de Proxima. Des colonies. Doyle, Edward Doyle. Voyons voir. C'était il y a quelque temps déjà. Ce devait être...

— Il y a neuf ans, précisa Doyle d'un air sombre. Pratiquement jour pour jour. »

Le Dr Bish joignit les mains. « Asseyez-vous, monsieur. Que puis-je faire pour vous ? Et comment va Mme Doyle ? Une femme charmante, d'après mes souvenirs. Nous avions eu une conversation des plus plaisantes lors de son accouchement. Qu'est-elle...

— Docteur, savez-vous où se trouve mon fils ? »

Le médecin contempla le bureau d'acajou verni dont il tapotait la surface du bout des doigts. Il ferma à demi les yeux, le regard dans le vague. « Oui. Oui, Mr. Doyle, je sais où est votre fils. »

Ed Doyle se détendit. « Parfait. » Il hocha la tête et laissa échapper un soupir de soulagement.

« Je sais exactement où il se trouve. Je l'ai placé au Centre de Recherche Biologique il y a à peu près un an. Il y subit une formation spécialisée. Votre fils, Mr. Doyle, a fait montre de capacités hors du commun. Il est, dirons-nous, l'un des rares, des *très* rares chez qui nous ayons décelé de réelles possibilités.

— Puis-je le voir ?

— Que voulez-vous dire par là ? »

Doyle se contrôla au prix d'un grand effort. « Il me semble que je me fais pourtant bien comprendre. »

Le médecin se frotta le menton. Son cerveau photocellulaire émettait un ronronnement et fonctionnait à plein régime. Des interrupteurs y assuraient le cheminement des impulsions électriques, accumulant les charges et franchissant allègrement les transmetteurs tandis qu'il contemplait l'homme qui lui faisait face. « Vous voulez dire que vous voulez le voir de vos propres yeux ? C'est l'un des sens du terme. Ou bien désirez-vous lui parler ? On utilise parfois ce mot pour désigner un contact plus direct. Le terme est un peu vague.

— Je veux lui parler.

— Je vois. » Bish tira lentement quelques formulaires du distributeur placé sur son bureau. « Il faudra avant toute chose remplir les papiers requis, bien entendu. Vous désirez un entretien de quelle durée exactement ? »

Ed Doyle ne quittait pas des yeux le visage neutre du médecin. « Je veux lui parler des heures. Et seul à seul.

— Seul à seul ?

— Sans robot autour. »

Le Dr Bish ne répondit pas. Il lissait les papiers du plat de la main en en cornant les coins du bout de l'ongle. « Mr. Doyle, commença-t-il d'un ton prudent, je me demande si vous vous trouvez actuellement dans un état affectif permettant une rencontre avec votre fils. Vous êtes récemment rentré des colonies ?

— J'ai quitté Proxima il y a trois semaines.

— C'est donc que vous venez d'arriver à Los Angeles ?

— C'est exact.

— Et c'est pour voir votre fils que vous êtes revenu ? Ou bien avez-vous d'autres affaires à traiter ?

— Je suis venu pour lui.

— Mr. Doyle, Peter a atteint un stade très critique. Il vient tout juste d'être transféré au Centre Biologique pour y recevoir une formation supérieure. Jusqu'alors, on lui dispensait un enseignement général. Ce que nous appelons le stade non différencié. Il est récemment entré dans une nouvelle phase. Ces six derniers mois, Peter a entrepris des travaux plus poussés dans sa branche, la chimie organique. Il va...

— Qu'en pense Peter ? »

Bish fronça les sourcils. « Je ne comprends pas, monsieur.

— Quel est son sentiment à lui ? Est-ce cela qu'il veut faire ?

— Mr. Doyle, votre fils a la possibilité de devenir l'un des meilleurs biochimistes du monde. Depuis le temps que nous travaillons à la formation et au développement des humains, jamais nous n'avons rencontré d'être doté d'une telle faculté d'assimilation des données, de construction théorique et de formulation des faits. Tous les tests indiquent qu'il s'élèvera rapidement jusqu'au sommet de son domaine d'élection. C'est encore un enfant, Mr. Doyle, mais ce sont les enfants qui doivent être formés. »

Doyle se leva. « Dites-moi où le trouver. Je lui parlerai deux heures, et ensuite il fera ce qu'il voudra.

— Ensuite ? »

Doyle serra les mâchoires et enfonça les mains dans ses poches. Son visage empourpré, contracté, était empreint d'une sombre détermination. Durant ces neuf années il avait pris beaucoup de poids ; il était maintenant corpulent et congestionné. Ses cheveux clairsemés étaient devenus gris fer. Ses vêtements négligés n'étaient pas repassés. Et il avait l'air buté

Le médecin soupira. « Très bien, monsieur. Voici les papiers. La loi vous autorise à observer votre fils chaque fois que vous en faites la demande officielle. Étant donné qu'il a dépassé le stade de la non-différenciation, vous pourrez également lui parler pendant une période de quatre-vingt-dix minutes.

— Seul ?

— Vous pourrez le faire sortir du périmètre du Centre pendant le temps qui vous est imparti. » Le Dr Bish poussa les papiers vers Doyle. « Remplissez cela et je vous ferai amener Peter ici. »

Il fixa un regard tranquille sur l'homme qui se dressait devant lui.

« J'ose espérer que vous n'oublierez pas que toute expérience de nature affective intervenant à ce stade crucial peut considérablement affecter son développement. Il a choisi sa branche, Mr. Doyle. On doit le laisser suivre son propre chemin sans lui opposer d'obstacles liés à des situations inhibitrices. Pendant toute sa période d'apprentissage, Peter n'a été en contact qu'avec notre personnel technique. Il n'a pas l'habitude des relations avec d'autres humains. Je vous prie donc d'être prudent. »

Doyle ne répondit pas. Il ramassa les papiers et tira de sa poche son stylo-plume.

Ed ne reconnut pas son fils quand les deux robots l'escortèrent depuis le massif bâtiment en béton qui formait le Centre jusqu'à quelques mètres de son véhicule de surface.

Ed ouvrit la portière. « Pete ! »

Son cœur battait à grands coups douloureux. Il regarda son fils approcher de la voiture en plissant les yeux sous l'ardeur du soleil. On était en fin d'après-midi, aux environs de quatre heures. Une brise légère balayait le parc de stationnement en chassant quelques papiers et autres détritus.

Peter était mince et se tenait bien droit. Il avait de grands yeux d'un brun profond, semblables à ceux de Ed. Ses cheveux étaient clairs, presque blonds. Plutôt comme ceux de Janet. Mais c'était de son père qu'il tenait cette mâchoire à la ligne si ferme, si bien découpée. Ed lui fit un grand sourire. Neuf ans ! Neuf ans depuis le jour où le robot avait sorti le plateau du récipient pour lui montrer un petit enfant tout ridé et rouge comme un homard bouilli.

Peter avait grandi. Ce n'était plus un bébé mais un jeune garçon droit et fier aux traits bien dessinés et aux grands yeux lumineux.

« Pete ! commença Ed. Alors, comment vas-tu ? »

L'enfant s'arrêta devant la portière et contempla calmement Ed. Puis il examina rapidement la voiture, le chauffeur-robot, l'homme corpulent au costume de tweed froissé qui lui souriait d'un air mal à l'aise.

« Monte. Monte dans la voiture. » Ed se renfonça dans son siège. « Viens donc. Je t'emmène quelque part. »

L'enfant reporta son regard sur Ed. Celui-ci eut soudain conscience de son costume déformé, de ses chaussures non cirées et de son menton hérissé de poils gris. Il rougit, puis d'un geste brusque tira son mouchoir de poche rouge et s'en épongea le front d'un air embarrassé. « Je viens tout juste de débarquer, Pete. Du vaisseau en provenance de

Proxima. Je n'ai pas eu le temps de me changer. Je suis un peu crasseux. C'est un long voyage. »

Peter hocha la tête. « 4,3 années-lumière, n'est-ce pas ?

— Il faut trois semaines. Allez, monte. Tu ne veux pas monter ? »

Peter se glissa à ses côtés. Ed claqua la portière. « Allons-y. » La voiture démarra. « Conduisez-nous... » Ed s'interrompit et jeta un coup d'œil par la fenêtre. « Là-bas, vers la colline. À l'extérieur de la ville. » Il se tourna vers Pete. « Je déteste les grandes villes. Je ne peux vraiment pas m'y faire.

— Il n'y a pas de grandes villes dans les colonies, n'est-ce pas ? murmura Peter. Tu as perdu l'habitude de la vie citadine. »

Ed se laissa aller en arrière dans son siège. Son cœur commençait à retrouver son rythme normal. « Non, Pete, en réalité c'est plutôt l'inverse.

— Que veux-tu dire ?

— Si je suis parti sur Proxima c'est justement parce que je ne supportais pas les villes. »

Peter se tut. Le véhicule de surface montait dans les collines en empruntant une route au revêtement d'acier. Juste au-dessous d'eux, le Centre gigantesque et impressionnant s'étalait comme un entassement de briques. Ils croisèrent quelques voitures, peu nombreuses. Maintenant, les transports étaient pour la plupart aériens, et les véhicules de surface étaient en voie de disparition.

La route cessa de monter. Ils avaient atteint la crête des collines. De part et d'autre croissaient des arbres et des buissons. « C'est joli par ici, commenta Ed.

— En effet.

— Comment... comment ça c'est passé, alors ? Il y a si longtemps que je ne t'ai pas vu. En fait, je ne t'ai vu qu'une seule fois. Juste après ta naissance.

— Je sais. Ta visite est mentionnée au dossier.

— Tu t'es bien débrouillé ?

— Mais oui, très bien.

— Ils t'ont bien traité ?

— Bien sûr. »

Au bout d'un moment Ed se pencha en avant. « Arrêtez-vous ici », dit-il au robot-chauffeur.

La voiture ralentit et se rangea sur le bas-côté. « Mais monsieur, il n'y a rien...

— Ça ira très bien. Laissez-nous descendre. Nous continuerons à pied. »

Le moteur s'arrêta et la portière s'ouvrit comme à regret. Ed descendit prestement sur la chaussée. Surpris, Peter sortit lentement après lui. « Où sommes-nous ?

— Nulle part. » Ed claqua la portière. « Rentrez en ville, dit-il au chauffeur. Nous n'aurons plus besoin de vous. »

Le véhicule repartit. Ed gagna le bas-côté. Peter le suivit. Le flanc de la colline descendait en pente raide jusqu'aux abords de la ville qui s'étendait à leurs pieds.

Le vaste panorama de la métropole s'offrait à leurs yeux sous le soleil de fin d'après-midi. Ed prit une profonde inspiration et écarta les bras. Puis il ôta sa veste et la jeta sur son épaule.

« Viens, dit-il en commençant à, descendre. On y va.

— Où ça ?

— Se promener. Quittons cette fichue route ! »

Ils se mirent à descendre en faisant attention où ils posaient les pieds et en se retenant aux herbes et racines qui surgissaient du sol. Ils arrivèrent finalement sous un grand sycomore qui poussait en terrain plat. Ed se jeta par terre en grognant et s'épongea le cou.

« Asseyons-nous ici. »

Peter s'assit avec précaution, un peu à l'écart. La chemise bleue de Ed était trempée de sueur. Il dénoua sa cravate et desserra son col. Puis il fouilla dans les poches de son manteau et en tira sa pipe et son tabac.

Peter le regarda bourrer sa pipe et l'allumer au moyen d'une grande allumette. « Qu'est-ce que c'est que ça ? murmura-t-il.

— Ça ? Eh bien, c'est ma pipe. » Ed sourit en tirant une bouffée. « Tu n'as donc jamais vu de pipe ?

— Non.

— Celle-ci est très bien. Je l'ai achetée à mon premier voyage vers Proxima. C'était il y a bien longtemps, Pete. Vingt-cinq ans. J'avais tout juste dix-neuf ans, à l'époque. Guère plus de deux fois ton âge. »

Il rangea son tabac et s'adossa à l'arbre ; son visage empâté arborait un air grave, préoccupé.

« Dix-neuf ans à peine. J'étais parti comme plombier. Réparations, vente quand l'occasion se présentait. *Plomberies terrestres.* Une de ces grandes affiches publicitaires qu'on voyait partout. Possibilités illimitées. Terres vierges. Faites fortune. De l'or partout. » Ed s'esclaffa.

« Et tu t'en es bien sorti ?

— Pas trop mal. Et même pas mal du tout. Je possède ma propre affaire maintenant, tu sais. Je couvre tout le système de Proxima. Nous faisons les réparations, l'entretien, la fabrication, le bâtiment. J'ai six cents employés. Ça m'a pris longtemps pour en arriver là. Et ça n'a pas été facile.

— Je comprends.

— Tu as faim ? »

Peter se retourna. « Comment ?

— Est-ce que tu as faim ? » Ed tira de sa veste un paquet enveloppé de papier brun et entreprit de le défaire. « Il me reste un ou deux sandwiches du voyage. Quand je reviens de Proxima, j'emporte mes provisions. Je n'aime pas aller au restaurant. On se fait toujours plumer. » Il tendit le paquet. « Tu en veux un ?

— Non merci. »

Ed choisit un sandwich et se mit à manger. Il mâchait nerveusement, en jetant des coups d'œil à son fils. Celui-ci était assis à quelque distance de là et regardait droit devant lui. Son beau visage lisse était dénué d'expression.

« Tout va bien ? s'enquit Ed.

— Oui.

— Tu n'as pas froid, au moins ?

— Non.

— Il ne faudrait pas que tu attrapes un rhume. »

Un écureuil passa à toute vitesse devant eux en direction du sycomore. Ed lui lança un morceau de sandwich. L'animal se sauva puis revint lentement. Debout sur ses pattes de derrière, il les contempla d'un air fâché en balançant sa longue queue grise derrière lui.

Ed éclata de rire. « Regarde-le. Tu as déjà vu des écureuils ?

— Je ne crois pas, non. »

La petite bête s'enfuit avec son bout de sandwich et se perdit dans les broussailles.

« Il n'y a pas d'écureuils sur Proxima, ajouta Ed.

— Non.

— C'est bon de revenir sur Terre de temps en temps. De revoir toutes ces vieilles choses. Qui sont en train de disparaître, d'ailleurs.

— De disparaître ?

— Eh oui. Détruites. La Terre change sans arrêt. » Ed indiqua les collines d'un mouvement du bras. « Un jour tout cela n'existera plus. On coupera les arbres. On nivellera. Un jour ils découperont les collines et ils les emmèneront ailleurs. Pour faire des remblais, quelque part sur la côte.

— Nous ne nous préoccupons pas de ces choses, fit Peter.

— Pardon ?

— Je ne suis pas sensible à ce type de données. Il me semble que le Dr Bish te l'a dit : je travaille dans la biochimie.

— Oui, je sais, murmura Ed. Je me demande bien comment tu en es arrivé là ? À la biochimie ?

— Les tests indiquaient que c'était dans ce domaine que j'avais des aptitudes.

— Et tu aimes ce que tu fais ?

— Quelle drôle de question. Bien sûr que j'aime ça. Je suis fait pour ce travail.

— Ça me paraît plutôt bizarre de lancer un gosse de neuf ans là-dessus.

— Pourquoi ?

— Mon Dieu, Pete ! Moi, quand j'avais neuf ans, je traînais dans les rues. Parfois, j'allais à l'école mais la plupart du temps, je me promenais dehors. Je jouais, je lisais. Je m'introduisais tout le temps sur les terrains de lancement de fusées. » Il réfléchit. « Je faisais des tas de choses. Quand j'ai eu seize ans, je suis parti pour Mars. J'y suis resté un moment, à travailler comme cuistot. Puis je suis allé sur Ganymède. Là, tout était bouché. Rien à y faire. Alors, de Ganymède, j'ai gagné Proxima. J'ai payé mon passage en travaillant toute la durée du voyage. C'était un gros cargo.

— Et tu es resté sur Proxima ?

— Eh oui ! J'y ai trouvé ce que je cherchais. C'est un bel endroit. Maintenant, on commence à s'attaquer à Sirius, tu sais. » Ed bomba le torse. « J'ai des locaux dans le système de Sirius. Une petite boutique de détail et d'entretien.

— Sirius est à 8,8 années-lumière de Sol.

— Oui, c'est loin. Il faut sept semaines pour y aller, d'ici. Rude traversée. Des nuées de météores. On n'est jamais tranquille.

— Je veux bien le croire.

— Tu sais quoi ? » Ed tourna vers son fils un visage animé d'espoir et d'enthousiasme. « J'ai bien réfléchi. Je me suis dit que je pourrais peut-être y aller. Sur Sirius, je veux dire. C'est une jolie petite affaire que nous avons là-bas. J'en ai dessiné les plans moi-même. Spécialement conçus pour correspondre aux particularités de ce système. »

Peter acquiesça.

« Pete...

— Oui ?

— Tu crois que ça pourrait t'intéresser ? D'aller faire un saut sur Sirius pour te rendre compte par toi-même ? L'endroit est agréable. Quatre planètes impeccables. Absolument intactes. On n'y manque pas de place. Il y en a des kilomètres et des kilomètres. Des falaises, des montagnes, des océans... Et pas âme qui vive, à part quelques familles de colons, quelques bâtiments par-ci par-là. De vastes plaines bien dégagées.

— Qu'entends-tu par “intéresser” ?

— Je te parle de faire le voyage. » Ed avait pâli. Sa bouche se contractait nerveusement. « Je pensais que tu aimerais peut-être venir voir de quoi il retourne. Ça ressemble beaucoup à ce qu'était Proxima il y a vingt-cinq ans. Tout est agréable et propre là-bas. Pas de villes. »

Peter sourit.

« Pourquoi souris-tu ?

— Pour rien. » Peter se leva brusquement. « Si nous devons rentrer à pied au Centre, il est temps de nous mettre en route, tu ne crois pas ? Il se fait tard.

— Bien sûr. » Ed se remit péniblement sur pied. « Bien sûr, mais...

— Quand seras-tu de retour dans le système de Sol ?

— De retour ? » Ed marchait derrière son fils, qui escaladait le flanc de la colline en direction de la route. « Ralentis un peu, veux-tu ? »

Peter s'exécuta, Ed arriva à sa hauteur.

« Je l'ignore. Je ne viens pas très souvent. Pas d'attaches, depuis que Janet et moi sommes séparés. En fait, cette fois-ci je n'étais venu que pour...

— Par ici. » Peter s'engagea sur la route.

Hors d'haleine, Ed s'efforçait de suivre le rythme tout en renouant sa cravate et en remettant sa veste. « Alors, qu'est-ce que tu en dis, Peter ? Veux-tu faire un saut sur Sirius avec moi, histoire de jeter un coup d'œil ? On est si bien là-bas. On pourrait travailler ensemble. Tous les deux. Si ça te dit.

— Mais j'ai déjà un travail ici.

— Ce truc, là, cette chimie ou je ne sais quoi ? » Nouveau sourire de Peter.

Cramoisi, Ed fronça les sourcils. « Pourquoi souris-tu ? » demanda-t-il d'un ton impérieux. Il n'obtint pas de réponse. « Qu'est-ce qui se passe ? Qu'y a-t-il de si drôle ?

— Rien, fit Peter. Ne t'énerve pas. Nous avons un bon bout de chemin à faire jusqu'en bas. » Il accéléra quelque peu l'allure, et son corps souple se balançait au rythme de ses longues foulées. « Il se fait tard. Il faut nous dépêcher. »

Le Dr Bish consulta sa montre en remontant la manche de sa veste à fines rayures. « Je suis content que vous soyez rentrés.

— Il a renvoyé la voiture, murmura Peter. Nous avons dû redescendre à pied. »

Dehors il faisait presque nuit. Les lumières du Centre s'allumaient automatiquement le long des alignements d'immeubles et de laboratoires.

Derrière son bureau, le Dr Bish se leva. « Signe là, Peter. Au bas de ce formulaire. »

Peter obéit. « De quoi s'agit-il ?

— Ce papier certifie que tu l'as vu conformément aux dispositions légales. Que nous n'avons en aucune façon essayé de t'en empêcher. »

Peter lui rendit le formulaire, que Bish classa avec les autres. Peter fit mine de regagner la porte du bureau. « Je descends dîner à la cafétéria.

— Comment, tu n'as pas mangé ?

— Non. »

Le médecin croisa les bras et étudia l'enfant. « Eh bien ? commença-t-il. Que penses-tu de lui ? C'est la première fois que tu vois ton père. Cela a dû être une étrange expérience pour toi. Tu as passé tant de temps avec nous, que ce soit pendant tes études ou dans tes travaux.

— C'était... curieux.

— Quelle impression en as-tu retirée ? As-tu remarqué quoi que ce soit de particulier ?

— Il s'est montré très émotif. Il y avait un parti

pris évident dans tout ce qu'il disait, tout ce qu'il faisait. Une certaine déformation, pratiquement constante.

— Quoi d'autre ? »

Peter hésita, s'attardant sur le seuil. Puis il eut un sourire. « Il y a bien autre chose.

— De quoi s'agit-il ?

— J'ai remarqué... » Peter se mit à rire. « Une odeur prononcée. Une odeur âcre et persistante ; je l'ai sentie tout le temps que nous avons passé ensemble.

— Je crains que ce ne soit une caractéristique de leur espèce, fit le médecin. Due à certaines glandes de la peau. Elles évacuent certains produits indésirables contenus dans le sang. Quand tu les auras fréquentés plus longtemps tu t'y habitueras.

— Faut-il vraiment que je les côtoie ?

— Ils sont ta propre espèce. Comment pourrais-tu travailler avec eux, autrement ? Toute ton éducation est axée sur cet objectif. Lorsque nous t'aurons appris tout ce que nous pouvons, alors tu pourras...

— Elle me rappelait quelque chose. Cette odeur. Je n'ai pas arrêté d'y penser. D'essayer de l'identifier.

— Est-ce que tu l'identifies, maintenant ? »

Peter réfléchit avec toute la concentration dont il était capable. Son petit visage se plissa sous l'effort. Le médecin attendit patiemment à côté de son bureau, les bras croisés. Dans un déclic, le système de chauffage automatique se mit en marche pour la nuit et réchauffa la pièce par le biais d'une douce lueur rougeoyante qui se mouvait lentement tout autour d'eux.

« Ça y est ! s'écria soudain Peter. Je sais !

— Alors, qu'est-ce qu'elle te rappelait ?

— Les animaux du labo de biologie. C'était la même odeur. Oui, la même odeur que les cobayes. »

Le médecin et le jeune garçon plein d'avenir échangèrent un regard. Puis ils eurent tous deux un sourire, un sourire entendu, secret. Un sourire de parfaite complicité.

« Je crois savoir ce que tu veux dire, dit le Dr Bish. En fait, je sais *exactement* ce que tu veux dire. »

Sur la terre sans joie

Traduction d'Hélène Collon

Titre original :
UPON THE DULL EARTH*

paru dans Beyond Fantasy Fiction, *novembre 1954.*

* Le titre original de ce texte (« Upon the Dull Earth ») est extrait des *Deux gentilshommes de Vérone* (acte IV, scène 2, l. 52), de William Shakespeare, pièce dont est également tiré le prénom « Silvia ». *(N.d.T.)*

Silvia courait en riant dans la nuit lumineuse, au milieu des roses, des cosmos et des marguerites. Elle suivait l'allée de gravier, laissant derrière elle les monticules odorants d'herbe fraîchement coupée. Prises au piège des flaques d'eau, les étoiles scintillaient de tous côtés tandis qu'elle filait vers la pente qui s'étendait au-delà du mur de brique. Les cèdres soutenaient le ciel et restèrent indifférents à la svelte silhouette qui se faufilait entre eux, les cheveux au vent et les yeux étincelants.

« Attends-moi », protesta Rick en la suivant avec précaution sur ce chemin qui ne lui était qu'à demi familier. Silvia continuait d'avancer de son pas dansant.

« Ne va pas si vite ! cria-t-il sur le ton de la colère.

— Il le faut... nous sommes en retard. »

Silvia surgit devant lui sans crier gare et lui barra la route. Elle était hors d'haleine et ses yeux gris lançaient des éclairs. « Vide tes poches, ordonna-t-elle. Jette tous les objets métalliques que tu as sur toi. Tu sais bien qu'*ils* ne supportent pas le métal. »

Rick fouilla ses poches et trouva dans son pardessus trois petites pièces de monnaie. « Ça aussi ?

— *Bien sûr !* » Elle s'en empara vivement et les lança dans les massifs d'arums plongés dans l'ombre. Les petites rondelles de métal firent bruire les profondeurs humides où elles disparurent. « Tu es sûr qu'il ne reste rien ? » Elle lui prit le bras d'un geste anxieux. « Ils sont déjà en route. Tu n'as rien d'autre, n'est-ce pas, Rick ?

— Seulement ma montre. » Il la détacha de son poignet tandis que Silvia tendait des doigts impatients. « Mais elle, tu ne la jetteras pas dans les fourrés.

— Tu n'as qu'à la poser sur le cadran solaire, ou bien sur le mur. Ou encore dans un arbre creux. » Silvia reprit sa course folle, ajoutant d'une voix surexcitée, fervente : « Débarrasse-toi de ton étui à cigarettes. Et aussi de tes clefs, de ta boucle de ceinture, enfin de tout ce qui est métallique. Tu Sais à quel point ils ont horreur du métal. Et dépêche-toi, nous sommes en retard ! »

Rick lui emboîta le pas d'un air maussade. « Entendu, *sorcière.* »

Rageuse, la réponse de Silvia fusa dans le noir : « Je t'interdis de m'appeler comme ça. C'est faux. Je vois que tu as écouté ma mère et mes sœurs, et que... »

Un bruit noya ses paroles. Un lointain battement évoquant le bruissement de feuilles immenses au cœur d'une tempête hivernale. Ces martèlements frénétiques emplissaient toute la nuit ; cette fois-ci, ils étaient venus très vite. Trop avides, pleins d'une folle impatience, ils ne pouvaient attendre. Aiguillonné par la peur, le jeune homme se hâta de rattraper Silvia.

Jupe et blouse verte, elle ressemblait à une fine colonne perdue dans la masse convulsée. Elle les repoussait d'une main tout en essayant de l'autre d'ouvrir le robinet. Le tourbillon des ailes et des corps la faisait ondoyer comme un roseau. L'espace d'un instant, il la perdit de vue.

« Rick ! appela-t-elle faiblement. Viens m'aider ! » Elle les chassait, se débattait. « Ils m'étouffent ! »

Rick se fraya un chemin à travers cette masse d'un blanc étincelant et parvint au bord de la citerne. Ils étaient en train de boire avidement le sang qui jaillissait du robinet. Rick attira Silvia contre lui ; terrifiée, elle tremblait de tous ses membres. Il la tint serrée jusqu'à ce que le déchaînement de violence dont ils étaient le centre se fût quelque peu apaisé.

« Ils ont faim, haleta Silvia d'une voix mourante.

— Tu es folle d'être venue à leur rencontre. Ils pourraient te réduire en cendre !

— Je le sais bien. Ils sont capables de tout. » Elle frémit d'excitation et d'effroi. « Regarde-les, murmura-t-elle d'une voix voilée par l'intimidation. Tu as vu comme ils sont grands ! Et l'envergure de leurs ailes ! Et ils sont si blancs, Rick ! Immaculés, parfaits. Il n'existe rien d'aussi pur dans notre monde à nous. Ils sont grands, ils sont impeccables, ils sont merveilleux.

— En tout cas, ils n'ont pas rechigné devant le sang d'agneau. »

Les battements d'ailes plaquaient les doux cheveux de Silvia sur le visage de Rick. *Ils* s'en allaient maintenant ; ils s'élevaient dans le ciel en vrombissant. Ou plutôt... ils s'éloignaient. Ils regagnaient leur monde, ce monde dont l'odeur du sang les avait fait sortir. Mais il n'y avait pas que le sang — ils étaient aussi venus pour Silvia. C'était elle qui les avait attirés.

La jeune fille ouvrait de grands yeux gris. Elle tendait les bras vers les blanches créatures qui prenaient leur essor. L'une d'elles revint la frôler. L'herbe et les fleurs grésillèrent sous une soudaine gerbe de flammèches blanches. Rick battit en retraite. La forme flamboyante resta un instant suspendue au-dessus de Silvia, puis il y eut un claquement sec. Le dernier des géants ailés était parti. Peu à peu, l'air et la terre se refroidirent et ce fut à nouveau le silence et la nuit.

« Pardon, fit Silvia dans un souffle.

— Il ne faut plus faire ça, réussit-il à dire, encore sous le choc. C'est dangereux.

— Parfois j'oublie. Je te demande pardon, Rick. Je ne voulais pas les faire venir si près. » Elle esquissa un sourire. « C'est la première fois depuis des mois que je me montre aussi imprudente. Depuis l'autre fois, quand je t'ai amené ici. » Une expression avide, hagarde, traversa ses traits. « Tu l'as vu ? Cette puissance, ces flammes ! Et il ne nous a même pas touchés. Il s'est contenté de... de nous regarder. Rien de plus. Et tout a brûlé autour de nous. »

Rick la saisit par les épaules. « Écoute, grinça-t-il. Il ne faut plus jamais les appeler. C'est mal. Ils ne sont pas de ce monde.

— Mais non, ce n'est pas mal ! C'est beau, au contraire !

— Je te répète que c'est dangereux ! » Il lui enfonça ses doigts dans les épaules jusqu'à lui arracher un gémissement. « Cesse de les tenter comme ça. »

Silvia partit d'un rire hystérique. S'arrachant à son étreinte, elle alla se tenir dans le cercle que la horde d'anges avait carbonisé en s'envolant. « Je ne peux pas faire autrement, s'écria-t-elle. Ils sont ma famille, mon peuple. Depuis des générations, depuis la nuit des temps.

— Que veux-tu dire ?

— Ce sont mes ancêtres. Et un jour, je les rejoindrai.

— Espèce de petite sorcière ! s'exclama Rick avec fureur.

— Mais non, répliqua Silvia. Tu ne comprends donc pas ? Je suis une *sainte.* »

La cuisine était brillamment éclairée et il y régnait une douce chaleur. Silvia brancha la cafetière et sortit du placard au-dessus de l'évier une grosse boîte de café en métal rouge.

« Il ne faut pas les écouter », déclara-t-elle. Elle disposa les tasses et les soucoupes et alla chercher la crème dans le réfrigérateur. « Tu sais bien qu'ils ne comprennent pas. Regarde-les donc ! »

La mère et les deux sœurs de Silvia, Betty Lou et Jane, étaient debout dans le salon, serrées les unes contre les autres, craintives et sur leurs gardes, observant le jeune couple dans la cuisine. Distant, le visage inexpressif, Walter Everett, lui, se tenait près de la cheminée.

« Écoute-moi, dit Rick. Tu as le pouvoir de les attirer. Dois-je comprendre que tu n'es pas... que Walter n'est pas ton véritable père ?

— Mais bien sûr que si ! Je suis tout à fait humaine. Je n'en ai pas l'air ?

— Tu es pourtant la seule à détenir ce pouvoir.

— Physiquement, je ne suis pas différente des autres, répondit-elle d'un air songeur. J'ai la faculté de voir, c'est tout. D'autres l'ont eue avant moi : les saints, les martyrs. Quand j'étais petite, ma mère m'a lu l'histoire de sainte Bernadette. Tu te rappelles où se trouvait sa grotte ? Près d'un hôpital. Ils rôdaient autour, et elle en a vu un, voilà tout.

— Mais le sang ! C'est grotesque ! On n'a jamais vu ça.

— Mais si ! Le sang les attire, surtout le sang d'agneau. Ils planent au-dessus des champs de bataille. Les Walkyries qui emportent les morts au Walhalla... C'est pour cela que les saints et les martyrs se blessent et se mutilent eux-mêmes. Tu sais comment je l'ai appris ? »

Silvia noua un petit tablier autour de sa taille et versa la mouture dans la cafetière. « Quand j'avais neuf ans, j'ai lu Homère, *L'Odyssée*. Ulysse y creuse un fossé et le remplit de sang pour attirer les esprits. Les ombres de l'enfer.

— C'est vrai, reconnut Rick à contrecœur. Je m'en souviens.

— Les fantômes des défunts. Ceux qui ont vécu. On vit tous ici, et puis on meurt et on s'en va là-bas. » Elle rayonnait. « Nous aurons tous des ailes ! Nous volerons ! Nous aurons tous la puissance et les flammes. Nous ne serons plus des larves.

— Des larves ! Tu dis toujours que j'en suis une.

— Évidemment. Nous sommes *tous* des larves — de sales larves qui rampent dans la poussière et la boue à la surface de la Terre.

— Pourquoi seraient-*ils* attirés par le sang ?

— Parce que le sang, c'est la vie, et qu'ils sont attirés par la vie. Le sang, c'est *l'uisge beatha* — l'eau de la vie.

— Le sang implique la mort ! Un plein baquet de sang...

— Mais non, ce n'est pas la mort. Quand tu vois une chenille s'enfermer dans son cocon, est-ce que tu te dis qu'elle va mourir ? »

Walter Everett se tenait maintenant sur le pas de la porte. L'air sombre, il écoutait sa fille. « Un jour, fit-il d'une voix rauque, ils s'empareront d'elle et l'emporteront. C'est ce qu'elle veut. Elle n'attend que ça.

— Tu vois ? fit-elle à l'intention de Rick. Lui non plus ne comprend pas. » Elle éteignit la cafetière électrique et versa le café. « En veux-tu ? demanda-t-elle à son père.

— Non, répondit Everett.

— Silvia, tu sais bien que si tu pars avec eux tu ne pourras plus jamais revenir, dit Rick sur le ton qu'on emploie pour raisonner les enfants.

— Nous devons tous passer de l'autre côté un jour ou l'autre. Cela fait partie de la vie.

— Mais tu n'as que dix-neuf ans ! supplia Rick. Tu es jeune, en parfaite santé, tu es belle. Et notre mariage ? Que fais-tu de notre mariage ? » Il fit mine de se lever de table. « Il faut arrêter ça, Silvia.

— Je ne peux pas. La première fois que je les ai vus, j'avais sept ans. » Devant l'évier, tenant toujours la cafetière, elle semblait perdue dans ses pensées. « Tu te rappelles, papa ? Nous habitions encore Chicago. C'était l'hiver. Je suis tombée en revenant de l'école. » Elle éleva son bras mince. « Tu vois cette cicatrice ? Je me suis coupée sur le gravier en glissant sur la neige fondue. Je suis rentrée en pleurant ; il tombait une pluie glacée et le vent hurlait tout autour de moi. Mon bras saignait, ma mitaine était pleine de sang. Alors j'ai levé la tête, et je les ai vus. »

Il y eut un silence.

« Ils te réclament, fit Everett d'un air accablé. Ils sont comme des mouches — de grosses mouches bleues qui tournent autour de toi et t'attendent. Ils t'appellent, ils veulent que tu viennes avec eux.

— Et pourquoi pas ? » Les yeux gris de Silvia brillaient, ses joues rosissaient d'impatience et de joie. « Tu les as vus, papa. Tu sais bien ce que cela veut dire. La transfiguration. Passer de l'argile grossière à la divinité ! »

Rick sortit de la cuisine. Dans le salon, les deux sœurs se tenaient côte à côte, curieuses et mal à l'aise. Mrs. Everett était un peu à l'écart, le visage de pierre, le regard morne derrière ses lunettes à monture d'acier. Elle se détourna sur son passage.

« Que s'est-il passé, dehors ? » souffla Betty Lou d'une voix tendue. C'était une adolescente d'une quinzaine d'années, maigre et sans attrait, les joues creuses et les cheveux d'un blond terne. « Silvia ne veut jamais qu'on vienne avec elle.

— Il ne s'est rien passé du tout », répondit Rick.

Le visage ingrat de la jeune fille se convulsa de colère. « Ce n'est pas vrai. Vous étiez dans le jardin, tous les deux, dans le noir, et...

— Je te défends de lui parler ! » jeta sa mère. Elle entraîna vivement les deux sœurs et décocha à Rick un regard chargé de haine et de détresse. Puis elle lui tourna brusquement le dos.

Rick ouvrit la porte de la cave, alluma la lumière et descendit lentement vers la pièce froide et humide dont les murs de béton et le sol de terre battue étaient éclairés par une ampoule jaune pendant au bout d'un fil poussiéreux.

Dans un angle se détachait la grosse chaudière, avec ses énormes tuyaux. À côté, le chauffe-eau et un fatras de paquets mis au rebut, de caisses pleines de livres, de journaux et de vieux meubles, le tout recouvert d'une épaisse couche de poussière et de lambeaux de toiles d'araignée.

Au fond, la machine à laver et l'essoreuse. Et les pompes à réfrigération de Silvia.

Rick choisit sur l'établi un marteau et deux lourdes clés à tube. Il se dirigeait vers l'ensemble complexe de réservoirs et de tuyaux lorsque Silvia surgit en haut de l'escalier, une tasse de café à la main.

Elle dévala les marches et vint le rejoindre. « Qu'est-ce que tu fais là ? demanda-t-elle en le fixant intensément. Pourquoi ce marteau et ces clés ? »

Rick laissa retomber les outils sur l'établi. « Je me suis dit qu'on pouvait peut-être résoudre le problème sur-le-champ. »

Elle se glissa entre lui et les bacs. « Je croyais que tu avais compris. Ils ont *toujours* fait partie de ma vie. Quand je t'ai emmené avec moi la première fois, tu avais paru comprendre ce que...

— Je ne veux pas te perdre, fit-il durement. Rien ni personne ne t'enlèvera à moi, que ce soit dans ce monde ou dans un autre, quel qu'il soit. *Jamais je ne renoncerai à toi.*

— Il ne s'agit pas de renoncer. » Les yeux de la jeune fille se plissèrent. « Tu es descendu ici pour tout détruire. Dès que j'aurai le dos tourné tu démoliras tout, n'est-ce pas ?

— Exactement. »

La peur succéda à la colère sur le visage de Silvia. « Tu veux donc m'enchaîner ici ? Je dois poursuivre, je suis arrivée au terme de cette étape. Je suis restée assez longtemps...

— Tu ne peux donc pas attendre ? » s'exclama furieusement Rick, incapable de dissimuler le désespoir qui perçait dans sa voix. « Le moment viendra bien assez tôt, non ? »

Silvia haussa les épaules et se détourna, les bras croisés, les lèvres pincées. « Ce que tu veux, c'est rester à jamais une larve. Une petite chenille rampante et pleine de poils.

— Ce que je veux, c'est toi.

— Eh bien, tu ne m'auras pas. » Rageuse, elle fit volte-face. « Je n'ai pas de temps à perdre avec ce genre de choses.

— Tu es sans doute au-dessus de tout cela, répliqua sauvagement Rick.

— C'est vrai. » Elle se radoucit un peu. « Je suis désolée, Rick. Tu te souviens d'Icare ? Toi aussi tu aimerais voler, j'en suis sûre.

— Quand mon heure sera venue, oui.

— Pourquoi pas maintenant ? Pourquoi attendre ? Parce que tu as peur. » Elle s'écarta légèrement et un sourire rusé se dessina sur ses lèvres rouges. « Rick, je vais te montrer quelque chose. Mais promets-moi de n'en parler à personne.

— De quoi s'agit-il ?

— Tu promets ? » Elle lui posa une main sur la bouche. « Il faut que je sois prudente. Cela représente beaucoup d'argent. Personne n'est au courant. C'est comme ça qu'ils font, en Chine — tout aboutit à cela.

— Tu m'intrigues », fit Rick. Il se sentit envahi par un malaise fugitif. « Montre-moi. »

Tremblante d'excitation, Silvia disparut dans l'ombre de l'imposant réfrigérateur, derrière le réseau de serpentins de congélation. Il l'entendit s'arc-bouter et tirer sur quelque chose. Il y eut un raclement, comme si elle était en train de traîner un objet de grande taille.

« Tu vois ? haleta Silvia. Donne-moi un coup de main, Rick. C'est lourd. Il est tout en bois dur et en cuivre, et doublé de métal. Peint et verni à la main. Et gravé... regarde-moi ces frises ! N'est-il pas magnifique ?

— Qu'est-ce que c'est ? demanda-t-il d'une voix altérée.

— Mon cocon », répondit simplement Silvia qui s'accroupit au sol et se recroquevilla, l'air béat, la tête posée sur le chêne poli du cercueil.

Rick la saisit par le bras et la força à se relever. « Tu ne vas pas rester là, dans la cave, avec ce cercueil... » Il s'interrompit. « Qu'est-ce que tu as ? »

Silvia grimaçait de douleur. Elle recula et porta vivement un doigt à sa bouche. « Je me suis coupée — quand tu m'as relevée — avec un clou, ou je ne sais quoi. » De ses doigts coulait un mince filet de sang. Elle chercha un mouchoir dans sa poche.

« Fais voir. » Rick fit un pas vers Silvia, mais elle l'esquiva. « C'est grave ? demanda-t-il.

— N'approche pas, souffla-t-elle.

— Pourquoi ? Montre-moi ça !

— Rick, pressa-t-elle à voix basse. Va chercher de l'eau et un pansement adhésif. Le plus vite possible ! » Elle s'efforçait de contenir sa terreur grandissante. « Il faut arrêter le saignement.

— En haut ? » Il s'éloigna gauchement. « Ça n'a

pas pourtant pas l'air si méchant. Pourquoi ne veux-tu pas...

— Dépêche-toi, dit-elle d'une voix soudain blanche. Vite, Rick ! »

Déconcerté, il monta les premières marches.

Derrière lui, Silvia laissait libre cours à sa terreur. « Non, il est trop tard, fit-elle faiblement. Ne reviens pas — ne t'approche pas de moi. Tout est de ma faute. C'est moi qui leur ai appris à venir. *N'approche pas !* Je te demande pardon, Rick. *Oh...* » Sa voix se perdit dans le fracas du mur qui volait en éclats et s'effondrait dans la cave. Un nuage d'un blanc lumineux se força un passage et éclaira violemment la pièce.

C'était Silvia qu'ils voulaient. Elle fit quelques pas hésitants en direction de Rick, marqua une pause indécise, puis la masse de corps et d'ailes descendit sur elle. Elle poussa un cri aigu, un seul. Et une violente explosion ébranla le sous-sol soudain envahi de tourbillons de chaleur.

Rick fut précipité à terre. Le ciment était sec et brûlant, la chaleur telle que la pièce entière crépitait. Les fenêtres éclatèrent au moment où les formes blanches et palpitantes refluaient. La fumée et les flammes léchaient les murs. Le plafond s'affaissa en laissant échapper une pluie de plâtre.

Rick se remit péniblement sur ses pieds. L'ouragan s'apaisait. La cave était un chaos jonché de gravats. Toutes les surfaces étaient calcinées, encroûtées de cendre fumante. La chaudière et la machine à laver étaient entièrement détruites. Le délicat assemblage de pompes réfrigérantes n'était plus qu'un amas étincelant de scories. Un des murs avait été entièrement soufflé. Tout était recouvert de plâtre.

Silvia n'était plus qu'un tas informe de membres ridiculement contorsionnés, de fragments racornis, noircis et rassemblés en un vague monticule. Oui, tout ce qui restait d'elle, c'était des morceaux carbonisés, une coque vide, fragile, calcinée.

La nuit était noire, froide et lourde de tension. De rares étoiles scintillaient d'un éclat de glace. Une brise humide agitait les arums chargés d'eau et fouettait le gravier, poussant dans l'allée une brume glaciale entre les rosiers noyés d'ombre.

Il resta longtemps aplati au sol, tous les sens en éveil. Au-delà des cèdres, la grande maison se profilait sur le ciel. Au bas de la pente, quelques voitures glissaient sur la route. Nul autre bruit. Devant lui se découpait la forme trapue de la citerne en porcelaine et le tuyau qui y avait amené le sang du réfrigérateur, au sous-sol. Le récipient à sec ne contenait que quelques feuilles mortes.

Rick aspira une grande goulée d'air nocturne et retint son souffle. Puis il se remit debout avec raideur. Il scruta le ciel mais ne discerna pas le moindre mouvement. Et pourtant elles étaient là à le guetter, ces ombres vagues, ces échos d'un passé légendaire, ce cortège de figures divines.

Il ramassa les bidons pesants, les traîna jusqu'à la citerne et entreprit d'y verser le sang provenant d'un abattoir du New Jersey, du mauvais sang de bœuf épais et grumeleux. Le liquide éclaboussa ses vêtements et il recula nerveusement. Mais au-dessus de lui rien ne bougea. Le jardin était plongé dans le silence, inondé de brouillard et d'obscurité.

Il attendit près de la citerne en se demandant s'ils allaient venir. C'était pour Silvia qu'ils venaient d'ordinaire, et pas seulement à cause du sang. Sans elle, il n'y avait d'autre appât que cette nourriture primaire. Il emporta vers les buissons les bidons vides et, d'un coup de pied, leur fit dévaler la pente. Puis il fouilla méthodiquement ses poches pour s'assurer qu'il ne portait sur lui aucun objet métallique.

Au fil des ans, Silvia les avait habitués à venir ici. Et voilà que maintenant, elle était passée de l'autre côté. Fallait-il en déduire qu'*ils* ne viendraient pas ? Il y eut soudain un léger bruit dans les buissons détrempés. Une petite bête ? Un oiseau ?

Dans le récipient, le sang miroitait, lourd et terne comme du vieux plomb. Ils auraient dû être là, mais rien ne venait agiter les grands arbres au-dessus de sa tête. Il balaya du regard les massifs de roses assombris qui se balançaient dans le vent, l'allée de gravier qu'ils descendaient en courant, Silvia et lui... puis il chassa brutalement de son esprit le souvenir vivace de ses yeux brillants, de ses lèvres rouges. La route, tout en bas, le jardin désert et vide, la maison silencieuse où les parents de Silvia attendaient, blottis les uns contre les autres... Au bout d'un moment il y eut un bruissement assourdi. Il se raidit, mais ce n'était qu'un camion qui venait à faible allure sur la route, tous feux allumés.

Il resta planté là, l'air obstiné, les jambes écartées, les talons enfoncés dans la terre noire et meuble. Il ne s'en irait pas. Il attendrait qu'ils se montrent. Il voulait qu'elle revienne — à n'importe quel prix.

Des écharpes de brume humide passaient devant la lune. Le ciel était une vaste plaine stérile, dénuée de vie et de chaleur. Le froid mortel des espaces infinis, loin des soleils et des choses vivantes. Il resta à contempler le ciel jusqu'à en avoir mal au cou, le ciel et les étoiles glaciales surgissant des nappes de brume agglutinées. Y avait-il autre chose ? Refusaient-ils de venir, ou bien n'avaient-ils qu'indifférence pour lui ? Bien sûr, c'était Silvia qui les intéressait, et maintenant, ils l'avaient avec eux.

Derrière lui, quelque chose bougea sans bruit. Il sentit le mouvement et voulut se retourner, mais tout à coup, les arbres et les broussailles se mirent à changer autour de lui. Comme un décor de carton-pâte, ils ondoyaient, tombaient les uns sur les autres et se mêlaient confusément aux ombres de la nuit. Une forme rapide et silencieuse passa au travers, puis disparut.

Ils étaient là. Il sentait leur présence. Il n'émanait d'eux ni énergie ni flammes. Ce n'étaient que des statues indifférentes et froides qui se dressaient parmi les arbres et à côté desquelles les cèdres paraissaient minuscules — loin de lui et de son univers, mais attirées par la curiosité et la force de l'habitude.

« Silvia, appela-t-il à voix haute. Où es-tu ? »

Pas de réponse. Peut-être n'était-elle pas avec eux en fin de compte. Il se sentit ridicule. Une vague forme blanche flotta jusqu'à la citerne, plana quelques instants au-dessus et continua sans s'arrêter. L'air frémit, puis redevint immobile tandis qu'un deuxième géant venait inspecter tout aussi brièvement le récipient, avant de disparaître à son tour.

Un souffle de panique s'empara de lui. Ils étaient en train de repartir, ils retournaient dans leur monde. La citerne ne les intéressait pas ; ils en dédaignaient l'offrande.

« Attendez ! » murmura-t-il d'une voix pâteuse.

Quelques ombres blanches s'attardaient encore. Il s'approcha lentement, effrayé par leur immensité vacillante. Que l'une d'entre elles le touche et il s'embraserait sur-le-champ pour ne laisser qu'un petit tas de cendres noires. Il s'arrêta à quelques pas.

« Vous savez ce que je veux, dit-il. Qu'elle revienne. Il était trop tôt pour la prendre. »

Silence.

« Vous vous êtes montrés trop gourmands. Vous avez commis une erreur. Elle aurait fini par vous rejoindre. Elle avait tout prévu. »

La brume sombre se mit à bruire. Les formes qui vacillaient entre les cèdres réagirent au son de sa voix en remuant et palpitant de plus belle. « *Exact.* » C'était un son détaché, impersonnel, qui se déplaça autour de Rick en passant d'arbre en arbre, sans localisation ni direction précises. Emporté par le vent de la nuit, il mourut en échos assourdis.

Une vague de soulagement l'envahit. Ils avaient fait halte — ils savaient qu'il était là — ils écoutaient ce qu'il avait à dire. « Vous trouvez ça juste ? demanda-t-il avec véhémence. Elle avait toute la vie devant elle. Nous devions nous marier, avoir des enfants. »

Il n'y eut pas de réponse, mais la tension monta de façon manifeste. Il prêta l'oreille, mais ne distingua aucun bruit. Il comprit bientôt qu'un combat se livrait en eux, qu'ils étaient en conflit. La tension monta encore — de nouvelles formes palpitantes arrivaient — les nuages, les étoiles de glace étaient obscurcis par la vaste présence qui s'enflait autour de lui.

« Rick ! » La voix était toute proche. Vacillante, elle alla se perdre dans la masse indistincte des arbres et des plantes ruisselantes. À peine s'il l'entendait — les mots s'évanouissaient aussitôt prononcés. « Rick !... Aide-moi à revenir.

— Où es-tu ? » Il n'arrivait pas à la localiser. « Que dois-je faire ?

— Je l'ignore. » Le son de sa voix était déformé par la stupeur et la peine. « Je ne comprends pas. Il y a eu une erreur. Ils ont dû croire que je... que je voulais venir tout de suite. *Mais je ne voulais pas !*

— Je sais, répondit Rick. C'était un accident.

— Ils attendaient. Le cocon, la citerne... mais il

était trop tôt ! » La terreur de la jeune fille l'atteignit à travers les distances floues qui séparaient leurs deux univers. « Rick, j'ai changé d'avis. Je veux revenir.

— Ce n'est pas si simple.

— Je sais bien. Rick, le temps n'est pas le même de ce côté-ci. Il y a si longtemps que je suis partie — ton monde paraît si lent. Cela fait des années, n'est-ce pas ?

— Une semaine, répondit Rick.

— C'est de leur faute. Tu ne m'en veux pas, dis ? Ils savent qu'ils se sont trompés. Les responsables ont été punis, mais cela ne m'est d'aucun secours. Comment faire pour rentrer ?

— Ils ne le savent pas ?

— Ils disent que c'est impossible. » Elle avait la voix tremblante. « Ils disent qu'on détruit la partie "argile" — qu'elle a été incinérée. Je n'ai plus de corps où revenir. »

Rick inspira à fond. « Demande-leur de trouver un autre moyen. C'est à eux d'agir. Ils en ont bien le pouvoir, non ? Ils t'ont enlevée trop tôt — ils doivent te renvoyer. Cela leur incombe *à eux*. »

Les formes blanches s'agitèrent, mal à l'aise. L'affrontement prit soudain un tour plus aigu ; ils n'arrivaient pas à se mettre d'accord. Prudemment, Rick recula de quelques pas.

« Ils disent que c'est dangereux », reprit la voix de Silvia sans qu'il pût dire précisément d'où elle venait. « Qu'ils ont déjà essayé une fois. » Elle s'efforçait de contrôler sa voix. « La liaison entre ce monde et le tien est instable. Il y a de grandes quantités d'énergie en liberté. Le pouvoir que nous détenons de ce côté-ci ne nous appartient pas réellement. C'est une énergie universelle, détournée et maîtrisée.

— Pourquoi ne peuvent-ils pas ?

— Ceci est un continuum supérieur. L'énergie s'écoule de façon naturelle des régions les plus basses vers les plus hautes. Inverser le processus comporte des risques. Le sang... est une espèce de fil conducteur, un repère visible.

— Comme l'ampoule électrique pour les papillons de nuit, fit amèrement Rick.

— S'ils me renvoient et que quelque chose tourne mal... » Elle s'interrompit, puis reprit : « S'ils commettent une erreur, je peux me retrouver perdue entre les deux régions. Je peux être absorbée par l'énergie libre. Il semble qu'elle soit partiellement vivante. On ne sait pas très bien ce que c'est. Souviens-toi de Prométhée et du feu...

— Je vois, fit Rick en s'efforçant de conserver son calme.

— Mon chéri, s'ils essaient de me ramener il faudra que je trouve une forme à occuper. Vois-tu, je n'ai plus d'incarnation à proprement parler maintenant. Il n'en existe pas, ici. Ce que tu vois — les ailes, la couleur blanche — n'est pas réellement là. Si je réussissais à accomplir le voyage de retour...

— Il faudrait te modeler une forme.

— Je devrais m'emparer de quelque chose... d'une chose faite d'argile. Y pénétrer et la refondre. Comme Il l'a fait il y a longtemps, lorsque la forme originelle a été implantée sur votre monde.

— S'ils y sont arrivés une fois, ils peuvent recommencer.

— Celui qui a fait ça est parti. Il a gagné un niveau supérieur. » Il y avait dans sa voix une ironie amère. « Il existe d'autres régions au-delà de celle-ci. L'échelle ne se termine pas ici. Personne ne sait où elle s'arrête ; apparemment, elle ne cesse de s'élever, monde après monde.

— Qui prend la décision, en ce qui te concerne ?

— Moi, répondit faiblement Silvia. Ils disent que si j'accepte de courir le risque, ils veulent bien essayer.

— Que vas-tu faire, alors ?

— J'ai peur. Et s'il arrivait quelque chose ? Tu ne sais pas ce que c'est que la région intermédiaire. Les possibilités qu'elle recèle sont incroyables — elles me terrifient. Lui seul a eu suffisamment de courage. Tous les autres ont eu trop peur.

— Ce qui est arrivé est de leur faute. Ce sont eux qui doivent en assumer la responsabilité.

— Ils le savent bien. » Silvia hésita, accablée. « Rick, mon chéri, je t'en supplie, dis-moi ce que je dois faire.

— Reviens ! »

Un silence. Puis sa voix résonna à nouveau, faible et pathétique : « Très bien, Rick. Si tu crois que c'est le mieux...

— Mais bien sûr ! » s'exclama-t-il. Il se força à ne pas penser, à ne rien imaginer. *Il fallait qu'on la lui rende.* « Dis-leur de s'y mettre tout de suite. Dis-leur... »

Une explosion de chaleur accompagnée d'un craquement assourdissant retentit devant lui. Il fut soulevé de terre et jeté dans une flamboyante mer d'énergie pure. Ils s'en allaient, et un lac brûlant de force à l'état brut rugissait et tonnait tout autour de lui. L'espace d'une fraction de seconde, il crut voir Silvia qui lui tendait les bras d'un air implorant.

Puis l'embrasement s'apaisa et Rick se retrouva seul, aveugle, dans les ténèbres chargées d'humidité nocturne. Le silence régnait.

Walter Everett l'aida à se relever. « Imbécile que vous êtes ! répétait-il sans cesse. Vous n'auriez jamais dû les rappeler. Ils nous ont déjà pris Silvia, cela suffit. »

Puis il se retrouva dans le grand salon bien chaud. Mrs. Everett se tenait devant lui sans mot dire, le visage dur et dénué d'expression. Excitées par la curiosité, les deux sœurs tournaient anxieusement autour de lui ; dans leurs yeux se lisait une fascination morbide.

« Ça ira », marmonna Rick. Ses vêtements étaient noircis par les flammes. Il essuya la suie qui lui maculait le visage. Des brins d'herbe desséchés adhéraient à ses cheveux — en prenant leur essor, ils avaient tracé autour de lui un cercle ardent. Il se laissa aller contre le dossier du divan et ferma les yeux. Lorsqu'il les rouvrit, Betty Lou était en train de lui glisser de force un verre d'eau dans les mains.

« Merci, grommela-t-il.

— Vous n'auriez jamais dû y aller, répéta Walter Everett. Pourquoi avez-vous fait une chose pareille ? Vous savez bien ce qui lui est arrivé. Vous voulez donc connaître le même sort ?

— Tout ce que je veux, c'est qu'elle revienne, répliqua tranquillement Rick.

— Auriez-vous perdu la tête ? C'est impossible. Elle est partie. » Les lèvres d'Everett étaient agitées de contractions.

Betty Lou ne quittait pas Rick des yeux. « Que s'est-il passé dehors ? demanda-t-elle. Vous l'avez vue ? »

Rick se redressa lourdement et quitta la pièce. Dans la cuisine, il vida l'eau dans l'évier et se resservit un verre. Alors qu'il s'appuyait avec lassitude contre l'évier, Betty Lou apparut dans l'encadrement de la porte.

« Qu'est-ce que tu veux ? » s'enquit Rick.

Le visage de la jeune fille était teinté d'une rougeur malsaine. « Je sais qu'il s'est passé quelque chose. Vous leur avez donné leur pitance, c'est bien ça ? » Elle vint vers lui. « Vous essayez de la faire revenir ?

— C'est exact. »

Betty Lou eut un gloussement nerveux. « Mais vous ne pouvez pas. Elle est morte... son corps a été incinéré... j'ai tout vu. » Des tics lui tiraillaient le visage. « Papa a toujours dit qu'il lui arriverait malheur, et ça n'a pas manqué. » Elle était maintenant tout contre Rick. « C'était une sorcière ! Elle a eu ce qu'elle méritait !

— Elle reviendra bientôt, fit Rick.

— *Non !* » Les traits sans grâce de l'adolescente étaient déformés par la panique. « Elle *ne peut pas* revenir ! Elle est morte. La larve est devenue papillon, comme elle disait. Maintenant, Silvia est un papillon !

— Retourne au salon.

— Je n'ai pas d'ordres à recevoir de vous », répondit-elle. Sa voix monta dans l'aigu, hystérique. « Je suis ici *chez moi.* Nous ne voulons plus vous voir. Papa va vous le dire lui-même. Il ne veut plus de vous, *je* ne veux plus de vous, et ni ma mère ni ma sœur... »

Le changement intervint sans crier gare. Comme un film qui s'arrête en pleine projection, Betty Lou se figea sur place, la bouche entrouverte, un bras levé, et les mots moururent sur sa langue. Elle était en suspens, comme une chose brusquement inanimée ramassée par terre, comme saisie entre deux lames de verre. Un insecte vide de sens, incapable d'émettre le moindre mot, le moindre bruit ; inerte et creux. Pas mort, mais brusquement réduit à l'inanimé primordial.

Dans la coquille captive s'infiltra une puissance, une essence nouvelle, un arc-en-ciel de vie qui se déversait et l'investissait impatiemment, comme un fluide brûlant, jusque dans le moindre recoin. La jeune fille trébucha et gémit ; son corps fut secoué par un spasme violent qui la précipita contre le mur. Une tasse de porcelaine tomba d'une étagère et se fracassa sur le sol. L'adolescente recula, hébétée, une main sur la bouche, les yeux écarquillés de douleur et de surprise.

« Oh ! haleta-t-elle. Je me suis coupée. » Elle secoua la tête et leva sur lui un regard implorant. « Avec un clou, ou je ne sais quoi.

— *Silvia !* » Il la saisit et la remit sur pied en l'écartant du mur. C'était bien *son* bras qu'il serrait, le bras chaud et ferme d'une jeune femme aux yeux gris étonnés, aux cheveux bruns, aux seins palpitants... telle qu'il l'avait vue dans ses derniers instants à la cave.

« Montre-moi », dit-il. Il lui ôta la main de la bouche et examina son doigt. Il n'y avait pas de blessure, rien qu'une fine ligne blanche qui s'effaçait rapidement. « Tout va bien, ma chérie. Tout va très bien. Tu n'as rien du tout !

— Rick, je suis allée *là-bas.* » Elle parlait d'une voix faible et rauque. « Ils sont venus et m'ont entraînée avec eux. » Elle frissonna violemment. « Rick, suis-je réellement de retour ? »

Il l'étreignit de toutes ses forces. « Tout à fait.

— C'était si long ! Je suis restée plus d'un siècle. Une éternité. Je me disais que... » Brusquement, elle se dégagea. « Rick...

— Que se passe-t-il ? »

Silvia avait l'air terrorisée. « Quelque chose ne va pas.

— Mais non, tout va bien. Tu es rentrée chez toi, et c'est tout ce qui compte. »

Silvia recula encore. « Ils ont pris une forme vivante, n'est-ce pas ? Pas de l'argile désaffectée.

Mais ils ne disposent pas de ce pouvoir-là, Rick. Ils ont touché à Son œuvre. » La panique lui fit hausser le ton. « C'est une erreur ! Ils n'auraient jamais dû perturber l'équilibre. Maintenant il est instable, et aucun d'entre eux ne sait contrôler le... »

Rick s'interposa entre elle et la porte. « Cesse de parler ainsi ! dit-il avec véhémence. Cela en valait la peine — le résultat justifierait *n'importe quoi !* S'ils ont perturbé l'équilibre des choses, c'est de leur faute.

— Mais on ne peut pas le rétablir ! » Sa voix montait encore, grêle et stridente, comme un fil tendu. « Nous avons déclenché quelque chose, il va y avoir des répercussions. L'équilibre qu'Il a instauré est *bouleversé.*

— Allons, viens ma chérie, coupa Rick. Allons nous asseoir au salon avec ta famille. Tu te sentiras mieux. Il va falloir te remettre de tous ces événements. »

Ils rejoignirent les autres ; deux silhouettes occupaient le divan, et la troisième le fauteuil près de la cheminée. Immobiles, le visage vide, le corps flasque et la peau cireuse, ce n'étaient que des formes léthargiques qui n'eurent pas la moindre réaction à leur entrée dans la pièce.

Déconcerté, Rick s'immobilisa. Un journal à la main, pantoufles aux pieds, Walter Everett était penché en avant ; sa pipe continuait de fumer dans le cendrier de l'accoudoir. Son nécessaire à couture sur les genoux, Mrs. Everett montrait un visage sévère, mais étrangement flou. Un visage amorphe, comme si sa matière était en train de se dissoudre, de fondre. Jean était recroquevillé sur place, amas informe, boule d'argile malaxée qui, de seconde en seconde, perdait sa consistance.

Soudain, elle s'effondra. Ses bras retombèrent mollement à ses côtés. Sa tête s'affaissa. Ses bras, ses jambes, son corps tout entier enflèrent. Ses traits se modifièrent rapidement, tandis que ses vêtements changeaient. La couleur afflua dans ses cheveux, ses yeux, sa peau. La pâleur de cire avait disparu.

Portant une main à sa bouche, elle regarda Rick sans mot dire. Ses paupières battirent, son regard perdit de sa fixité.

« Oh ! » s'étrangla-t-elle.

Ses lèvres avaient du mal à former les mots et sa voix était éteinte et inégale, comme un mauvais enregistrement. Avec une série de mouvements saccadés, mal coordonnés, elle se remit debout avec raideur et, gauchement, avança vers Rick, pas à pas, comme un pantin désarticulé.

« Rick, je me suis coupée, dit-elle. Avec un clou ou je ne sais quoi. »

La forme qui avait été Mrs. Everett s'anima. Dépourvue de contours précis, elle émit des sonorités confuses et s'affala sur elle-même de façon grotesque. Puis elle se raffermit peu à peu et prit consistance.

« Mon doigt », haleta-t-elle faiblement.

La troisième forme, celle du fauteuil, reprit ces mots comme un écho qui alla se perdre dans les ténèbres. Bientôt quatre doigts s'agitèrent, tandis que quatre bouches à l'unisson répétaient la même phrase.

« Mon doigt... Je me suis coupée, Rick. »

Rabâchages de perroquet, simulacres faiblissants de mots et de mouvements... Et les formes qui s'affirmaient étaient familières jusque dans les moindres détails. Inlassablement, les mêmes paroles se répétaient autour de lui, sur le divan, dans le fauteuil... si près qu'il entendait *son* souffle et voyait frémir *ses* lèvres.

« Que se passe-t-il ? » s'enquit la Silvia qui se tenait à ses côtés.

Sur le divan, une Silvia se remit à sa couture — elle piquait méthodiquement, absorbée par l'ouvrage. Dans le fauteuil, une autre Silvia ramassa ses journaux et sa pipe et reprit sa lecture. Une autre se tassait sur elle-même, nerveuse et effrayée. Celle qui était près de Rick l'accompagna dans sa retraite vers la porte, pantelante, les yeux écarquillés, les narines palpitantes.

« Rick... »

Il ouvrit la porte et gagna la galerie plongée dans l'obscurité. Mécaniquement, il descendit les marches à tâtons et pénétra dans les flaques de nuit qui le séparaient de l'allée. Derrière lui, Silvia se détachait en ombre chinoise sur le rectangle lumineux de la porte ; elle le regardait tristement s'éloigner. Et derrière elle, les autres silhouettes identiques, copies parfaitement conformes, hochant la tête, absorbées par leur tâche.

Il trouva son cabriolet et gagna la route.

Arbres et maisons défilaient, lugubres, de chaque côté de la chaussée. Il se demanda jusqu'où le phénomène allait s'étendre. C'était comme un train d'ondes centrifuges — un cercle qui allait en s'élargissant à mesure que le déséquilibre gagnait du terrain.

Il s'engagea sur l'autoroute ; il y eut bientôt davantage de circulation. Il essaya de distinguer l'intérieur des voitures, mais elles allaient trop vite. Il suivait une Plymouth rouge. Au volant, un homme corpulent vêtu d'un complet bleu bavardait joyeusement avec la femme assise à côté de lui. Rick se rapprocha. Le conducteur riait en dévoilant des dents en or et agitait ses mains charnues. La jeune femme était brune et jolie. Elle sourit à son compagnon, enfila ses gants blancs, lissa ses cheveux et remonta sa vitre.

Rick perdit la Plymouth de vue. Un gros camion vint s'insérer entre elle et le cabriolet. Il doubla le camion, rejoignit la conduite intérieure rouge et la dépassa. Mais celle-ci ne tarda pas à le doubler à son tour et, l'espace d'un instant, ses deux passagers furent bien visibles. La jeune femme ressemblait à Silvia. Même menton, petit et délicatement dessiné, mêmes lèvres pleines légèrement entrouvertes sur un sourire, mêmes bras minces, mêmes mains déliées. C'était Silvia. Puis la Plymouth emprunta une route transversale et il n'y eut plus aucune voiture devant Rick.

Des heures durant il roula dans les ténèbres. L'aiguille de la jauge d'essence baissait de plus en plus. Devant lui s'étendait un sinistre paysage de campagne, champs nus ponctués d'agglomérations, étoiles fixes suspendues dans un ciel sans éclat. À un moment donné, un groupe de lumières rouges et jaunes apparut. Un croisement — des stations-service et une grande enseigne au néon. Il ne s'arrêta pas.

Il trouva une pompe à essence isolée et bifurqua vers le terre-plein de gravier maculé de cambouis. Il descendit de voiture et ses chaussures crissèrent sur la pierre tandis qu'il s'emparait du tuyau et dévissait le bouchon du réservoir. Il avait presque fait le plein lorsque la porte de la station s'ouvrit pour livrer passage à une femme mince vêtue d'une combinaison blanche et d'une chemise bleu marine, et coiffée d'une petite casquette qui se perdait au milieu de ses boucles brunes.

« Bonsoir, Rick », dit-elle doucement.

Il raccrocha le tuyau et se retrouva au volant, sur l'autoroute. Avait-il revissé le bouchon ? Il ne s'en souvenait plus. Il accéléra. Il avait déjà couvert plus de cent cinquante kilomètres ; il approchait de la frontière de l'État.

La chaude lumière dorée d'un petit café routier égayait la pénombre glacée de l'aube. Il ralentit et alla se garer sur un parking désert, en bordure de la route. Le regard embrumé, il poussa la porte et entra.

Une bonne odeur de jambon frit et de café noir l'enveloppa. Il se sentit réconforté à la vue des gens attablés. Dans un coin braillait un juke-box. Il se jucha sur un tabouret et s'affala sur le comptoir, la tête dans les mains. Son voisin, un fermier malingre, lui jeta un regard curieux avant de se replonger dans son journal. En face, deux femmes au visage dur le contemplèrent brièvement. Un beau gosse tout en jean mangeait un plat de haricots rouges et de riz accompagné d'une grande tasse de café brûlant.

« Qu'est-ce que ce sera ? » s'enquit la serveuse, une blonde à l'air effronté ; ses cheveux tirés en arrière formaient un chignon serré sur sa nuque et elle portait un crayon derrière l'oreille. « On dirait que vous avez une sacrée gueule de bois, m'sieur. »

Il commanda du café et une soupe de légumes et se mit à manger ; ses mains s'activaient mécaniquement. Il s'aperçut qu'il était en train de dévorer un sandwich jambon-fromage qu'il ne se rappelait pas avoir commandé. Le juke-box tonitruait toujours, les clients entraient et sortaient. Non loin de la route, sur le flanc d'une colline en pente douce, s'étalait un petit bourg. Un jour grisâtre, stérile et froid apparut comme le soleil se levait. Il avala un morceau de tarte aux pommes chaude et s'essuya les lèvres avec sa serviette.

La salle était à présent silencieuse. Dehors, rien ne bougeait. Un calme inquiétant régnait. Le juke-box s'était tu. Au comptoir, les consommateurs restaient immobiles et muets. De temps à autre un camion passait, pesant, trempé de rosée, toutes vitres fermées.

Lorsqu'il leva les yeux, Silvia se tenait devant lui. Les bras croisés, elle avait le regard perdu dans le vague. Elle portait un crayon jaune vif calé sur l'oreille et ses cheveux bruns étaient ramassés en chignon serré. Au bout du comptoir étaient assises d'autres Silvia, toutes avec leurs assiettes, assoupies ou occupées à manger ; quelques-unes lisaient. À part les vêtements, elles étaient toutes semblables.

Rick regagna sa voiture. Une demi-heure plus tard, il franchissait la frontière de l'État. Dans les minuscules villes inconnues qu'il traversait, le soleil clair et froid faisait miroiter les trottoirs et les toits humides de rosée.

Dans les rues baignées de clarté matinale, il les voyait passer, les Silvia lève-tôt qui se rendaient à leur travail. Elles allaient par deux ou trois et leurs talons résonnaient dans le silence tendu. Il les vit s'assembler aux arrêts d'autobus. À l'intérieur des maisons, d'autres sortaient de leur lit, prenaient leur petit déjeuner, ou leur bain, s'habillaient — par centaines, par innombrables légions. Une ville entière peuplée de Silvia qui se préparaient pour la journée et reprenaient leurs tâches habituelles tandis que le cercle continuait de s'élargir.

Il laissa la ville derrière lui. Son pied glissa brusquement de la pédale d'accélérateur et la voiture ralentit. Deux Silvia traversaient un champ, des livres sous le bras — deux fillettes en route pour l'école. Deux sosies parfaitement identiques. Un chien gambadait joyeusement autour d'elles, insouciant, tout à son allégresse.

Rick poursuivit sa route. Au loin se profilait une ville dont les tours austères se détachaient nettement sur le ciel. Dans le quartier des affaires régnait une activité bruyante. Quelque part près du centre-ville, il atteignit la périphérie du cercle en perpétuelle expansion et passa de l'autre côté.

À l'infinie ribambelle de sosies de Silvia succéda enfin la diversité. Yeux gris et cheveux bruns cédèrent la place à d'innombrables variétés d'hommes et de femmes, d'enfants et d'adultes ; tous les âges, tous les physiques étaient représentés. Il accéléra et, sortant de la ville, s'engagea sur une autoroute à quatre voies.

Au bout d'un moment, il ralentit. Il était épuisé. Il y avait des heures qu'il roulait ; son corps tremblait de fatigue.

Il aperçut un jeune homme aux cheveux carotte qui agitait gaiement le pouce devant lui ; c'était un grand échalas vêtu d'un pantalon marron et d'un pull poil-de-chameau. Il s'arrêta et ouvrit la portière. « Grimpez, lui dit-il.

— Merci, l'ami », répondit le jeune homme en s'engouffrant dans la voiture, qui ne tarda pas à reprendre de la vitesse. Il claqua la portière et se carra avec reconnaissance contre le dossier. « Il commençait à faire chaud au bord de la route.

— Vous allez loin ? s'enquit Rick.

— Chicago. » Il eut un sourire timide. « Naturellement, je ne compte pas que vous me conduisiez aussi loin. Mais un bout de chemin, c'est toujours bon à prendre. » Il lança à Rick un regard inquisiteur. « Et vous, où allez-vous ?

— N'importe où, répondit Rick. Je vais vous conduire à Chicago.

— Mais il y a au moins trois cents kilomètres !

— Pas de problème. » Rick prit la file de gauche et accéléra. « Si vous voulez, je peux même vous conduire jusqu'à New York. »

Mal à l'aise, le jeune homme remua sur son siège. « Vous êtes sûr que ça va ? Évidemment, j'apprécie votre offre, mais... » Il hésita. « Enfin, je ne voudrais pas vous faire faire un détour. »

Les mains crispées sur le volant, Rick se concentrait sur la route qui se déroulait devant lui. « Je roule, dit-il. Je ne ralentis pas, et je ne m'arrête pas.

— Soyez tout de même prudent, lui conseilla le jeune homme d'une voix altérée. Je n'ai pas envie d'avoir un accident.

— Ne vous en faites pas pour ça.

— Mais c'est dangereux ! S'il arrivait quelque chose ? C'est trop risqué.

— Vous vous trompez, marmonna Rick d'un ton lugubre, sans quitter la route des yeux. Cela en vaut la peine, au contraire.

— Mais si quelque chose tournait mal... » La voix incertaine s'interrompit, puis reprit : « Je pourrais me perdre. Ce serait tellement facile. Tout est si instable. » La voix tremblait d'inquiétude. « Rick, je t'en prie... »

Rick fit volte-face. « Comment connaissez-vous mon nom ? »

Le jeune homme était recroquevillé contre la portière. Son visage s'était fait flou, comme s'il allait perdre ses contours, se fondre, devenir une masse informe. « Je voudrais bien revenir, disait-il d'une voix qui semblait provenir du tréfonds de lui-même, seulement j'ai peur. Tu ne peux pas savoir comment c'est là-bas, dans les régions intermédiaires. Il n'y a rien d'autre que de l'énergie pure, Rick. Il l'a canalisée il y a longtemps, mais Il est le seul à savoir comment. »

Sa voix se fit plus ténue, plus claire, plus aiguë. Ses cheveux virèrent au brun chaud. Des yeux gris effrayés se levèrent vers Rick. Les mains pétrifiées, celui-ci se courba au-dessus du volant et s'obligea à ne pas broncher. Il ralentit et reprit la file de droite.

« On s'arrête ? » s'enquit la forme assise à côté de lui. Elle s'exprimait maintenant avec la voix de Silvia. Comme un insecte naissant qui sèche au soleil, elle gagnait en consistance et s'arrimait fermement dans la réalité. Silvia se redressa péniblement sur son siège et jeta un regard par la vitre. « Où sommes-nous ? On est en rase campagne, ici. »

Rick écrasa le frein, tendit le bras et ouvrit violemment la portière. « Dehors ! »

Silvia le fixa sans comprendre. « Que veux-tu dire ? bredouilla-t-elle. Rick, que se passe-t-il ? Qu'est-ce qui ne va pas ?

— *Dehors !*

— Rick, je ne comprends pas. » Elle pivota sur son siège et la pointe de son soulier toucha l'asphalte. « C'est un problème de voiture ? Je pensais que tout allait bien. »

Il la poussa doucement dehors et referma la portière. La voiture fit un bond en avant et s'inséra dans le flot de la circulation matinale. Derrière lui, la petite silhouette hébétée se remettait d'aplomb, stupéfaite et blessée. Il se contraignit à détourner son regard du rétroviseur et pesa de tout son poids sur la pédale d'accélérateur.

D'une pichenette, il alluma la radio, qui se mit à crachoter. Il tourna le bouton du sélecteur et finit par trouver une grande station. Une voix faible et étonnée se fit entendre, une voix de femme. D'abord, il ne comprit pas ce qu'elle disait. Puis il la reconnut et, pris de panique, éteignit le récepteur.

La voix de Silvia. Murmurante et plaintive. Sur quelle station était-il tombé ? Chicago. Le cercle était donc arrivé jusque-là.

Il leva le pied. Il n'y avait plus aucune raison de se presser maintenant. Le cercle l'avait rattrapé, et il continuait de progresser. Dans les fermes du Kansas, dans les boutiques délabrées des vieilles bourgades du Mississippi, dans les rues mornes des villes industrielles de la Nouvelle-Angleterre s'agiteraient désormais des cohortes de jeunes femmes aux cheveux châtains et aux yeux gris.

Le cercle franchirait l'océan. Bientôt, il s'emparerait du monde entier. En Afrique, le résultat serait étrange — il y aurait des kraals de jeunes femmes à la peau blanche, toutes semblables, vaquant à leurs occupations primitives : la chasse, la cueillette, le pilage du millet et le dépeçage des animaux. Faisant des feux, tissant des étoffes et aiguisant soigneusement des couteaux affûtés comme des rasoirs.

Quant à la Chine... il eut un sourire idiot. Là-bas aussi, Silvia aurait un drôle d'air, avec l'austère tunique à col droit, la longue robe quasi monastique des jeunes cadres communistes. Les défilés remontant au pas cadencé les grandes artères de Pékin. Rangée sur rangée de jeunes filles aux longues jambes et à la poitrine opulente portant de lourds fusils de fabrication russe, ou bien des pelles, des pics, des pioches. Des colonnes entières de femmes-soldats chaussées de bottes en toile. Des travailleuses allant et venant d'un pas vif avec leurs précieux outils. Passées en revue par une créature à leur image, debout sur une estrade ornementée dominant la rue, un bras svelte levé, son doux et ravissant visage dorénavant inexpressif et figé.

Rick quitta l'autoroute pour une route secondaire. Mais quelques instants plus tard il rebroussait chemin, lentement, vidé de son énergie.

À un carrefour, un agent de la circulation s'approcha laborieusement du cabriolet en se faufilant entre les voitures. Rigide, les mains sur le volant, Rick attendit, sans réaction.

« Rick, murmura-t-elle d'un ton implorant en arrivant devant la portière. Y a-t-il quelque chose d'anormal ?

— Mais non », répondit-il d'un ton sinistre.

Elle glissa une main par la vitre et lui toucha l'épaule d'un air suppliant. Ces doigts si familiers, ces ongles rouges, cette main qu'il connaissait si bien...

« Je voudrais tellement être avec toi. Ne sommes-nous pas réunis ? Ne suis-je pas de retour ?

— Si. »

Elle secoua la tête d'un air pitoyable. « Je ne

comprends pas, répéta-t-elle. Je croyais que tout allait de nouveau pour le mieux. »

Il remit sauvagement le contact et s'éloigna à toute allure, laissant le croisement derrière lui.

C'était l'après-midi. Il était mort de fatigue. Machinalement, il prit la direction de sa propre ville. Dans toutes les rues se hâtait une Silvia omniprésente. Il se gara devant chez lui.

Dans le hall désert, le gardien le salua. Rick le reconnut au chiffon graisseux qu'il tenait, ainsi qu'à son balai et son seau de sciure. « Je t'en prie, Rick, supplia-t-elle. Dis-moi ce qui se passe. »

Il la repoussa et continua son chemin, mais elle s'accrocha désespérément à lui. « *Je suis de retour*, Rick, tu ne comprends donc pas ? Ils m'avaient enlevée trop tôt, alors ils m'ont renvoyée ici. C'était une erreur. Jamais plus je ne les appellerai — tout cela, c'est du passé. » Elle le suivit dans le couloir, puis dans l'escalier. « Je te jure que jamais plus je ne les invoquerai. »

Il s'engagea dans l'escalier. Silvia hésita, puis s'installa sur la première marche, pauvre petite silhouette recroquevillée avec son bleu de travail et ses grosses chaussures à clous.

Il fit tourner la clef dans la serrure et entra.

Les fenêtres ouvraient sur un ciel vespéral d'un bleu profond. Les toits des immeubles voisins étaient d'un blanc vif sous le soleil déclinant.

Il avait mal partout. Il se dirigea avec hésitation vers la salle de bains, qui lui parut changée. Il emplit le lavabo d'eau chaude, remonta ses manches et entreprit de se laver la figure et les mains dans le tourbillon d'eau fumante. Puis il leva les yeux.

Le miroir au-dessus du lavabo lui renvoya l'image terrifiée d'un visage hagard sillonné de larmes. Il eut du mal à la saisir dans son ensemble car elle semblait ondoyer, glisser. Des yeux gris, brillants de terreur, une bouche rouge frémissante, une gorge palpitante, une douce chevelure châtain... Le visage fixait sur lui un regard pathétique — puis la jeune fille se détourna du lavabo pour se sécher.

Sur quoi elle fit demi-tour et regagna le salon avec lassitude.

Désorientée, elle hésita puis se laissa tomber dans un fauteuil et ferma les yeux, malade de détresse et d'épuisement.

« Rick, murmura-t-elle d'un ton suppliant. Essaie de m'aider. Je suis revenue, non ? » Égarée, elle secoua la tête. « Je t'en prie, Rick, je croyais que tout allait bien. »

Étrange Éden

Traduction d'Hélène Collon

Titre original :
STRANGE EDEN

paru dans Imagination, *décembre 1954.*

Le capitaine Johnson fut le premier à sortir du vaisseau. Il balaya du regard les ondulations des vastes forêts de la planète et ses kilomètres de verdure à vous en faire mal aux yeux. Par-dessus tout ce vert, le ciel était d'un bleu très pur. Au loin, derrière les arbres, clapotait un océan sensiblement du même bleu, à ceci près qu'une surface bouillonnante d'algues incroyablement brillantes en approfondissait la couleur en la faisant tirer sur le pourpre.

Quelques mètres seulement séparaient le panneau de contrôle du sas automatique puis, au bas de la passerelle, c'était la terre noire et molle, toujours fumante, que le souffle des réacteurs avait creusée et éparpillée un peu partout. Il protégea ses yeux du soleil mordoré puis, au bout d'un moment, ôta ses lunettes et les essuya sur sa manche. C'était un homme de petite taille, mince et de teint jaunâtre. L'absence de lunettes le fit cligner nerveusement des yeux et il s'empressa de les rajuster sur son nez. Il inspira goulûment l'air tiède, le retint un instant dans ses poumons, le laissa imprégner son organisme, puis l'exhala à contrecœur.

« Pas mal, grommela Brent depuis le seuil du sas béant.

— Si on était plus près de Terra, il y aurait des boîtes de bière vides et des assiettes en plastique partout. Les arbres auraient disparu. Dans l'eau, on trouverait de vieux réacteurs de fusée. Les plages dégageraient une puanteur terrible. *Terra Immobilier* aurait fait construire dans tous les coins deux ou trois millions de petites maisons en plastique. »

Brent émit un grognement indifférent. Il sauta à terre ; c'était un homme à la carrure impressionnante dont les manches roulées révélaient des bras velus et bronzés.

« Qu'est-ce que c'est que ça, là-bas ? Une espèce de piste, non ? »

D'un air embarrassé, le capitaine Johnson sortit de sa poche une carte stellaire qu'il se mit en devoir d'étudier. « Aucun navire n'a fait de rapport sur cette zone avant nous. Si l'on en croit cette carte, le système tout entier est inhabité. »

Brent se mit à rire. « Vous ne vous êtes jamais dit qu'il pouvait y avoir une civilisation ici ? Je veux dire, non terrienne ? »

Le capitaine tripotait son arme. Il ne s'en était jamais servi ; c'était la première fois qu'on lui confiait une mission d'exploration en dehors de la zone répertoriée de la galaxie. « On devrait peut-être redécoller. D'ailleurs, on n'est pas obligés de faire le relevé de cet endroit. On l'a déjà fait pour les trois planètes majeures, et pour ce qui est de celle-ci, on ne nous a rien demandé, en fait. »

Brent marcha à grands pas sur le sol humide en direction de la piste. Il s'accroupit et passa les mains sur l'herbe couchée. « Quelque chose a laissé des traces ici. Il y a un sillon creusé dans le sol. » Soudain, il poussa une exclamation étonnée. « Des empreintes !

— Humaines ?

— On dirait plutôt une espèce d'animal. De grande taille... peut-être un gros félin. » Brent se releva ; son large visage affichait une expression pensive. « On va peut-être trouver du gibier. Ou en tout cas chasser un peu. »

Johnson battit nerveusement des paupières. « On ne peut pas savoir quel genre de défenses ont ces animaux. Ne prenons pas de risques, restons à bord. On peut très bien faire nos repérages en altitude ; la procédure habituelle devrait suffire, pour une aussi petite planète. Je me sens mal à l'aise, ici. » Il frissonna. « Cet endroit me donne la chair de poule.

— La chair de poule ? » Brent bâilla, s'étira, puis se mit à suivre la piste en direction des vertes forêts qui se déroulaient à perte de vue. « Moi, ça me plaît. On dirait un parc national tout ce qu'il y a de plus banal — y compris la faune. Tu n'as qu'à rester au vaisseau. Moi, je vais m'amuser un peu. »

Une main posée sur son arme, Brent avançait avec précaution dans la forêt obscure. C'était un vétéran de la reconnaissance ; en son temps, il s'était promené sur quantité de mondes reculés, suffisamment pour savoir ce qu'il faisait. De temps à autre, il marquait une pause pour examiner la piste et tâter le sol. Les empreintes étaient toujours là, et d'autres venaient les rejoindre. C'était une véritable horde qui avait suivi ce chemin, composée d'espèces variées mais toujours de bonne taille. Probablement en route vers un point d'eau, une petite rivière ou une mare quelconque.

Il escalada un talus... et s'aplatit vivement au sol. Droit devant lui, une bête était couchée en rond sur une pierre plate, les yeux clos, de toute évidence endormie. Brent décrivit un large cercle en prenant soin de toujours faire face à l'animal. C'était bien un félin. Mais pas de ceux qu'il lui avait été donné de voir. Une espèce de lion — en plus gros. Aussi grand qu'un rhinocéros terrestre. Une longue fourrure fauve, des pattes pourvues d'énormes coussinets, une queue comme un cordage d'amarrage. Des mouches rampaient sur ses flancs ; les muscles se contractèrent et les insectes s'envolèrent instantanément. La gueule était entrouverte ; Brent aperçut des crocs blancs qui étincelaient d'un éclat humide sous le soleil. Une grande langue rose. La bête respirait bruyamment, lentement, et ronflait dans son sommeil.

Brent porta une main hésitante à son pistolet R. En tant que chasseur, il ne pouvait tuer un animal endormi : il faudrait d'abord qu'il lui lance une pierre pour le réveiller. Mais en tant qu'homme contemplant une bête deux fois plus grande que lui, il était tenté de viser droit au cœur et de ramener les restes au vaisseau. La tête serait du plus bel effet ; la peau avait une sacrée allure. Il pourrait concocter une histoire enjolivée pour accompagner sa prise — raconter par exemple que la bête lui avait sauté dessus depuis une branche, ou peut-être qu'elle avait jailli d'un buisson en rugissant.

Il s'agenouilla, posa son coude droit sur son genou, étreignit la crosse de son pistolet de sa main gauche, ferma un œil et visa soigneusement. Il inspira à fond, cala son arme et en fit sauter le cran de sécurité.

Au moment où il allait appuyer sur la détente, deux autres grands félins passèrent nonchalamment près de lui en suivant la piste ; ils reniflèrent brièvement leur cousin endormi et s'enfoncèrent dans les broussailles.

Brent se sentit ridicule et abaissa son arme. Les animaux ne lui avaient accordé aucune attention. L'un avait bien jeté un regard de son côté, mais ni l'un ni l'autre n'avait fait mine de s'arrêter ni de noter sa présence. Il se remit tant bien que mal sur pied, sentant sur son front une transpiration glacée. Dieu du ciel, s'ils avaient voulu, ils auraient pu le mettre en pièces. Tapi comme il l'était, et de dos en plus...

Il allait falloir se montrer plus prudent. Ne pas traîner. Rester toujours en mouvement, ou alors rentrer au vaisseau. Non, il ne rentrerait pas. Il devait trouver quelque chose à montrer à ce minable de Johnson. À l'heure qu'il était, le petit capitaine était sans doute en train de tripoter fébrilement ses commandes en se demandant ce qui lui était arrivé. Brent se fraya délicatement un passage à travers les ronces et regagna la piste du côté le plus éloigné du félin endormi. Il allait explorer encore un peu, trouver quelque chose qui vaille d'être ramené, peut-être camper pour la nuit dans un abri de fortune. Il avait sur lui un paquet de rations de survie, et puis, en cas d'urgence, il pourrait toujours alerter Johnson à l'aide du transmetteur incrusté dans son larynx.

Il déboucha dans une prairie toute plate. Partout des fleurs poussaient, jaunes, rouges, violettes ; il poursuivit rapidement sa route à travers ce tapis. La planète était vierge — elle n'avait pas dépassé le stade primitif. L'homme n'y avait pas encore posé le pied ; comme disait Johnson, elle ne tarderait pas à être jonchée d'assiettes en plastique, de boîtes de bière et de détritus pourrissants. Peut-être pourrait-il la louer. Constituer une société et l'acheter tout entière. Ensuite, il la subdiviserait progressivement, en lots qu'il n'accorderait qu'à des gens très bien. Il leur garantirait la non-commercialisation de l'endroit ; rien que des résidences privées haut de gamme. Une planète-jardin pour riches retraités terriens disposant de tous leurs loisirs. Chasse et pêche : tout le gibier qu'ils pouvaient désirer. Et parfaitement apprivoisé. N'ayant jamais vu d'êtres humains.

Ce projet lui plaisait. Quittant la prairie pour s'enfoncer dans un épais bosquet, il chercha le moyen d'obtenir l'investissement de départ. Peut-être faudrait-il faire entrer d'autres gens dans l'affaire ; quelqu'un de bien nanti qui l'appuierait. Ils auraient besoin d'une bonne stratégie de promotion et de publicité ; il fallait que le démarrage soit impeccable. Les planètes intactes se faisaient rares ; celle-ci pouvait très bien être la dernière. S'il laissait échapper l'occasion, il risquait d'attendre longtemps avant que ne se représente la possibilité de...

Ses pensées s'interrompirent. Ses projets s'effondrèrent. Un sourd ressentiment le prit à la gorge et il s'arrêta net.

Devant lui la piste s'élargissait. Les arbres étaient plus espacés ; un soleil radieux s'infiltrait jusque dans l'obscurité silencieuse des fougères, des buissons et des fleurs. Sur une hauteur était juchée une construction. Une maison en pierre pourvue de marches menant à une galerie, de murs massifs et blancs évoquant le marbre. Tout autour, un jardin. Des fenêtres. Un sentier. Des bâtisses plus modestes à l'arrière. Tout cela bien propret — et d'aspect ultramoderne. Une petite fontaine laissait retomber une cascade d'eau bleutée dans une vasque. Quelques oiseaux allaient et venaient autour des allées de gravier en picorant et en grattant le sol.

La planète était habitée.

Brent s'approcha précautionneusement. Un filet de fumée grise s'échappait paresseusement d'une cheminée de pierre. Derrière la maison on voyait un poulailler et un animal d'apparence bovine qui sommeillait à l'ombre, non loin de son trou d'eau.

Il y avait d'autres animaux, certains ressemblant à des chiens et d'autres qui auraient pu être des moutons. Les constructions étaient de marbre — du moins, c'est ce qu'il lui sembla — et les animaux confinés dans un espace clos par un champ de force. Tout était parfaitement propre ; dans un coin, un tube à ordures aspirait les eaux usées et les détritus au sein d'un réservoir à demi enfoui dans le sol.

Il arriva devant la véranda arrière et, après quelques instants de réflexion, se mit à escalader les marches. Il n'avait pas particulièrement peur. L'endroit donnait une impression de sérénité, de calme ordonné. Difficile d'imaginer quel mal aurait bien pu en venir. Il atteignit la porte, hésita, puis chercha une poignée.

Il n'y avait pas de poignée. La porte s'ouvrit d'un coup sous sa poussée. Se sentant idiot, Brent entra. Il se trouvait dans un hall luxueux ; des lampes invisibles s'allumèrent instantanément sous la pression de ses bottes sur le tapis épais. De lourdes tentures rouges dissimulaient les fenêtres. Un mobilier massif... il jeta un regard dans une des pièces. Des machines et des objets inconnus de lui. Des tableaux aux murs. Des statues dans les angles. Il tourna et déboucha dans un vaste vestibule. Toujours personne.

Un énorme animal, aussi grand qu'un poney, franchit alors le seuil d'une porte et vint le renifler avec curiosité puis lui lécher le poignet avant de s'en aller. Brent le regarda partir, l'estomac noué.

Apprivoisé. Tous les animaux étaient apprivoisés. Qui étaient donc les gens qui avaient construit cet endroit ? La panique s'empara de lui. Ce n'étaient peut-être pas des *gens*. Peut-être une autre race. Des *choses* venues d'ailleurs, d'au-delà de la galaxie. Peut-être se trouvait-il à la frontière d'un empire étranger, dans une espèce de poste avancé.

Tandis qu'il réfléchissait à la question et se demandait s'il ne devait pas essayer de sortir, de repartir en courant vers le vaisseau et de joindre par vidéo la base de croiseurs d'Orion IX, il y eut derrière lui un léger bruissement. Il fit prestement volte-face, la main posée sur son arme.

« Qui . » s'étrangla-t-il. Puis il se figea sur place.

Sous ses yeux se tenait une jeune fille au visage calme et aux grands yeux d'un noir embrumé. Elle était grande, presque autant que lui — un peu moins d'un mètre quatre-vingts. Une cascade de cheveux noirs dévalait sur ses épaules jusqu'à hauteur des reins. Elle portait une robe chatoyante dont le tissu était curieusement métallique ; d'innombrables facettes y miroitaient, jetant mille feux et réfléchissant les lumières du plafond. Ses lèvres pleines étaient d'un rouge sombre. Elle avait les bras croisés sous la poitrine, qu'il voyait se soulever légèrement au rythme de sa respiration. À ses côtés se tenait l'espèce de poney qui était venu l'inspecter au passage.

« Soyez le bienvenu, Mr. Brent », déclara la jeune fille. Elle lui sourit, et il vit un bref éclat de petites dents blanches. Sa voix était douce et mélodieuse, remarquablement pure. Soudain elle fit demi-tour ; sa robe voleta derrière elle tandis qu'elle franchissait le pas de la porte et pénétrait dans la pièce au-delà. « Par ici. Je vous attendais. »

Brent entra avec circonspection. Un homme debout à l'extrémité d'une longue table le contemplait avec une aversion évidente. Il était très grand, plus d'un mètre quatre-vingts, doté de fortes épaules et de bras dont les muscles roulaient tandis qu'il boutonnait son manteau et se dirigeait vers la porte. La table était jonchée de plats et de bols emplis de nourriture ; des robots serviteurs étaient en train de la débarrasser en silence. De toute évidence, la jeune fille et son compagnon venaient de terminer leur repas.

« Je vous présente mon frère », fit-elle en désignant le géant à peau sombre. Ce dernier s'inclina légèrement devant Brent, échangea avec la jeune fille quelques mots en une langue fluide et inconnue, puis prit brusquement congé. Ses pas s'éloignèrent dans le couloir.

« Je suis désolé, marmonna Brent. Je ne voulais pas vraiment faire irruption et vous déranger chez vous.

— Ne vous inquiétez pas. Il s'en allait, de toute façon. En fait, nous ne nous entendons pas très bien. » La fille tira les rideaux, révélant une grande fenêtre qui donnait sur la forêt. « Regardez, il s'en va. Son vaisseau est garé dehors. Vous le voyez ? »

Brent mit un moment à discerner l'appareil, qui se confondait parfaitement avec le paysage. Ce fut seulement lorsqu'il bondit vers le ciel selon un angle de quatre-vingt-dix degrés que Brent s'aperçut de sa présence. Il était passé à quelques mètres de lui.

« Mon frère n'est pas quelqu'un d'ordinaire, dit la jeune fille en laissant retomber les tentures. Avez-vous faim ? Tenez, asseyez-vous et partagez mon repas. Maintenant qu'Aeetes est parti et que je reste seule. »

Brent s'assit prudemment. La nourriture avait l'air bonne. Les plats étaient en métal semi-transparent. Un robot disposa devant lui assiette, couteaux, fourchettes et cuillères et attendit les ordres. La fille les lui donna dans sa langue étrangement fluide. Il s'empressa de servir Brent et se retira.

Ils étaient seuls. Brent attaqua goulûment sa nourriture, qui était délicieuse. Il détacha les ailes d'une volaille comparable au poulet et se mit à ronger habilement les os. Puis il avala d'un coup un verre de vin rouge sombre, s'essuya la bouche sur sa manche et entama un compotier de fruits mûrs. Légumes, viandes épicées, fruits de mer, pain chaud — il enfourna le tout avec délectation. La jeune fille se contenta de grignoter quelques morceaux délicats en posant sur lui un regard intrigué jusqu'à ce qu'il eût fini et repoussé son assiette vide.

« Où est votre capitaine ? s'enquit-elle. Il n'est pas venu ?

— Johnson ? Il est resté au vaisseau. » Brent éructa bruyamment. « Comment se fait-il que vous parliez le terrien ? Ce n'est pas votre langue natale.

Et comment savez-vous qu'il y a quelqu'un avec moi ? »

La jeune fille eut un rire qui éclata en cascade de carillons cristallins. Elle essuya ses mains fines avec une serviette de table et but une gorgée de vin foncé. « Nous vous avons observés par scanner. Vous suscitiez notre curiosité. C'est la première fois qu'un de vos vaisseaux s'aventure aussi près. Nous nous demandions quelles étaient vos intentions.

— Ce n'est pas en regardant notre appareil au scanner que vous avez appris le terrien.

— C'est vrai. J'ai appris votre langue avec des êtres de votre espèce, il y a bien longtemps. Autant que je me souvienne, je l'ai toujours parlée. »

Brent n'en revenait pas. « Mais vous disiez que nous étions les premiers à venir ici. »

La jeune fille rit à nouveau. « C'est exact. Mais j'ai souvent rendu visite à votre petit monde. Nous le connaissons parfaitement. Nous y faisons étape lorsque nous voyageons dans cette direction. J'y suis allée plus d'une fois — pas récemment, mais à l'époque ancienne où je voyageais davantage. »

Brent se sentit pris d'un étrange frisson. « Mais qui êtes-vous donc ? Et *d'où* êtes-vous ?

— J'ignore d'où nous sommes venus à l'origine, répondit-elle. Notre civilisation s'étend maintenant dans l'univers tout entier. Elle a probablement vu le jour en un endroit précis, aux temps légendaires. Mais de nos jours, elle existe pratiquement partout.

— Pourquoi ne sommes-nous pas tombés sur vous avant, alors ? »

Elle se remit à manger, souriante. « Vous ne m'avez donc pas entendue ? Vous nous avez bel et bien rencontrés. Et souvent. Nous avons même amené des Terriens ici. Je me souviens très nettement d'un jour, il y a quelques milliers d'années...

— De quelle longueur sont vos années ? interrogea Brent.

— Nous n'en avons pas. » La jeune fille le fouillait de ses yeux noirs pétillants d'amusement. « Je veux parler d'années *terriennes.* »

Il lui fallut bien une minute pour assimiler toutes les implications de cette phrase. « Des milliers d'années... murmura-t-il. Vous avez vécu des milliers d'années ?

— Onze mille », répondit-elle simplement. Un hochement de tête et un robot vint enlever les plats. Elle se renfonça dans son siège, bâilla, s'étira comme un jeune chat souple puis bondit soudain sur ses pieds. « Venez. Le repas est terminé. Je vais vous faire visiter ma maison. »

Brent se leva maladroitement et lui emboîta le pas sans attendre. Toute son assurance s'était évanouie. « Vous êtes immortels, c'est ça ? » Il alla s'interposer entre elle et la porte, la respiration haletante, son visage lourd tout congestionné. « Vous ne vieillissez pas.

— Vieillir ? Non, bien sûr que non. »

Brent cherchait ses mots. « Vous êtes des dieux. »

La jeune fille leva la tête et sourit ; ses yeux sombres pétillaient joyeusement. « Ce n'est pas tout à fait ça. Vous avez à peu près tout ce que nous avons — presque autant de connaissances, de culture. Vous finirez par nous rattraper. Nous sommes une race ancienne. Il y a des millions d'années, nos savants ont réussi à ralentir le processus de dégradation ; depuis lors, nous ne mourons plus.

— Alors votre espèce reste constante. Personne ne meurt, personne ne naît. »

Elle le repoussa pour franchir le seuil et se retrouva dans l'entrée. « Oh ! mais si ! On naît sans arrêt. L'espèce s'étend, se développe. » Elle fit halte sur le pas d'une porte. « Nous n'avons renoncé à aucun plaisir. » Elle contempla Brent d'un air pensif, embrassant du regard ses épaules, ses bras, sa chevelure sombre, son visage empâté. « Nous sommes pratiquement pareils à vous, sauf que nous sommes immortels. Un jour où l'autre, vous résoudrez la question vous aussi.

— Vous vous êtes promenés parmi nous ? questionna Brent. Mais alors, toutes ces vieilles histoires de religions et de mythes, c'était vrai ! Les dieux, les miracles... Vous êtes entrés en contact avec nous, vous nous avez offert des choses. Vous avez fait beaucoup pour nous. » Il la suivit d'un air incrédule comme elle pénétrait dans la pièce.

« Oui, je suppose que oui. En passant. » Elle allait et venait dans la pièce, dénouant de lourdes tentures. Une douce obscurité tomba sur les canapés, les bibliothèques, les statues. « Jouez-vous aux échecs ?

— *Aux échecs ?*

— C'est notre jeu national. Nous l'avons introduit auprès de certains de vos ancêtres brahmanes. » La déception se lisait sur son petit visage futé. « Vous ne savez pas y jouer ? Quel dommage ! Que faites-vous, alors ? Et votre compagnon ? À le voir, ses capacités intellectuelles semblaient supérieures aux vôtres. Joue-t-il aux échecs ? Peut-être devriez-vous retourner le chercher.

— Je ne crois pas, fit Brent en s'avançant vers elle. Pour autant que je sache, il ne sait jouer à rien. » Il tendit la main et la prit par le bras. Interloquée, la jeune fille se dégagea. Brent l'enserra dans ses bras musclés et l'attira tout contre lui. « Je ne crois pas qu'on ait besoin de lui », ajouta-t-il.

Il l'embrassa sur la bouche. Ses lèvres rouges étaient chaudes et douces ; elle s'étrangla et se débattit farouchement. Il sentait son corps mince lutter contre lui. Un nuage de senteurs parfumées s'éleva de sa chevelure sombre. Elle le griffa de ses ongles acérés tandis que sa poitrine se soulevait violemment. Il relâcha son étreinte et elle s'éloigna vivement, toujours sur ses gardes, les yeux étincelants et le corps tendu ; puis elle lissa sa robe lumineuse.

« Je pourrais vous tuer », chuchota-t-elle. Elle toucha sa ceinture de pierreries. « Vous ne comprenez pas, n'est-ce pas ? »

Brent fit un pas en avant. « Vous le pourriez sans doute. Mais je parie que vous n'en ferez rien. »

Elle recula. « Ne faites pas l'imbécile. » Un sourire fugitif. « Vous avez du courage. Mais vous n'êtes pas très malin. Cependant, chez un homme, ce n'est pas une mauvaise combinaison. Stupide et brave. » Elle esquiva avec agilité sa tentative pour s'emparer d'elle et glissa hors de sa portée. « Et puis, vous êtes en bonne condition physique. Comment faites-vous, à bord de ce petit vaisseau ?

— Stages de remise en forme tous les trois mois », répondit Brent. Il alla se placer entre elle et la porte. « Vous devez drôlement vous ennuyer ici, toute seule. Après les premiers millénaires, ça doit devenir pénible.

— Je trouve toujours à m'occuper, répliqua-t-elle. N'essayez pas d'approcher. Pour autant que j'admire votre audace, je dois vous prévenir que... »

Brent l'empoigna. Elle se débattit sauvagement ; de sa grosse patte, il lui maintint les mains derrière le dos, la courba en arrière et baisa ses lèvres entrouvertes. Elle le mordit de toutes ses petites dents blanches ; il poussa un grognement et se recula brusquement Elle riait, l'œil égayé, tout en continuant de lutter. Sa respiration s'accélérait, elle avait les joues rouges, et ses seins à demi dénudés frémissaient tandis qu'elle se contorsionnait comme un animal pris au piège. Il la prit par la taille et la souleva dans ses bras.

Une onde de force le frappa de plein fouet.

Il la lâcha ; elle retomba sur ses pieds avec souplesse et fit un gracieux saut en arrière. Brent était plié en deux, blême de douleur. Une sueur glacée gagnait son cou et ses mains. Il se laissa choir sur un canapé et ferma les yeux, les muscles noués, tordu de douleur.

« Je suis désolée, fit-elle en se déplaçant dans la pièce sans lui prêter attention. Mais c'est de votre faute aussi — je vous avais dit de faire attention. Il vaut peut-être mieux vous en aller, maintenant. Retournez à votre petit vaisseau. Je ne voudrais pas qu'il vous arrive quelque chose. Il n'est pas dans nos habitudes de tuer les Terriens.

— Qu'est-ce que... qu'est-ce que c'était que ce truc ?

— Rien de bien extraordinaire. Une forme de répulsion, je crois. Cette ceinture a été fabriquée sur l'une de nos planètes industrielles ; elle me protège, mais je n'en connais pas le mode de fonctionnement. »

Brent réussit tant bien que mal à se remettre sur pied. « Vous êtes drôlement costaud pour une petite fille.

— Une petite fille ? Je suis plutôt *vieille* pour une petite fille. Je l'étais déjà avant votre naissance. Avant que votre peuple ait même construit ses vaisseaux spatiaux. Avant même qu'il ne sache tisser ses vêtements et mettre ses pensées par écrit au moyen de symboles. J'ai vu votre espèce progresser, puis régresser jusqu'à la barbarie et progresser encore. Une infinité de nations et d'empires. J'étais là quand les Égyptiens ont entrepris de se répandre en Asie Mineure. J'ai vu les bâtisseurs de la vallée du Tigre élever leurs premières maisons de brique. J'ai vu les chars de guerre assyriens rouler vers la bataille. Mes amis et moi-même avons visité la Grèce et Rome, et Minos et Lydie, et les grands royaumes des Indiens à peau rouge. Pour les anciens, nous étions des dieux, pour les chrétiens des saints.

« Nous arrivons et nous repartons. Tandis que vous avanciez, nous sommes venus de moins en moins souvent. Nous avons d'autres relais ; votre monde n'est pas la seule étape sur notre route. »

Brent garda le silence. Son visage commençait à retrouver un peu de couleur. La jeune fille s'était jetée sur un des canapés moelleux ; elle se laissa aller contre un coussin et le regarda calmement, un bras tendu, l'autre reposant sur ses genoux. Ses longues jambes étaient ramenées sous elle et ses petits pieds blottis l'un contre l'autre. On aurait dit un chaton béat se reposant après le jeu. Lui avait du mal à le croire. Mais son corps était toujours douloureux ; il avait ressenti une infime partie de son champ de force, et cela avait failli le tuer. Un détail qui donnait à réfléchir.

« Eh bien ? s'enquit bientôt la jeune fille. Qu'allez-vous faire ? Il se fait tard. Je crois que vous devriez rentrer au vaisseau. Votre capitaine doit se demander ce qui a bien pu vous arriver. »

Brent marcha vers la fenêtre et écarta les lourds rideaux. Le soleil s'était couché. Les ténèbres descendaient sur les forêts environnantes. Les étoiles avaient déjà commencé à percer, minuscules points blancs dans la voûte violette qui allait en s'obscurcissant. Au loin, un défilé de montagnes s'élançait, noir et menaçant.

« Je peux entrer en contact avec lui », fit Brent. Il tapota sa gorge. « En cas d'urgence. Pour lui dire que je suis sain et sauf.

— *Sain et sauf ?* Vous n'avez rien à faire ici. Qu'est-ce que vous croyez ? Que vous pouvez avoir le dessus ? » Elle se redressa légèrement et rejeta ses cheveux noirs dans son dos. « Je vois ce qui se passe dans votre tête. Je vous rappelle une petite brune avec qui vous avez eu une liaison et dont vous faisiez ce que vous vouliez — avant de vous en vanter devant vos camarades. »

Brent rougit. « Vous êtes télépathe. Vous auriez pu me le dire.

— Je ne le suis que partiellement. Juste ce qu'il me faut. Lancez-moi vos cigarettes. Nous n'avons pas ce genre de chose ici. »

Brent fouilla dans sa poche, en sortit le paquet et le lui jeta. Elle en alluma une et aspira la première bouffée d'un air reconnaissant. Un nuage de fumée grise dériva autour d'elle ; il se confondit avec les ombres grandissantes de la pièce dont les angles se perdaient dans les ténèbres. Elle devint indistincte, recroquevillée sur le canapé, tenant toujours entre ses lèvres grenat la cigarette incandescente.

« Vous ne me faites pas peur, déclara Brent.

— Non, en effet. Vous n'êtes pas peureux. Si vous étiez aussi intelligent que courageux... mais dans ce cas, je suppose que vous ne seriez pas courageux. J'admire votre bravoure, tout imbécile qu'elle est. L'homme ne manque pas de courage. Même si l'ignorance en est la cause, ça n'en est pas moins impressionnant. » Au bout de quelques instants, elle reprit : « Venez vous asseoir près de moi. »

« De quoi devrais-je m'inquiéter ? s'enquit un peu plus tard Brent. Tant que vous ne vous servez pas de cette foutue ceinture, je ne risque rien. »

La jeune fille remua dans l'obscurité. « Il y a autre chose. » Elle se redressa un peu, arrangea sa chevelure et glissa un coussin sous sa tête. « Voyez-vous, nous appartenons à deux espèces très différentes. La mienne a des millions d'années d'avance sur la vôtre. Le contact — le contact rapproché — est mortel. Pas pour nous, bien entendu. Pour vous. Vous ne pouvez être avec moi et rester un être humain.

— Que voulez-vous dire ?

— Vous allez subir des altérations, évoluer différemment. Il y a cette attraction que nous exerçons. Nous sommes chargés au maximum ; le contact rapproché influe sur les cellules de votre organisme. Vous avez vu ces animaux, dehors. Ils ont légèrement évolué ; ce ne sont plus des bêtes sauvages. Ils sont capables de comprendre des ordres simples et d'exécuter des tâches routinières. Pour le moment, ils n'ont pas de langage. Avec des animaux aussi primaires, c'est un processus assez long ; et puis, je n'ai pas eu de contact réellement rapproché avec eux. Mais avec vous...

— Je vois.

— Nous ne sommes pas censés laisser les humains nous approcher. Aeetes s'en est allé. Moi, je suis trop paresseuse — et puis je ne m'en soucie pas vraiment. Je suppose que je ne suis pas encore mûre, responsable. » Un petit sourire. « Et puis, ma notion du contact rapproché est un peu au-dessus de la moyenne. »

Brent avait du mal à distinguer sa silhouette mince dans le noir. Elle s'étendit sur les coussins, lèvres entrouvertes, les bras croisés sous la poitrine, la tête rejetée en arrière. Elle était ravissante. La plus belle femme qu'il ait jamais vue. Au bout d'un moment, il se pencha sur elle. Cette fois-ci, elle ne se déroba pas. Il l'embrassa doucement. Puis il entoura de ses bras son corps élancé et le serra contre lui. Sa robe émit un bruissement. Sa douce chevelure l'effleura, tiède et parfumée.

« Je prends le risque, dit-il.

— Vous en êtes sûr ? Une fois que ce sera commencé, vous ne pourrez plus faire demi-tour. Vous comprenez ? Vous ne serez plus humain. Vous aurez évolué. Dans une direction que votre espèce mettra des millions d'années à emprunter. Vous serez un paria, un précurseur. Vous n'aurez plus de camarades.

— Je resterai ici. » Il lui caressa la joue, le cou, les cheveux. Il sentait le sang battre sous sa peau veloutée ; une pulsation rapide au creux de sa gorge. Elle avait le souffle court ; ses seins se soulevaient et retombaient contre lui. « Si vous m'y autorisez.

— Oui, murmura-t-elle. Je vous y autoriserai. Si c'est ce que vous désirez vraiment. Mais il ne faudra pas m'en vouloir. » Un sourire mi-attristé, mi-malveillant traversa brièvement ses traits fins ; ses yeux étincelaient. « Vous me promettez de ne pas m'en vouloir ? Cela s'est déjà produit — j'ai horreur qu'on me fasse des reproches. Je me dis toujours que c'est la dernière fois. Quelles que soient les circonstances.

— C'est déjà arrivé ? »

La jeune fille rit doucement tout contre son oreille. Elle l'embrassa chaleureusement et le serra très fort dans ses bras. « En onze mille ans, murmura-t-elle, c'est arrivé bien des fois. »

Le capitaine Johnson passa une mauvaise nuit. Il essaya bien d'appeler Brent sur l'intercom d'urgence, mais n'obtint pas de réponse. Rien qu'un fond de parasites et le lointain écho d'un programme vidéo émanant d'Orion X. Du jazz et des publicités sirupeuses.

Les bruits de la civilisation lui rappelèrent qu'ils devaient se remettre en route. On n'avait pas alloué plus de vingt-quatre heures à cette planète, la plus petite de son système.

« Nom de nom », marmonna-t-il. Il prépara du café et regarda sa montre. Puis il sortit faire quelques pas dans la clarté du soleil matinal. C'était le lever du jour. L'air virait du violet sombre au grisâtre. Il faisait un froid d'enfer. Il frissonna, tapa du pied et se mit à regarder de petites choses ressemblant à des oiseaux qui descendaient du ciel pour venir picorer autour des buissons.

Il commençait juste à envisager d'avertir Orion lorsqu'il *la* vit.

Elle venait d'un bon pas vers le vaisseau. Grande et mince, les bras nichés dans les plis d'un épais manteau de fourrure. Johnson en resta rivé sur place, muet de stupeur. Trop ébahi pour porter la main à son arme, il resta bouche bée en voyant la fille faire halte à quelque distance, rejeter en arrière ses cheveux noirs, souffler un nuage d'haleine argentée puis déclarer : « Je suis désolée que vous ayez mal dormi. C'est de ma faute. J'aurais dû le renvoyer immédiatement. »

La bouche du capitaine Johnson s'ouvrit et se referma. Puis : « Qui êtes-vous ? réussit-il finalement à articuler. Où est Brent ? Que s'est-il passé ?

— Il arrive. » Elle se retourna vers la forêt et fit un signe. « Il me semble que vous devriez partir, maintenant. Lui, en revanche, désire rester — et cela vaut mieux, étant donné ce qu'il est devenu. Il sera heureux dans ma forêt, en compagnie des autres... hommes. Bizarre que vous vous ressembliez tous autant, vous les humains. Votre espèce suit un chemin inhabituel. Nous devrions peut-être prendre la peine de vous étudier, un de ces jours. Cela a sans doute quelque chose à voir avec votre niveau esthétique peu élevé. Vous paraissez posséder une vulgarité innée qui finira au bout du compte par vous dominer complètement. »

Du sous-bois émergea une forme étrange. L'espace d'un instant Johnson crut que ses yeux lui jouaient des tours. Il cilla, plissa les paupières, et poussa un grognement d'incrédulité. Ici, sur cette planète reculée... ? Mais non, pas d'erreur. C'était sans aucun doute un gigantesque félin qui sortait du bois derrière la fille, lentement, la queue basse.

L'inconnue fit mine de s'éloigner, puis s'arrêta pour faire signe à l'animal qui tournait autour du vaisseau en poussant des gémissements pitoyables.

Johnson contempla la bête et se sentit soudain pris de panique. D'instinct, il sut que Brent ne reviendrait pas. Quelque chose était arrivé sur cette planète bizarre ; cette fille...

Johnson referma le sas à la volée et se précipita vers le panneau de contrôle. Il fallait qu'il gagne la base la plus proche pour faire son rapport. Ceci demandait qu'on y regarde de plus près.

Tandis que les moteurs vrombissaient, il jeta un dernier coup d'œil au hublot et vit l'animal lever une patte énorme en direction du vaisseau en partance.

Johnson frissonna. Le geste ressemblait un peu trop à celui d'un homme en colère...

Le monde de Jon

Traduction d'Hélène Collon

Titre original :

JON'S WORLD

paru dans Time to Come, *anthologie composée par August Derleth, New York, 1954.*

Kastner fit le tour du vaisseau sans mot dire. Puis il emprunta la passerelle et entra avec précaution. L'espace d'un instant, on put voir sa silhouette aller et venir à l'intérieur. Lorsqu'il réapparut, son large visage rayonnait discrètement.

« Alors ? s'enquit Caleb Ryan. Qu'en pensez-vous ? »

Kastner descendit la passerelle. « Est-il prêt à partir ? Plus de problèmes à résoudre ?

— Il est presque prêt. Les ouvriers mettent la dernière main aux branchements et à l'alimentation. Mais il n'y a pas de difficulté majeure. Du moins, pas que l'on puisse prévoir. »

Les deux hommes se tenaient côte à côte, les yeux levés vers la boîte métallique aux formes lourdes, avec ses hublots, ses écrans, ses grilles d'observation. Le vaisseau n'était pas beau à voir. Ni lignes élancées, ni chromes, ni entretoises en rexénoïde pour affiner progressivement la coque et lui donner une forme de goutte d'eau. Il était au contraire carré, et tout hérissé de tourelles et autres protubérances.

« Qu'est-ce qu'ils vont penser en nous voyant sortir de ce truc-là ? murmura Kastner.

— On n'a pas eu le temps de le rendre esthétique. Évidemment, si vous préférez attendre deux mois de plus...

— On ne pourrait pas enlever quelques-uns de ces boutons, là ? À quoi servent-ils ? Qu'est-ce qu'ils font là ?

— Ce sont des soupapes. Vous n'avez qu'à jeter un coup d'œil aux plans. Elles évacuent la charge énergétique en cas de surtension. Le voyage dans le temps ne sera pas sans risque, vous savez. Quand le vaisseau revient, une grande quantité d'énergie s'accumule. Il faut la laisser se dissiper progressivement, sinon nous constituerons une gigantesque bombe chargée de millions de volts.

— Je vous crois sur parole. » Kastner ramassa sa mallette et se dirigea vers une des issues. Les gardes de la Ligue s'écartèrent sur son passage. « Je vais annoncer aux Directeurs qu'il est presque prêt. Au fait, j'ai quelque chose à vous révéler.

— De quoi s'agit-il ?

— Nous avons choisi la personne qui va vous accompagner.

— Et qui est-ce ?

— Moi. J'ai toujours voulu savoir comment c'était, avant la guerre. On a bien les bobines historiques, mais ce n'est pas la même chose. Moi, je veux y être. M'y promener. Savez-vous ce qu'on dit ? Qu'il n'y avait pas de cendre avant la guerre.

Que la surface était fertile. Qu'on pouvait marcher des kilomètres sans rencontrer de ruines. J'aimerais bien voir ça.

— Je ne savais pas que vous vous intéressiez au passé.

— Oh, mais si ! Dans ma famille, on a conservé quelques ouvrages illustrés montrant comment c'était à l'époque. Pas étonnant que le GISU veuille s'emparer des papiers de Schonerman. Si on pouvait mettre en œuvre la reconstruction...

— C'est ce que vous voulons tous.

— Et peut-être allons-nous y arriver. À plus tard. »

Ryan regarda partir le petit homme d'affaires replet qui serrait fermement sa mallette contre lui. Les gardes firent un pas de côté pour le laisser passer et resserrèrent le rang derrière lui tandis qu'il disparaissait de l'autre côté de la porte.

Ryan reporta son attention sur le vaisseau. Ainsi, c'était Kastner qui allait être son compagnon de voyage. Le GISU — ou Groupement des Industries Synthétiques Unies — avait manifesté le désir que l'expédition comporte une égale représentation : un homme de la Ligue, un homme du GISU. Le GISU avait fourni les moyens à la fois commerciaux et financiers du projet Horloge. Sans son aide, ce dernier n'aurait jamais dépassé le stade du papier. Ryan prit place devant le banc d'essai et fit défiler les plans à grande vitesse sur le scanner. Ils avaient travaillé longtemps. Il n'y avait plus grand-chose à faire. Une touche finale par-ci par-là.

Le vidécran émit un déclic. Ryan arrêta le scanner et passa en mode réception.

« Ici Ryan. »

Le préposé de la Ligue apparut sur l'écran. L'appel arrivait sur le circuit de la Ligue. « Appel urgent. »

Ryan se figea. « Passez-le-moi. »

L'image du préposé s'effaça et fut remplacée au bout d'un moment par un visage âgé, rubicond et couvert de rides. « Ryan...

— Qu'y a-t-il ?

— Vous devriez rentrer. Aussi vite que possible.

— Qu'est-ce qui se passe ?

— C'est Jon. »

Ryan s'obligea à conserver son calme. « Encore une crise ? fit-il d'une voix pâteuse.

— Oui.

— Comme les autres ?

— Exactement pareille. »

Les mains de Ryan sautèrent sur l'interrupteur. « C'est bon, j'arrive tout de suite. Ne laissez entrer personne. Essayez de le calmer. Ne le laissez pas sortir de sa chambre. Doublez la garde si nécessaire. »

Ryan coupa la communication. Un instant plus tard il faisait route vers le toit et son aéro intercités garé tout là-haut, sur le terrain d'atterrissage du bâtiment.

L'aéro bondit par-dessus l'interminable étendue de cendre grise tandis que des grappins automatiques le dirigeaient sur Cité Quatre. Ryan fixait un regard vide sur le hublot, à demi conscient du paysage qui se déroulait en dessous.

Il se trouvait entre deux cités. La surface était désolée, marquée à perte de vue d'innombrables crassiers et autres tas de cendre. Les cités s'élevaient comme des champignons vénéneux épars, séparées par des kilomètres de désert gris. Ici et là, un champignon, des tours et des immeubles, des hommes et des femmes au travail. Petit à petit on récupérait la surface. On acheminait les matières premières et l'équipement depuis la Base lunaire.

Pendant la guerre, les êtres humains avaient quitté Terra pour aller s'établir sur la Lune. Car Terra était dévastée. Réduite à un globe de ruines et de cendre. Et puis ils étaient peu à peu revenus, lorsque la guerre avait pris fin.

En réalité, il y avait eu deux guerres. La première avait opposé l'homme à lui-même. La seconde, il l'avait livrée aux Griffes, ces robots complexes qu'il avait lui-même conçus pour servir d'armes de guerre. Les Griffes s'étaient retournées contre leurs créateurs en se dotant elles-mêmes de nouveaux modèles et équipements.

L'aéro de Ryan amorça sa descente. Il était au-dessus de Cité Quatre. Il vint bientôt se poser sur le toit de sa grande résidence privée, située au centre de la ville. Ryan sauta à terre et traversa le toit en direction de l'ascenseur.

Un instant plus tard, il pénétrait dans ses quartiers et prenait le chemin de la chambre de Jon.

Il trouva le vieil homme en train de surveiller Jon de l'autre côté de la paroi vitrée ; il avait le visage grave. La chambre était à demi plongée dans l'obscurité. Jon était assis au bord de son lit, les mains étroitement serrées l'une contre l'autre. Ses paupières étaient closes. Sa bouche béait légèrement et, de temps en temps, sa langue sortait, toute raide.

« Depuis combien de temps est-il dans cet état ? demanda Ryan au vieil homme qui se tenait à côté de lui.

— À peu près une heure.

— Les autres crises se sont-elles déroulées de la même manière ?

— Celle-ci est plus sévère. Chacune est plus grave que la précédente.

— Personne d'autre que vous ne l'a vu ?

— Il n'y a que vous et moi. Je vous ai appelé dès que j'ai eu une certitude. C'est presque fini maintenant. Il est en train de revenir à lui. »

De l'autre côté de la vitre, Jon se leva et s'éloigna de son lit, les bras croisés. Ses cheveux blonds retombaient en bataille sur son visage. Il avait toujours les yeux fermés. Son visage était pâle, vide d'expression, et ses lèvres se convulsaient nerveusement.

« Tout d'abord, il a complètement perdu conscience. Je l'avais laissé seul quelques instants. Je me trouvais dans une autre partie de l'immeuble. Quand je suis revenu, je l'ai trouvé étendu par terre. Les bobines étaient éparpillées tout autour de lui. Il avait la figure toute bleue et sa respiration était irrégulière. Il avait aussi des spasmes musculaires récurrents, comme les fois précédentes.

— Qu'avez-vous fait alors ?

— Je suis entré dans la chambre et je l'ai porté sur son lit. D'abord il était tout raide, mais au bout de quelques minutes, il a commencé à se décontracter un peu. Puis tout son corps s'est détendu. Je lui ai pris le pouls : il était très lent. Jon respirait plus facilement. Et à ce moment-là, ça a commencé.

— Quoi, "ça" ?

— Les discours.

— Je vois, fit Ryan en hochant la tête.

— J'aurais voulu que vous soyez là. Il a parlé comme jamais. Un flot ininterrompu. Sans fin. Comme s'il ne pouvait plus s'arrêter.

— Est-ce que... est-ce que c'était la même chose que d'habitude ?

— Exactement la même chose. De plus, il rayonnait. Un visage illuminé ! Comme les autres fois. »

Ryan réfléchit un instant. « Puis-je entrer ?

— Oui. C'est presque fini. »

Ryan s'avança vers la porte. Il pressa ses doigts contre la serrure à code et la porte coulissa dans le mur.

Il s'introduisit doucement dans la chambre, mais Jon ne remarqua nullement sa présence. Il faisait les cent pas, les yeux toujours clos, serrant ses bras autour de son corps. Il tanguait légèrement. Ryan marcha jusqu'au milieu de la pièce et s'immobilisa.

« Jon ! »

Le jeune homme cilla, puis ouvrit les yeux et secoua vivement la tête. « Ryan ? Que... qu'est-ce que tu veux ?

— Assieds-toi donc. »

Jon acquiesça. « Oui. Merci. » Il prit place sur le lit d'un air hésitant. Il ouvrait maintenant de grands yeux bleus. Il rejeta sa chevelure en arrière et adressa un petit sourire à Ryan.

« Comment te sens-tu ? interrogea ce dernier.

— Très bien. »

Ryan tira une chaise à lui et s'assit en face de Jon. Puis il s'adossa, croisa les jambes et resta un long moment à examiner le jeune homme. Ni l'un ni l'autre ne disait mot. « Grant me dit que tu as eu une petite crise », dit finalement Ryan. Jon hocha la tête. « C'est fini maintenant ?

— Oh oui ! Et le vaisseau temporel, ça avance ?

— Tout va bien.

— Tu avais promis que je pourrais le voir quand il serait fini.

— Et tu le verras. Quand il sera fin prêt.

— Quand ?

— Bientôt. Dans quelques jours.

— J'ai très envie de le voir. J'ai beaucoup pensé à lui. Voyager dans le temps ! On peut retourner en Grèce. Aller voir Périclès, et Xénophon, et... et Épictète. On peut retourner en Égypte parler à Akhenaton. » Il eut un large sourire. « J'ai hâte de voir ça. »

Ryan remua sur sa chaise. « Jon, crois-tu vraiment que tu te portes assez bien pour sortir ? Peut-être...

— Assez bien ? Que veux-tu dire par là ?

— Et ces crises ? Tu penses vraiment que tu devrais sortir ? Te sens-tu suffisamment fort ? »

Le visage de Jon se rembrunit. « Ce ne sont pas des *crises*. Pas exactement. J'aimerais bien que tu n'appelles pas ça comme ça.

— Ah bon ? Et qu'est-ce que c'est, alors ? »

Jon hésita. « Je... je ne peux pas te le dire, Ryan. Tu ne comprendrais pas. »

Ryan se leva. « Très bien, Jon. Si tu penses que tu ne peux pas me parler, je m'en retourne au labo. » Il retraversa la pièce en direction de la porte. « Dommage que tu ne puisses pas voir le vaisseau. Je suis sûr qu'il te plairait. »

Jon le suivit d'un air plaintif. « Pourquoi ne puis-je pas le voir ?

— Si j'en savais un peu plus sur ces... ces crises, je pourrais déterminer si je peux ou non te laisser sortir. »

Jon changea d'expression sous le regard attentif de Ryan. Ce dernier lisait sur les traits de Jon les pensées qui lui traversaient l'esprit. Il était en plein conflit intérieur.

« Tu ne veux donc pas m'en parler ? »

Jon prit une profonde inspiration. « Ce sont des visions.

— Pardon ?

— Ce sont des visions. » Jon rayonnait. « Il y a longtemps que cela m'arrive. Grant dit que ce ne sont pas des visions, mais moi je le sais. Si seulement tu pouvais les avoir, toi aussi tu saurais. Elles ne ressemblent à rien de ce qui existe au monde. Elles sont plus réelles que... eh bien, plus réelles que cela. » Il assena un coup de poing sur le mur. « Plus que ce mur. »

Ryan alluma lentement une cigarette. « Continue. »

Alors ce fut un flot de paroles. « Plus réelles que *tout !* C'est comme regarder à travers une fenêtre. Une fenêtre qui donnerait sur un autre monde. Un monde réel. Beaucoup plus réel que celui-ci. À côté de lui, le nôtre a l'air d'un théâtre d'ombres. Rien que de vagues ombres. Des formes. Des images.

— Les ombres d'une réalité ultime ?

— C'est cela ! Exactement. Le monde qui gît au-delà de tout ça. » Jon allait et venait, surexcité. « Tout ceci, toutes ces choses. Ce que nous voyons ici. Les immeubles. Le ciel. Les cités. La cendre à n'en plus finir. Rien de tout cela n'est vraiment réel. C'est tellement vague et flou ! Je ne le sens pas réellement, ce monde, pas comme l'autre en tout cas. Et il perd de plus en plus de sa réalité. Mais l'autre croît, Ryan. Il devient de plus en plus net ! Grant pense que c'est seulement un produit de mon imagination. Mais il se trompe ! Il est réel ! Plus que tout ce que nous avons ici, plus que les objets de cette pièce.

— Alors, pourquoi ne le voyons-nous pas tous ?

— Je l'ignore. Si seulement vous en étiez capables ! Si tu voyais ça, Ryan. Que c'est beau ! Une fois habitué, tu finirais par l'aimer. Il faut un peu de temps pour s'adapter. »

Ryan réfléchit. « Raconte, reprit-il enfin. Je veux savoir exactement ce que tu vois. Vois-tu toujours la même chose ?

— Oui. Toujours. Mais en plus intense.

— De quoi s'agit-il ? Que vois-tu de si réel ? »

Jon ne répondit pas tout de suite. On aurait dit qu'il s'était retiré en lui-même. Ryan patienta en observant son fils. Que pouvait-il bien se passer dans sa tête ? Quelles étaient ses pensées ? Le garçon avait à nouveau fermé les yeux. Ses mains se pressaient l'une contre l'autre, ses doigts étaient tout blancs. Il était reparti, reparti dans son monde à lui.

« Continue », fit Ryan d'une voix forte.

Ainsi c'étaient des *visions*. Des visions d'une réalité ultime. Comme au Moyen Âge. Son propre fils. Il y avait là-dedans une ironie amère. Juste au moment où ils croyaient avoir enfin exterminé cette propension caractéristique chez l'homme, cette éternelle incapacité à faire face à la réalité ! Ce rêve éternel ! La science ne serait donc jamais à même de réaliser son idéal ? L'homme préférerait-il toujours l'illusion à la réalité ?

Son propre fils. La régression. Un millier d'années de perdues. Fantômes, dieux et diables, le monde secret de chaque individu. Le monde de la réalité ultime. Toutes les fables, toutes les fictions, toutes les métaphysiques dont l'homme se servait depuis des siècles pour contrebalancer ses peurs, sa terreur devant le monde. Tous les rêves qu'il avait fabriqués pour dissimuler la vérité, le monde impitoyable de la réalité. Mythes, religions, contes de fées. La terre promise, plus loin, plus haut. Le paradis. Tout cela revenait maintenant, tout rentrait en scène, et chez son propre fils encore.

« Vas-y, répéta impatiemment Ryan. Qu'est-ce que tu vois ?

— Des champs, répondit Jon. Des champs dorés aussi radieux que le soleil. Des champs et des parcs. Des parcs immenses. Du vert qui se mêle au jaune. Des allées que les gens peuvent suivre.

— Quoi d'autre ?

— Des hommes et des femmes portant la toge. Ils marchent dans les allées, sous les arbres. L'air est doux et frais. Le ciel bleu vif. Il y a des oiseaux, des animaux. Des animaux qui vont et viennent dans les parcs. Des papillons. Des océans. Des océans d'eau claire avec des vagues qui clapotent.

— Pas de villes ?

— Pas comme les nôtres. Différentes. Les gens vivent dans les parcs. Il y a de petites maisons en bois, ici et là. Au milieu des arbres.

— Des routes ?

— Seulement des allées. Ni aéros, ni rien. On marche, voilà tout.

— Que vois-tu encore ?

— C'est tout. » Jon rouvrit les yeux. Il avait les joues rouges et ses yeux animés lançaient des éclairs. « C'est tout, Ryan. Des parcs et des champs dorés. Des hommes et des femmes en toge. Et tant d'animaux ! De merveilleux animaux.

— Comment vivent-ils ?

— Pardon ?

— Comment vivent ces gens ? Comment se maintiennent-ils en vie ?

— Ils font pousser des choses. Dans les champs.

— Et c'est tout ? Ils ne construisent rien ? Ils n'ont donc pas d'usines ?

— Je ne crois pas, non.

— Une société agraire. Primitive. » Ryan fronça les sourcils. « Ils ne connaissent ni les affaires ni le commerce.

— Ils travaillent aux champs. Et ils discutent.

— Tu les entends ?

— Très faiblement. Parfois, je distingue quelque chose, quand je me concentre très fort. Mais je ne reconnais pas les mots.

— De quoi parlent-ils ?

— De choses et d'autres.

— Quelles sont ces choses ? »

Jon fit un geste vague. « De grandes choses. Le monde. L'univers. »

Il y eut un silence. Ryan poussa un grognement mais ne dit rien. Finalement, il éteignit sa cigarette et reprit : « Jon...

— Oui ?

— Pour toi, ce que tu vois est réel ? »

Jon sourit. « Bien sûr. »

Le regard de Ryan se fit perçant. « Mais que veux-tu dire par *réel* ? En quel sens ce monde que tu es le seul à voir est-il réel ?

— Il existe.

— Et *où* existe-t-il ?

— Je ne sais pas.

— Ici ?

— Non. Pas ici.

— Ailleurs, alors ? Très loin ? Dans un coin de l'univers qui dépasse la portée de nos connaissances ?

— Non, pas dans un autre endroit de l'univers. Ça n'a rien à voir avec l'espace. Il est ici même. »

Jon remua les mains. « Tout près. Il est là, je le vois tout autour de moi.

— Est-ce que tu le vois en ce moment ?

— Non. Il va et il vient.

— Il cesse d'être ? Il n'existe que de temps en temps ?

— Non, il est toujours présent. Mais je ne peux pas toujours entrer en contact avec lui.

— Comment sais-tu qu'il est toujours là ?

— Je le sais, c'est tout.

— Pourquoi ne puis-je pas le voir, moi ? Comment se fait-il que tu sois le seul à le voir ?

— Je ne sais pas. » Jon se frotta le front d'un air las. « Je ne sais pas pourquoi il n'y a que moi qui puisse le voir. Je voudrais tant que tu le voies aussi ! Je voudrais que *tout le monde* le voie.

— Comment peux-tu démontrer qu'il ne s'agit pas d'une hallucination ? Tu n'en as aucune preuve objective. Seulement tes propres impressions, ton état de conscience. Comment pourrait-on le soumettre à l'analyse empirique ?

— Ce n'est peut-être pas possible. Je l'ignore. Ça m'est égal. Je ne souhaite pas le soumettre à l'analyse empirique. »

De nouveau un silence. Jon avait une expression figée, sinistre ; sa mâchoire était contractée. Ryan soupira. C'était l'impasse.

« Très bien, Jon. » Il marcha lentement vers la porte. « À tout à l'heure. »

Jon ne répondit pas. Ryan s'arrêta devant la porte et jeta un regard en arrière. « Alors tes visions sont de plus en plus fortes, c'est ça ? Petit à petit, elles deviennent plus précises ? »

Jon eut un bref hochement de tête. Ryan réfléchit un moment. Puis il leva la main. La porte coulissa toute seule et il sortit dans le couloir.

Grant vint à sa rencontre. « Je regardais par la vitre. Il est plutôt replié sur lui-même, vous ne trouvez pas ?

— Il est difficile de lui parler. Il a l'air de croire que ces crises sont en fait un genre de visions.

— Je sais. Il m'en a parlé.

— Pourquoi ne m'avez-vous rien dit ?

— Je ne voulais pas vous alarmer davantage. Je sais que vous vous faites déjà beaucoup de souci pour lui.

— Les crises empirent. Il dit qu'elles sont plus présentes. Plus convaincantes. »

Grant acquiesça. Profondément plongé dans ses pensées, Ryan emprunta le couloir, Grant sur ses talons. « Difficile de savoir quelle est la meilleure attitude à adopter. Il est de plus en plus souvent absorbé par ces crises. Il commence à les prendre très au sérieux. Elles se substituent au monde extérieur. De plus...

— De plus, vous partez bientôt.

— Si seulement nous étions mieux renseignés sur le voyage dans le temps ! Il peut nous arriver n'importe quoi. » Ryan se frotta le menton. « Il se peut que nous ne revenions pas. Le temps est une force puissante. Aucune exploration réelle n'a jamais été entreprise dans ce domaine. Nous n'avons pas la moindre idée de ce qui peut nous tomber dessus. » Parvenu devant l'ascenseur, il s'immobilisa. « Il va falloir que je prenne une décision sans attendre. Il faut que ce soit fait avant mon départ.

— Quelle décision ? »

Ryan entra dans l'ascenseur. « Vous saurez tout en temps utile. Désormais, ne quittez plus Jon des yeux. Ne le laissez jamais seul, ne serait-ce qu'un instant. Compris ? »

Grant hocha la tête. « Compris. Vous voulez être sûr qu'il ne sorte pas de sa chambre.

— Vous aurez de mes nouvelles ce soir ou demain. » Ryan monta sur le toit et prit place à bord de son véhicule intercités. Aussitôt installé, il alluma le vidécran et composa le numéro du siège de la Ligue. Le visage du préposé apparut. « Ici le siège.

— Donnez-moi le Centre Médical. »

Le visage s'évanouit. Celui de Walter Timmer, le médecin directeur, ne tarda pas à faire son apparition. Il battit des paupières en reconnaissant Ryan. « Que puis-je pour vous, Caleb ?

— Je voudrais que vous preniez une ambulance et quelques hommes de confiance et que vous veniez me rejoindre ici, à Cité Quatre.

— Pourquoi ?

— C'est à propos d'une chose dont nous avons parlé il y a plusieurs mois. Vous vous en souvenez sans doute. »

L'expression de Timmer changea. « Votre fils ?

— Ma décision est prise. Je ne peux plus attendre. Son état empire, et nous embarquons bientôt pour le voyage temporel. Je veux que ce soit fait avant mon départ.

— Très bien. » Timmer écrivit quelque chose. « Nous allons prendre des dispositions immédiates. Et envoyer tout de suite un véhicule le chercher. »

Ryan hésita. « Le travail sera bien fait ?

— Mais bien sûr. Nous demanderons à James Pryor de se charger de l'opération proprement dite. » Timmer tendit le bras pour couper le circuit vidécran. « Ne vous en faites pas, Caleb. Il fera ça très bien. Pryor est le meilleur lobotomiste du Centre. »

Ryan déroula la carte et en lissa les coins sur la table. « Ceci est une carte temporelle, établie sous forme de projection spatiale afin que nous puissions voir où nous allons. »

Kastner vint jeter un coup d'œil par-dessus son épaule. « Serons-nous limités à un seul projet ? Récupérer les papiers de Schonerman ? Ou bien pouvons-nous nous promener un peu ?

— Seul le projet entre en ligne de compte. Mais si nous voulons garantir le succès de notre entreprise, nous devrons effectuer plusieurs haltes de ce côté-ci du continuum de Schonerman. Notre carte temporelle peut se révéler inexacte, le principe moteur lui-même peut se comporter de façon tendancieuse. »

Le travail était achevé. Les ultimes sections avaient été mises en place.

Jon était assis dans un coin et regardait droit devant lui, le visage inexpressif. Ryan lui lança un coup d'œil. « Et toi, qu'est-ce que tu en penses ?

— C'est parfait. »

Le véhicule temporel ressemblait à un insecte tout hérissé de pattes, avec ses multiples excroissances et autres manettes. Une boîte carrée pourvue de hublots et de tourelles à n'en plus finir. Pas du tout l'allure d'un vaisseau.

« Tu regrettes de ne pas pouvoir venir, dit Kastner à Jon. Je me trompe ? »

Jon fit imperceptiblement non de la tête.

« Comment te sens-tu ? s'enquit Ryan.

— Bien. »

Ryan observa son fils. Il avait repris des couleurs et retrouvé la majeure partie de sa vitalité d'antan. Bien entendu, les visions avaient disparu.

« Peut-être la prochaine fois », reprit Kastner.

Ryan retourna à sa carte. « Schonerman a accompli la plupart de ses travaux entre 2030 et 2037. Mais les résultats n'ont été mis en pratique que plusieurs années plus tard. La décision d'employer ses découvertes à des fins guerrières n'est intervenue qu'après un long délai de réflexion. Les gouvernements d'alors semblaient conscients du danger.

— Mais pas suffisamment.

— C'est vrai. » Ryan hésita. « Et il est possible que nous nous retrouvions dans la même situation.

— Comment cela ?

— La formule du cerveau artificiel par Schonerman s'est perdue lorsque la dernière Griffe a été détruite. Pas un d'entre nous ne s'est montré capable de reproduire son œuvre. Si nous ramenons avec nous ses notes, nous pouvons fort bien mettre à nouveau la société en danger. Ramener les Griffes. »

Kastner secoua la tête. « Non. Les travaux de Schonerman n'étaient pas implicitement liés aux Griffes. Élaboration d'un cerveau artificiel ne veut pas forcément dire utilisation à des fins mortelles. Toute découverte scientifique peut être mise au service de la destruction. Même la roue, qui servit aux chars de guerre assyriens.

— Vous avez sans doute raison. » Ryan leva brièvement les yeux sur Kastner. « Avez-vous la certitude que le GISU n'a pas l'intention d'utiliser les travaux de Schonerman à des fins militaires ?

— Le GISU est un groupement industriel, et non un gouvernement.

— Ils lui assureraient l'avantage pour longtemps.

— Le GISU est déjà bien assez fort comme cela.

— Soit. » Ryan enroula la carte. « Nous pouvons commencer n'importe quand. Je suis impatient de m'y mettre. Il y a longtemps que nous travaillons là-dessus.

— Je suis d'accord. »

Ryan alla rejoindre son fils. « Nous allons partir, Jon. Nous devrions être de retour sous peu. Souhaite-nous bonne chance. »

Jon hocha la tête. « Bonne chance.

— Tu es sûr que tu vas bien ? »

— Oui.

— Jon... tu te sens mieux maintenant, n'est-ce pas ? Mieux qu'avant, non ?

— Oui.

— Tu n'es pas content qu'ils aient disparu ? Tous les problèmes que tu avais avant ?

— Si. »

Ryan posa une main maladroite sur l'épaule du garçon. « À bientôt, alors. »

Ryan et Kastner gravirent la passerelle jusqu'au sas de la machine temporelle. Dans son coin, Jon les regarda sans mot dire. Quelques gardes de la Ligue stationnés auprès des issues contemplaient la scène avec un intérêt mitigé.

Ryan fit halte sur le seuil du sas, puis fit signe à l'un des gardes de s'approcher. « Allez dire à Timmer que je veux le voir. »

Le garde s'éloigna et se fraya un chemin jusqu'à la sortie.

« Qu'est-ce qu'il y a ? s'enquit Kastner.

— Il faut que je lui donne mes dernières instructions. »

Kastner lui jeta un regard pénétrant. « Vos dernières instructions ? Pourquoi ? Vous croyez donc qu'il va nous arriver quelque chose ?

— Mais non. Simple précaution. »

Timmer s'approcha à grands pas. « Vous partez, Ryan ?

— Tout est prêt. Il n'y a pas de raison d'attendre plus longtemps. »

Timmer emprunta la passerelle. « Pourquoi vouliez-vous me voir ?

— Ce sera sans doute inutile. Mais il y a toujours une chance pour que les choses tournent mal. Au cas où le vaisseau ne reviendrait pas dans les délais que j'ai déposés auprès des membres de la Ligue...

— Vous voulez que je nomme un protecteur pour Jon.

— Exactement.

— Vous n'avez pas de souci à vous faire.

— Je le sais bien. Mais ainsi, je me sentirai plus à mon aise. Il faut que quelqu'un veille sur lui. »

Tous deux regardèrent le jeune garçon assis dans un angle de la pièce. Silencieux, le visage dénué d'expression, Jon regardait droit devant lui, les yeux vides, indifférents. Il ne restait plus rien de lui.

« Bonne chance », dit Timmer. Ryan et lui échangèrent une poignée de main. « Je souhaite que tout se passe bien. »

Kastner pénétra dans le vaisseau et déposa sa mallette. Ryan le suivit, plaça le sas en position fermée et le verrouilla. Puis il scella la sécurité intérieure. Une rampe de luminaires automatiques s'alluma. Une atmosphère contrôlée filtra avec un sifflement dans la cabine du vaisseau.

« Air, lumière, chaleur », prononça Kastner. Par le hublot, il observa les gardes de la Ligue à l'extérieur. « On a du mal à y croire. Encore quelques minutes et tout cela va disparaître. Ce bâtiment. Ces gardes. Tout. »

Ryan prit place devant le panneau de contrôle et déroula la carte temporelle. Puis il la fixa et croisa sur sa surface des bras traçants reliés par des câbles au tableau de bord. « Mon intention est de faire plusieurs escales d'observation, afin d'assister à certains événements passés liés à nos travaux.

— La guerre ?

— Principalement, oui. J'aimerais bien voir les Griffes en action. Selon les archives du ministère de la Guerre, à une époque elles ont pris le contrôle total de Terra.

— N'allons pas y voir de trop près, Ryan. »

Celui-ci éclata de rire. « Nous n'atterrirons pas. Nous ferons nos observations en altitude. Le seul contact sera notre rencontre avec Schonerman. »

Ryan enclencha le circuit d'alimentation. L'énergie afflua dans le vaisseau, envahissant tout autour d'eux les divers cadrans et instruments de contrôle. Les aiguilles réagirent en faisant un bond.

« Ce qu'il nous faut surveiller en premier, c'est notre énergie maximum, expliqua Ryan. Si nous accumulons une surcharge d'ergs temporels, le vaisseau ne pourra plus ressortir du courant temporel. Nous continuerons de reculer dans le passé en amassant une charge de plus en plus grande.

— Une formidable bombe.

— Tout juste. » Ryan régla les commandes devant lui. L'affichage des cadrans changea. « Ça y est, on est partis. Accrochez-vous. »

Il actionna les commandes. Le vaisseau frémit en se polarisant correctement, puis en s'introduisant dans le flux du temps. Pales et excroissances changèrent de position en s'ajustant à la poussée. Des connecteurs se fermèrent, freinant le vaisseau en frottant contre le courant qui coulait autour d'eux.

« Un océan, murmura Ryan. La source d'énergie la plus puissante de l'univers. La grande dynamique qui agit derrière tout mouvement. Le Moteur Premier.

— Peut-être est-ce là ce qu'on entendait par “Dieu”. »

Ryan acquiesça. Le vaisseau tout entier vibrait. Ils se trouvaient enserrés dans une main géante, un immense poing qui se refermait en silence. Ils étaient en mouvement. De l'autre côté du hublot, hommes et murs s'étaient mis à vaciller et à disparaître progressivement tandis que le vaisseau se déphasait du présent pour dériver de plus en plus loin dans le courant du temps.

« Ce ne sera pas long », murmura Ryan.

Soudain, tout ce qui se trouvait au-delà du hublot disparut. Il n'y avait plus rien. Rien d'autre qu'eux.

« Nous ne sommes en phase avec aucun objet spatio-temporel, expliqua Ryan. Décalés par rapport à l'univers lui-même. En ce moment, nous existons dans le non-temps. Il n'y a aucun continuum où nous soyons en action.

— J'espère que nous pourrons revenir. » Nerveux, Kastner s'assit sans quitter des yeux le hublot vide. « Je me sens comme le premier homme à voyager en sous-marin.

— Cela s'est passé pendant la guerre d'Indépendance. Le sous-marin était propulsé par une manivelle que le pilote actionnait. L'autre extrémité de cette manivelle était un propulseur.

— Il ne pouvait pas aller bien loin.

— C'est exact. Il s'est contenté d'amener son

navire sous une frégate britannique et de percer un trou dans sa coque. »

Kastner jeta un coup d'œil à la coque de leur propre vaisseau, qui vibrait et cliquetait sous la contrainte. « Que se passerait-il si notre véhicule se brisait ?

— Nous serions atomisés. Nous nous dissoudrions dans le courant qui nous entoure. » Ryan alluma une cigarette. « Nous deviendrions partie intégrante du flux temporel. Nous nous déplacerions sans cesse d'avant en arrière, d'une extrémité de l'univers à l'autre.

— Qu'entendez-vous par "extrémité" ?

— Les extrémités du temps. Le temps coule dans les deux sens. Pour le moment, nous repartons en arrière. Mais l'énergie doit se déplacer dans les deux sens pour conserver un équilibre. Sinon, les ergs temporels s'amasseraient en quantités énormes dans un continuum particulier et le résultat serait catastrophique.

— Pensez-vous qu'il y ait une intention derrière tout cela ? Je me demande comment le flux temporel a bien pu commencer un jour à couler.

— Votre phrase est dépourvue de sens. Les questions d'intention n'ont aucune validité objective. On ne peut les soumettre à aucune forme d'investigation empirique. »

Kastner se replongea dans le mutisme. Regardant toujours par le hublot, il tiraillait nerveusement sa manche.

En travers de la carte temporelle, les bras traçants se déplaçaient le long d'une ligne allant du présent vers le passé. Ryan étudia leurs mouvements. « Nous atteignons la phase ultime de la guerre. Je vais remettre le vaisseau en phase et le faire sortir du courant temporel.

— Et alors, nous ferons à nouveau partie de l'univers ?

— Nous nous retrouverons au milieu d'objets. Dans un continuum spécifique. »

Ryan saisit le levier d'alimentation. Puis il prit une profonde inspiration. Le vaisseau avait franchi sa première grande épreuve. Ils avaient pénétré sans encombre dans le courant temporel. Pourraient-ils le quitter avec la même facilité ? Il bascula le levier.

Le vaisseau fit un bond. Kastner trébucha et se rattrapa à la poignée murale. Derrière le hublot, un ciel grisâtre se convulsait et ondulait. Les réajustements nécessaires s'opérèrent, et l'appareil se positionna dans les airs. Tandis qu'il recouvrait son équilibre, au-dessous d'eux Terra s'inclina et tourna sur elle-même.

Kastner se précipita pour regarder par le hublot. Ils étaient à une centaine de mètres de la surface et fonçaient parallèlement à elle. Dans toutes les directions s'étendait la cendre grise, ça et là interrompue par quelques tas de gravats. Villes en ruine, immeubles et murs écroulés. Des restes d'équipements militaires. Des nuages de cendre parcourant le ciel, obscurcissant le soleil.

« Est-ce toujours la guerre ? s'enquit Kastner.

— Terra est toujours sous l'emprise des Griffes. Nous devrions pouvoir les voir. »

Ryan fit remonter le vaisseau temporel, accroissant ainsi leur champ de vision. Kastner scruta le sol. « Et si elles nous tirent dessus ?

— Nous pouvons toujours prendre la fuite dans le temps.

— Mais elles pourraient capturer le vaisseau et s'en servir pour rejoindre le présent.

— J'en doute fort. À cette époque de la guerre, les Griffes étaient bien trop occupées à se battre entre elles. »

Sur leur droite courait une route sinueuse qui disparaissait sous la cendre pour réapparaître un peu plus loin. Les cratères laissés par les bombes s'ouvraient ici et là, interrompant la route. Sur cette dernière, quelque chose avançait lentement.

« Là, fit Kastner. Sur la route. On dirait une colonne. »

Ryan manœuvra le vaisseau ; ils restèrent suspendus au-dessus de la chaussée et regardèrent à l'extérieur. C'était une colonne brun foncé, un défilé en marche qui progressait à une allure régulière. Des hommes, une colonne d'hommes traversant en silence le paysage de cendre.

Soudain Kastner s'étrangla : « Ils sont identiques ! Tous pareils ! »

C'était en fait une colonne de Griffes qu'ils avaient sous les yeux. Tels des soldats de plomb, les robots avançaient lourdement en pataugeant dans la cendre. Ryan retint sa respiration. Bien entendu, il s'était attendu à contempler pareil spectacle. Il n'y avait eu en tout que quatre types de Griffes. Celles qu'il voyait maintenant avaient toutes été fabriquées dans la même usine souterraine, elles étaient toutes sorties de la même matrice, du même moule. Cinquante à soixante robots, qui formaient autant d'exemplaires d'un même jeune homme, allaient calmement leur chemin. Ils se déplaçaient très lentement. Tous étaient amputés d'une jambe.

« Ils ont dû se battre entre eux, murmura Kastner.

— Non. Ce modèle est fabriqué comme cela. C'est le modèle "Soldat Blessé". À l'origine, ils étaient conçus pour abuser les sentinelles humaines et s'introduire ainsi dans les bunkers. »

Cela faisait une drôle d'impression de contempler cette colonne silencieuse de sosies qui suivaient péniblement la route. Chaque soldat s'appuyait sur une béquille, et même celles-ci étaient identiques. La bouche de Kastner s'ouvrait et se fermait de dégoût.

« Plutôt déplaisant, hein ? fit Ryan. On a eu de la chance que l'espèce humaine se soit réfugiée sur Luna.

— Pas une de ces créatures ne nous a suivis ?

— Quelques-unes, si, mais nous avions d'ores et déjà identifié les quatre types, si bien que nous étions prêts à les affronter. » Ryan se saisit à nouveau du contrôle de propulsion. « Continuons.

— Attendez un peu. » Kastner leva la main. « Il va se passer quelque chose. »

Sur le côté droit de la route, un petit nombre de silhouettes descendaient prestement d'un talus recouvert de cendre. Ryan lâcha le levier et observa la scène. Là encore, des silhouettes toutes identiques. Des femmes. Vêtues d'uniformes et de bottes, elles se dirigeaient en silence vers la colonne sur la route.

« Une autre variété », commenta Kastner.

Brusquement, la colonne fit halte. Les soldats s'éparpillèrent en boitillant en tous sens. Certains trébuchaient, perdaient leur béquille et finissaient par tomber. Les femmes déferlèrent sur la route. Elles étaient jeunes et sveltes, avec des cheveux et des yeux noirs. L'un des Soldats Blessés se mit à tirer. Une femme porta la main à sa ceinture et fit le geste de jeter quelque chose.

« Qu'est-ce que... » marmonna Kastner. Il y eut un éclair soudain. Un nuage de lumière blanche s'éleva du milieu de la route et s'enfla dans toutes les directions.

« Quelque espèce de bombe à onde de choc, commenta Ryan.

— On ferait peut-être mieux de s'en aller d'ici. »

Ryan fit basculer le levier. La scène au-dessous d'eux commença à vaciller, puis disparut en un clin d'œil.

« Dieu merci, tout ça est fini, dit Kastner. Alors c'était comme ça, la guerre.

— Dans sa seconde phase, oui. La plus longue. Griffe contre Griffe. Heureusement qu'elles se sont mises à se battre entre elles. Heureusement pour nous, je veux dire.

— Où allons-nous maintenant ?

— Faire une autre escale d'observation. Pendant

les premiers temps de la guerre. Avant que les Griffes n'entrent en action.

— Et ensuite, Schonerman ?

— C'est cela, fit Ryan en relevant le menton. Plus qu'un arrêt avant Schonerman. »

Ryan fit quelques réglages, et les aiguilles des cadrans bougèrent un peu. Sur la carte, les bras traçants indiquaient la progression du vaisseau. « Ce ne sera pas long », dit Ryan à voix basse. Il agrippa le levier et positionna les interrupteurs. « Cette fois-ci, il faudra nous montrer plus prudents. Les hostilités seront plus virulentes.

— Peut-être ne devrions-nous même pas...

— Je veux voir. À ce moment-là, c'étaient les hommes qui se battaient entre eux. La zone soviétique contre les Nations Unies. Je suis curieux de voir ce que cela donnait.

— Et si nous nous faisons repérer ?

— Nous pouvons toujours nous sauver très vite. »

Kastner resta silencieux tandis que Ryan manipulait les commandes. Le temps passa. Sur le rebord du tableau de contrôle, la cigarette de Ryan se consuma entièrement. Enfin, ce dernier se redressa.

« On y va. Préparez-vous. » Il actionna le levier.

Au-dessous d'eux s'étalaient des plaines vertes et brunes semées de cratères de bombes. Une portion de ville passa à toute allure. Elle était en flammes. De hautes colonnes de fumée s'élevaient pour aller s'écharper dans le ciel. Sur les routes avançaient des points noirs : des gens et des véhicules qui fuyaient.

« Un bombardement, fit Kastner. Récent. »

La ville se perdit au loin. Ils étaient maintenant en pleine campagne. Des camions militaires fonçaient à toute allure. La terre elle-même était en majeure partie intacte. On voyait quelques fermiers travaillant aux champs. Ils se laissèrent tomber à terre lorsque le vaisseau temporel passa au-dessus de leurs têtes.

Ryan scruta le ciel. « Attention !

— Un avion ?

— Je ne sais pas très bien où nous sommes. Je ne connais pas les positions des belligérants pendant cette partie de la guerre. Nous pouvons aussi bien nous trouver en territoire ONU que chez les Soviétiques. » Ryan tint fermement le levier de commande.

Dans le ciel bleu apparurent deux points noirs qui ne cessaient de grandir. Ryan fixa sur eux un regard intense. À ses côtés, Kastner poussa un grognement nerveux. « Ryan, il vaudrait mieux... »

Les deux points se séparèrent. La main de Ryan se referma sur le levier et le remit d'un coup en position Marche. Tandis que la scène se dissolvait sous leurs yeux, les deux points noirs passèrent à toute allure à côté d'eux. Puis il n'y eut plus rien que la grisaille.

Dans leurs oreilles résonnait encore le rugissement des deux avions.

« On n'est pas passés loin, fit Kastner.

— En effet. Ils n'ont pas perdu de temps.

— J'espère que vous ne voudrez plus vous arrêter, maintenant.

— Non. Plus d'escales d'observation. C'est le tour du projet proprement dit. Nous ne sommes plus loin de la zone-temps de Schonerman. Je peux commencer à diminuer la vélocité du vaisseau. Nous allons entrer dans une phase critique.

— Pourquoi donc ?

— Il va être problématique d'arriver jusqu'à Schonerman. Nous devons entrer dans son continuum avec précision, aussi bien dans l'espace que dans le temps. On monte peut-être la garde autour de lui. Dans tous les cas, on ne nous donnera guère le temps d'expliquer qui nous sommes. » Ryan tapota la carte temporelle. « Et puis, il y a toujours le risque que les informations fournies par ceci soient incorrectes.

— Dans combien de temps entrerons-nous à nouveau en phase avec un continuum ? Celui de Schonerman ?

— Cinq à dix minutes, fit Ryan en jetant un coup d'œil à sa montre. Préparez-vous à quitter le vaisseau. La suite se fera en partie à pied. »

C'était la nuit. Il n'y avait pas le moindre bruit, rien qu'un silence sans fin. Kastner s'efforça d'écouter, l'oreille collée contre la coque. « Rien.

— En effet. Je n'entends rien non plus. » Avec prudence, Ryan débloqua la porte du sas et tira les verrous. Puis, l'arme bien en main, il l'ouvrit et plongea son regard dans les ténèbres.

L'air était vif et froid. Empli d'une odeur végétale. Arbres et fleurs. Il prit une profonde inspiration. Il n'y voyait goutte. L'obscurité était totale. Loin, très loin, un criquet stridula.

« Vous avez entendu ça ? demanda Ryan.

— Qu'est-ce que c'était ?

— Un coléoptère. » Ryan posa précautionneusement le pied sur la terre molle. Il commençait à s'accoutumer aux ténèbres. Au-dessus de sa tête scintillaient quelques étoiles. Il distingua des arbres, tout un groupe d'arbres. Et au-delà, une haute clôture.

Kastner descendit après lui. « Et maintenant ?

— Parlez plus bas. » Ryan désigna la clôture. « C'est par là. On dirait une espèce de bâtiment. »

Ils traversèrent le bosquet en direction de la clôture. Une fois arrivé, Ryan pointa son arme sur elle en affichant la puissance minimum. Carbonisée, la clôture s'effondra dans un rougeoiement de fil électrique.

Ryan et Kastner enjambèrent les restes. Un côté du bâtiment se dressait devant eux, tout de béton et de métal. Ryan adressa un hochement de tête à son compagnon, « Il va falloir faire vite. Et sans bruit. »

Il s'accroupit et prit sa respiration. Puis il se mit à courir, courbé en deux, Kastner à ses côtés. Ils traversèrent ainsi le terrain qui les séparait du bâtiment. Devant eux se profila une fenêtre. Puis une porte. Ryan se jeta de tout son poids contre celle-ci. La porte s'ouvrit et Ryan se retrouva à l'intérieur, titubant. Il eut juste le temps d'apercevoir des visages éberlués, des hommes qui bondissaient sur leurs pieds.

Ryan fit feu, balayant de son arme l'intérieur de la pièce. La flamme jaillit, crépita tout autour de lui. À hauteur de son épaule, Kastner tirait aussi. Des formes bougèrent dans le faisceau de la flamme, de vagues silhouettes qui tombèrent et roulèrent sur elles-mêmes.

Puis les flammes s'éteignirent. Ryan avança, enjambant les tas carbonisés qui encombraient le plancher. Un baraquement. Des couchettes, les restes d'une table. Une lampe et un poste de radio renversés.

À l'aide de la lampe, Ryan étudia une carte militaire épinglée sur le mur. Il y promena son doigt d'un air pensif.

« On est loin ? » s'enquit Kastner, debout près de la porte, prêt à tirer.

« Non. Quelques kilomètres.

— Comment irons-nous ?

— Nous allons déplacer le vaisseau. C'est plus sûr. Nous avons de la chance. Nous aurions pu tomber de l'autre côté de la planète.

— Y aura-t-il beaucoup de gardes ?

— Je vous mettrai au courant des faits quand nous serons sur place. » Ryan se dirigea vers la porte. « Venez. On a pu nous voir. »

Kastner attrapa une poignée de journaux parmi les débris de la table. « J'emporte ça. Ils nous apprendront peut-être quelque chose.

— Bonne idée. »

Ryan posa le vaisseau entre deux collines. Puis il étala les journaux et les examina attentivement. « Nous sommes en avance. Quelques mois trop tôt. En supposant que ces journaux soient récents. » Il passa le doigt sur l'imprimé. « Pas encore jauni. Il remonte probablement à un jour ou deux.

— Quelle est la date ?

— Automne 2030. Le 21 septembre. »

Kastner jeta un coup d'œil par le hublot. « Le soleil ne va pas tarder à se lever. Le ciel vire au gris.

— Il va falloir opérer rapidement.

— Je suis un peu dans le vague. Que suis-je censé faire ?

— Schonerman se trouve dans un petit village situé derrière cette colline. Nous sommes aux États-Unis. Dans le Kansas, plus exactement. Cette région est encerclée par la troupe, entourée de blockhaus et de tranchées-abris. Nous nous trouvons à l'intérieur de cette zone. Schonerman est pratiquement inconnu dans ce continuum. Ses travaux n'ont jamais été publiés. En ce moment, il travaille sur un vaste projet gouvernemental.

— Donc, il ne bénéficie d'aucune protection particulière ?

— Ce n'est que plus tard, lorsque ses travaux auront été communiqués au gouvernement, qu'il sera surveillé jour et nuit. Confiné dans un laboratoire souterrain et interdit de séjour en surface. Le chercheur le plus précieux du gouvernement. Mais pour l'instant...

— Comment allons-nous le reconnaître ? »

Ryan fit passer à Kastner une liasse de photographies. « Le voilà. C'est tout ce qui est parvenu jusqu'à notre époque. »

Kastner examina les photos. Schonerman était un homme de petite taille portant des lunettes à monture d'écaille. Sec et nerveux, le front bombé, il adressait un vague sourire à l'appareil. Il avait des mains fines aux longs doigts effilés. Sur l'une des photographies, on le voyait assis à son bureau, une pipe posée à côté de lui, le haut du corps vêtu d'un pull-over de laine sans manches. Sur une autre, il était assis les jambes croisées avec un chat tigré sur les genoux et une chope de bière devant lui. Une ancienne chope allemande, émaillée et ornée de scènes de chasse et de lettres gothiques.

« Voilà donc l'homme qui a inventé les Griffes. Ou du moins celui qui, par ses travaux, a permis leur invention.

— L'homme qui a élaboré les principes du premier cerveau artificiel opérationnel.

— Savait-il qu'on allait utiliser ses travaux pour mettre au point les Griffes ?

— Pas au début. Selon les archives, Schonerman n'en a entendu parler pour la première fois qu'au moment où la première cuvée de Griffes a été mise en service. Les Nations Unies étaient en train de perdre la guerre. Les Soviétiques avaient l'avantage depuis le début grâce à leurs attaques surprises. Les Griffes ont été saluées comme le triomphe du progrès en Occident. Pendant quelque temps, on a eu l'impression qu'elles avaient renversé le cours des événements.

— Et ensuite...

— Ensuite elles se sont mises à confectionner leurs propres modèles de Griffes et à attaquer aussi bien les Soviets que les Occidentaux. Les seuls humains à survivre ont été ceux qui résidaient à la base de l'ONU sur Luna. Quelques dizaines de millions de personnes.

— Une chance que les Griffes se soient finalement retournées les unes contre les autres.

— Schonerman a assisté à toutes les conséquences pratiques de ses travaux, jusqu'à la phase finale. On dit qu'il en a retiré une grande amertume. »

Kastner lui rendit les photos. « Et vous dites qu'il n'est pas spécialement bien gardé ?

— Pas dans ce continuum, non. Pas mieux que n'importe quel autre chercheur. Il est jeune. Dans ce continuum précis, il n'a que vingt-cinq ans. Il ne faut pas l'oublier.

— Où le trouverons-nous ?

— Le Projet gouvernemental est installé dans une ancienne école. La majeure partie des travaux sont menés en surface. Il n'existe pas encore de plan majeur d'exploitation du sous-sol. Les chercheurs habitent un baraquement situé à quatre cents mètres environ de leurs laboratoires. » Ryan consulta sa montre. « Notre meilleure chance est de le coincer au moment où il embauche au labo.

— Ne vaut-il pas mieux aller le voir dans son baraquement ?

— Les papiers sont tous au labo. Le gouvernement leur interdit d'emporter la moindre trace écrite à l'extérieur. Tous les chercheurs sont fouillés à la sortie. » Ryan effleura son manteau. « Il faudra se montrer prudent. Ne pas toucher un cheveu de la tête de Schonerman. Tout ce que nous voulons, ce sont ses papiers.

— Nous ne nous servirons pas de nos foudroyeurs ?

— Non. On ne peut pas courir le risque de le blesser.

— Et on est certain que ses papiers se trouveront dans son laboratoire ?

Il ne peut les déplacer sous aucun prétexte. Nous savons exactement où trouver ce que nous cherchons. Il n'y a qu'une seule possibilité.

— Leurs règles de sécurité jouent en notre faveur.

— Exactement », murmura Ryan.

Ryan et Kastner dévalèrent le flanc de la colline en se faufilant entre les arbres. Le sol était dur et froid sous leurs pas. Ils émergèrent à la lisière du village. Quelques personnes étaient déjà levées, et circulaient lentement dans les rues. La petite ville n'avait pas été bombardée. Pour le moment, on n'observait pas de dégâts. Les vitrines des magasins avaient été obturées au moyen de planches et les abris souterrains étaient indiqués par d'énormes flèches.

« Qu'est-ce qu'ils portent ? s'enquit Kastner. Il y en a qui portent quelque chose sur la figure.

— Des masques antibactéries. Allez, venez. » Ryan empoigna son pistolet foudroyeur et, Kastner à ses côtés, s'engagea dans la ville. Nul ne fit attention à eux.

« Nous ne sommes que deux uniformes de plus, commenta Kastner.

— Notre plus grand espoir réside dans l'effet de surprise. Nous sommes à l'intérieur du mur de défense. On inspecte le ciel en permanence pour repérer d'éventuels appareils soviétiques. Il serait impossible de déposer des agents soviétiques ici. Et de toute façon, ceci est un laboratoire de recherche mineur en plein milieu des États-Unis. De tels agents n'auraient aucune raison de débarquer ici.

— Mais il y aura bien des gardes ?

— Tout est surveillé. Toutes les formes de recherche scientifique. »

Les bâtiments de l'école se profilaient devant eux. Un petit nombre d'hommes tournaient autour de la porte d'entrée. Ryan sentit son cœur se serrer. Schonerman était-il parmi eux ?

Les hommes pénétraient un par un dans le bâtiment. Un garde casqué vérifiait leurs laissez-passer. Quelques-uns portaient des masques antibactéries qui ne laissaient voir que leurs yeux. Reconnaîtrait-il Schonerman ? Que faire s'il était également masqué ? Ryan eut soudain très peur. Avec un de ces masques, Schonerman serait inidentifiable.

Ryan dissimula son foudroyeur et fit signe à Kastner de l'imiter. Ses doigts se refermèrent sur la doublure de sa poche. Des cristaux de gaz somnifère. À une époque aussi reculée, personne ne serait immunisé contre ce gaz. Il avait été mis au point environ un an plus tard. Il plongerait dans un sommeil plus ou moins prolongé tout être situé dans un rayon de quelques centaines de mètres. C'était une arme délicate et imprévisible — mais qui convenait parfaitement à la situation.

« Je suis prêt, murmura Kastner.

— Minute. Il faut l'attendre, lui. »

Ils attendirent donc. Le soleil se leva, réchauffant le ciel glacial. D'autres chercheurs firent leur apparition, suivant l'allée et pénétrant dans le bâtiment en file indienne. Ils exhalaient des nuages blancs de condensation et frappaient dans leurs mains pour se réchauffer. Ryan commençait à se sentir nerveux. L'un des gardes les regardait, Kastner et lui. S'ils attiraient les soupçons sur eux...

Un petit homme portant un lourd pardessus et des lunettes en écaille remontait l'allée en se dépêchant d'atteindre le bâtiment.

Ryan se raidit. Schonerman ! Ce dernier brandit son laissez-passer sous le nez du garde, battit des semelles et entra en ôtant ses mitaines. En une seconde ce fut fini. Un jeune homme plein d'allant s'empressant de reprendre son travail. De retrouver ses papiers.

« Allons-y », fit Ryan.

Kastner et lui s'avancèrent. Ryan détacha les cristaux de gaz de la doublure de sa poche. Ils étaient durs et froids dans sa main. Pareils à des diamants. Le garde les regardait approcher, prêt à tirer, le visage dur. Il les observait. Il ne les avait jamais vus. Contemplant son visage, Ryan put lire ses pensées sans difficulté.

Les deux hommes firent halte sur le seuil.
« Nous sommes du FBI, fit calmement Ryan.

— Identification. » Le garde ne broncha pas.

« Voici nos papiers », répondit Ryan. Il sortit la main de sa poche. Et écrasa les cristaux dans son poing.

Le garde s'affaissa. Son visage se détendit. Mollement, son corps glissa jusqu'au sol. Le gaz se répandit. Kastner franchit le seuil en regardant autour de lui, les yeux brillants.

Le bâtiment n'était pas grand. De tous côtés partaient des établis et équipements divers. Tas inertes sur le sol, bras et jambes écartés, bouche ouverte, les chercheurs gisaient là où ils étaient tombés.

« Vite. » Ryan passa devant Kastner et traversa rapidement le laboratoire. À l'autre bout de la pièce, Schonerman était affalé sur son établi, la tête reposant sur sa surface métallique. Il avait perdu ses lunettes. Ses yeux étaient ouverts et fixes. Il avait sorti ses papiers du tiroir. On voyait le cadenas et la clef posés sur l'établi. Quant aux papiers, ils étaient sous sa tête et entre ses mains.

Kastner se précipita sur Schonerman et s'empara vivement des papiers avant de les fourrer dans sa mallette.

« Ramassez-les tous !

— Je les ai. » Kastner ouvrit le tiroir et saisit les derniers feuillets qui s'y trouvaient. « Jusqu'au dernier.

— Allons-nous-en. Le gaz va se dissiper rapidement. »

Ils repartirent en courant vers la sortie, encombrée de corps étalés de tout leur long en travers du seuil : des ouvriers qui avaient pénétré dans la zone.

« Dépêchez-vous. »

Ils traversèrent la ville au pas de course en empruntant l'unique rue principale. Les gens les regardaient, muets de stupeur. Kastner cherchait son souffle et s'accrochait désespérément à sa mallette en continuant de courir. « Je suis... hors d'haleine.

— Ne vous arrêtez surtout pas. »

Ils parvinrent aux limites de la ville et entreprirent l'ascension de la colline. Courbé en deux, Ryan courait sous les arbres sans jeter le moindre regard en arrière.

Quelques-uns des ouvriers devaient être en train de reprendre conscience. Et puis, d'autres gardes feraient leur apparition. On ne tarderait pas à donner l'alarme.

Dans leur dos, une sirène amorça un ululement.

« Les voilà. » Ryan fit une pause au sommet de la colline pour attendre Kastner. Derrière eux, des hommes sortant de bunkers souterrains s'amassaient rapidement dans la rue. D'autres sirènes élevèrent leurs plaintes, se faisant lugubrement écho.

« On descend ! » Glissant et perdant pied sur la terre desséchée, Ryan dévala le flanc de la colline en direction du vaisseau temporel. Kastner se lança à sa poursuite en hoquetant tant il était essoufflé. Ils entendaient crier des ordres. Des soldats se déployaient derrière eux sur la colline.

Ryan parvint enfin au vaisseau. Il empoigna Kastner et l'attira à l'intérieur. « Fermez le sas. Allez, dépêchez-vous ! »

Ryan courut jusqu'au tableau de bord tandis que Kastner laissait tomber sa mallette et tirait violemment sur le joint d'étanchéité du sas. Au faîte de la colline apparut une rangée de soldats qui entamèrent bientôt la descente et se mirent à viser puis à tirer sans cesser de courir.

« Baissez-vous ! » aboya Ryan. Des projectiles vinrent s'écraser contre la coque du vaisseau. « Mais baissez-vous donc ! »

Kastner riposta d'un coup de foudroyeur. Une vague de flammes remonta en roulant le long de la pente, en direction des soldats. Le sas se referma dans un claquement sec. Kastner en actionna les pênes et fit glisser le verrou intérieur. « Paré. Tout est paré. »

Ryan rabattit le levier d'alimentation. Dehors, les soldats rescapés se débattaient au milieu des flammes pour atteindre le flanc du vaisseau. Ryan voyait par le hublot leurs visages roussis par l'explosion.

L'un des hommes leva maladroitement son arme. La plupart des militaires étaient à terre, roulant sur eux-mêmes et s'efforçant de se relever. Tandis que la scène devenait floue, Ryan en vit un se remettre péniblement à genoux. Ses vêtements étaient en feu. Des volutes de fumée lui sortaient des bras et des épaules. Son visage se tordait de douleur. Plié en deux, il tendit des mains tremblantes vers le vaisseau vers Ryan.

Tout à coup, ce dernier se figea sur place.

Il était encore là à regarder fixement devant lui lorsque la scène s'évanouit brusquement ; il n'en resta plus rien. Rien du tout. Les instruments affichaient à présent des indications différentes. En travers de la carte temporelle, les bras se mouvaient imperturbablement, traçant toujours leurs lignes.

Au dernier moment, Ryan avait eu sous les yeux le visage de l'homme brûlé. Un visage convulsé. Les traits en étaient distordus, complètement déformés. Mais il n'y avait pas de doute possible — c'était bien celui de Schonerman.

Ryan s'assit et passa une main tremblante dans ses cheveux.

« Vous en êtes sûr ? demanda Kastner.

— Oui. Il a dû sortir très vite de sa léthargie. Ce gaz agit différemment selon les cas. Et puis, il se trouvait à l'autre bout de la salle. Il a dû se réveiller et nous suivre.

— Était-il gravement blessé ?

— Je ne saurais le dire. »

Kastner ouvrit sa mallette. « Quoi qu'il en soit, les papiers sont en notre possession. »

Ryan hocha la tête, ne prêtant qu'une oreille distraite à ses propos. Schonerman blessé, soufflé par l'explosion, les vêtements en feu. Cela n'avait jamais fait partie du plan.

Mais il y avait plus important. *Cela avait-il jamais fait partie de l'histoire ?*

Pour la première fois, les conséquences infinies de leurs actes commençaient à se faire jour dans son esprit. Ce dont ils s'étaient souciés, c'était de récupérer les papiers du chercheur afin que le GISU puisse faire usage du cerveau artificiel. Si l'on s'en servait à bon escient, l'invention de Schonerman pouvait s'avérer précieuse pour la remise en état de Terra. Des armées de robots-ouvriers replantant, reconstruisant toute une armée mécanique faite pour rendre à Terra sa fertilité... Les robots pouvaient accomplir en une génération ce qui demanderait aux humains des années de dur labeur. Terra pouvait revenir à la vie.

Seulement, en retournant dans le passé, n'avaient-ils pas introduit des facteurs nouveaux ? Venaient-ils de créer un nouveau passé ? Avaient-ils perturbé quelque espèce d'équilibre ?

Ryan se leva et se mit à marcher de long en large.

« Qu'est-ce qu'il y a ? demanda Kastner. Nous avons les papiers, non ?

— Je le sais bien.

— Le GISU va apprécier. Désormais, la Ligue peut s'attendre à recevoir une aide. Et même toute l'aide qu'elle demandera. L'avenir du GISU est assuré. Après tout, c'est lui qui fabriquera les robots. Les robots-ouvriers. La fin du labeur humain. Des machines pour travailler la terre, au lieu des hommes. »

Ryan acquiesça. « C'est très bien.

— Qu'est-ce qui ne va pas, alors ?

— Je m'inquiète à propos de notre continuum.

— Et sur quoi portent vos inquiétudes ? »

Ryan regagna le tableau de bord et inspecta la

carte temporelle. Le vaisseau revenait vers le présent, les bras traçant le chemin du retour. « Je me fais du souci pour les facteurs nouveaux que nous avons pu introduire dans les continuums passés. Il n'est mentionné nulle part que Schonerman ait été blessé. Cela a pu déclencher une nouvelle chaîne causale.

— Comme quoi, par exemple ?

— Je l'ignore. Mais j'ai bien l'intention de le savoir. Nous allons faire escale immédiatement et découvrir ce que nous avons mis en marche. »

Ryan amena le vaisseau jusque dans un continuum directement postérieur à l'incident Schonerman. C'était aux premiers jours d'octobre, un peu plus d'une semaine après les faits. Il atterrit dans un champ dont la terre était sèche et friable, non loin de Des Moines, dans l'Iowa, à la tombée d'une froide nuit d'automne.

Ryan et Kastner entrèrent à pied dans la ville, ce dernier cramponné à sa mallette. Des Moines avait été bombardée par des missiles téléguidés russes. La plupart de ses installations industrielles étaient anéanties. Seuls les militaires et les ouvriers du bâtiment étaient demeurés en ville. La population civile avait été évacuée.

Des animaux rôdaient dans les rues désertes, cherchant leur nourriture. Partout des débris et du verre brisé. La ville était glaciale et désolée, les rues éventrées, ravagées par les incendies qui avaient suivi le bombardement. L'air automnal était lourd d'odeurs de putréfaction provenant des monticules de gravats et de cadavres entassés pêle-mêle aux intersections et sur les zones dégagées.

Ryan déroba dans un kiosque à journaux barricadé un numéro d'une revue d'actualités intitulée *Week Review*. Le magazine était humide et couvert de moisissure. Kastner le rangea dans sa mallette, et ils reprirent le chemin du vaisseau. De temps en temps, ils croisaient quelques soldats évacuant des armes et du matériel. Personne ne leur demanda quoi que ce soit.

Ils revinrent au vaisseau, y pénétrèrent et verrouillèrent le sas derrière eux. Tout autour, les champs étaient déserts. Les bâtiments de la ferme avaient entièrement brûlé et les récoltes étaient racornies, complètement mortes. Dans le chemin subsistait la carcasse d'une automobile renversée sur le flanc, une épave carbonisée. Un troupeau de porcs hideux reniflaient aux abords de la ferme en quête de nourriture.

Ryan s'assit et ouvrit le magazine. Il l'examina longuement, tournant avec lenteur les pages humides.

« Qu'y a-t-il là-dedans ? s'enquit Kastner.

— Tout ce qui concerne la guerre. On en est encore aux premières hostilités. Les missiles téléguidés russes pleuvent. Les bombes à disque américaines s'abattent sur tout le territoire russe.

— Rien sur Schonerman ?

— Apparemment non. Il se passe trop de choses. » Ryan poursuivit sa lecture attentive. Finalement, sur une des dernières pages, il trouva ce qu'il cherchait. Un petit entrefilet, à peine un paragraphe.

ON SURPREND DES AGENTS SOVIÉTIQUES

La garde d'un centre de recherche scientifique situé à Harristown, Kansas, a fait feu sur un groupe d'agents soviétiques qui tentaient de détruire l'un des bâtiments, avant de les mettre rapidement en déroute. Les agents ont réussi à s'enfuir après avoir essayé de tromper les gardes en faction devant un des lieux de travail du centre. Se faisant passer pour des agents du FBI, les Soviétiques ont tenté de s'introduire alors que l'équipe matinale prenait son poste. Alertés, les gardes les ont interceptés et leur ont donné la chasse. On ne déplore pas de dégâts matériels dans les laboratoires de recherche, mais deux gardes et un chercheur ont été tués au cours de l'affrontement. Les noms des victimes sont...

Ryan froissa le magazine.

Kastner arriva à toute vitesse. « Qu'est-ce qu'il y a ? »

Ryan lut la suite de l'article, puis reposa le magazine et le poussa lentement vers Kastner.

« De quoi s'agit-il ? » Kastner chercha la page de l'article.

« Schonerman est mort. Tué par l'explosion. Nous l'avons tué. Nous avons modifié le passé. »

Ryan se leva et marcha vers le hublot. Il alluma une cigarette et récupéra progressivement ses esprits. « Nous avons instauré des facteurs nouveaux et amorcé un nouvel enchaînement d'événements. On ne peut pas savoir où il mènera.

— Que voulez-vous dire ?

— Il se peut que quelqu'un d'autre invente le cerveau artificiel. Peut-être la modification se rectifiera-t-elle d'elle-même. Le flux temporel reprendrait alors son cours normal.

— Pourquoi ferait-il cela ?

— Je l'ignore. Tout ce qu'on peut dire, c'est que nous avons tué Schonerman et volé ses papiers. Le gouvernement ne peut en aucune manière s'emparer de ses travaux. Il ne connaîtra même jamais leur existence. Sauf si quelqu'un d'autre travaille dans le même sens, dans le même domaine...

— Comment le savoir ?

— Il va falloir y retourner. C'est la seule façon de se renseigner. »

Ryan choisit l'année 2051.

C'était cette année-là que les Griffes avaient fait leur apparition. Les Soviets avaient pratiquement gagné la guerre, et l'ONU commençait à fabriquer les Griffes, ultime tentative désespérée pour renverser le rapport de forces.

Ryan posa le vaisseau temporel au sommet d'une crête. À leurs pieds s'étendait une plaine régulière sillonnée de ruines, de barbelés et de restes d'armements.

Kastner déverrouilla le sas et posa précautionneusement pied à terre.

« Soyez prudent, recommanda Ryan. N'oubliez pas les Griffes. »

Kastner tira son foudroyeur. « N'ayez crainte.

— À ce stade, elles sont encore trop petites. Environ trente centimètres. Métalliques. Elles se cachent dans la cendre. Le modèle humanoïde n'a pas encore paru. »

Le soleil était haut dans le ciel. Il était à peu près midi. L'air était chaud et lourd. Des nuages de cendre roulaient au-dessus du sol, poussés par le vent.

Soudain Kastner se raidit : « Regardez ! Qu'est-ce que c'est que ça ? Cette chose sur la route ? »

Un camion venait dans leur direction en cahotant laborieusement ; un lourd véhicule de couleur marron bourré de militaires. Il poursuivit sa route et parvint au pied de la crête. Ryan dégaina son foudroyeur. Les deux hommes se tinrent prêts.

Le camion s'arrêta. Quelques soldats sautèrent à terre et entreprirent de traverser la cendre à grands pas puis de grimper vers la crête.

« Tenez-vous prêt », murmura Ryan.

Les soldats arrivèrent à leur hauteur et firent halte à quelques mètres de distance. Ryan et Kastner restèrent silencieux, leurs foudroyeurs levés.

L'un des soldats se mit à rire. « Vous pouvez ranger ça. Vous ne savez donc pas que la guerre est finie ?

— Finie ? »

Les soldats se détendirent. Leur chef, un gros homme au visage congestionné, s'essuya le front et grimpa laborieusement jusqu'à Ryan. Il portait un uniforme sale et tout en lambeaux, des bottes crevées et maculées de cendre. « La guerre est finie depuis une semaine. Allez, venez ! Il y a beaucoup à faire. On va vous ramener.

— Où ça ?

— Nous faisons la tournée des avant-postes. Vous vous êtes retrouvés isolés ? Sans moyen de communication ?

— C'est ça, répondit Ryan.

— Il va se passer des mois avant que tout le monde sache que la guerre est finie. Venez avec nous. On n'a pas le temps de rester ici à causer. »

Ryan broncha. « Mais dites-moi... vous prétendez que la guerre est réellement terminée. Pourtant...

— Encore heureux ! On n'aurait pas tenu le coup plus longtemps. » L'officier tapota sa ceinture. « Vous n'auriez pas une cigarette, par hasard ? »

Ryan tira lentement son paquet, en dégagea les cigarettes, froissa soigneusement le paquet en boule et le remit dans sa poche.

« Merci. » L'officier passa les cigarettes à ses hommes. Tous en allumèrent une. « Oui, c'est heureux. On était presque fichus. »

Kastner ouvrit la bouche. « Et les Griffes ? Que sont devenues les Griffes ? »

L'officier fronça les sourcils. « Les quoi ?

— Pourquoi la guerre a-t-elle pris fin si... si soudainement ?

— Une contre-révolution en Union soviétique. Il y avait des mois qu'on y parachutait des hommes et du matériel. Qui eût cru que ça donnerait finalement quelque chose ? En fait, ils étaient beaucoup moins forts qu'on ne pensait.

— Alors c'est vrai, c'est fini ?

— Mais oui. » L'officier prit Ryan par le bras. « Allons-y, maintenant. Nous avons du pain sur la planche. Il faut se débarrasser de cette maudite cendre et commencer à replanter.

— Replanter quoi ? Des céréales ?

— Évidemment. Qu'est-ce que vous planteriez, vous ? »

Ryan se dégagea. « Attendez, j'aimerais comprendre. Vous dites que la guerre est finie. Plus de combats. Et vous n'avez jamais entendu parler des Griffes ? Une arme qui porterait le nom de Griffes ? »

Le visage de l'officier se plissa. « Qu'est-ce que vous voulez dire par là ?

— Des assassins mécaniques. Des robots. Utilisés comme arme. »

Le cercle de soldats fit quelques pas en arrière. « Mais qu'est-ce qu'il raconte ?

— Vous feriez mieux de vous expliquer, fit l'officier, le visage soudain durci. Qu'est-ce que c'est que cette histoire de Griffes ?

— On n'a pas fabriqué d'armes de ce genre ? » s'enquit Kastner.

Il y eut un silence. Puis l'un des soldats finit par pousser un grognement. « Je crois que je sais de quoi il veut parler. Des mines de Dowling. »

Ryan fit volte-face. « Quoi ?

— C'est ce physicien anglais. Il a mené des expériences sur des mines artificielles qui marchaient toutes seules. Des mines-robots. Seulement, elles ne pouvaient pas se réparer elles-mêmes, alors le gouvernement a laissé tomber le projet et préféré insister sur la propagande.

— Et voilà pourquoi la guerre est finie », conclut l'officier. Il s'éloigna. « On y va, maintenant. »

Les soldats s'engagèrent derrière lui et tous entreprirent de redescendre la pente.

L'officier s'immobilisa et se retourna vers Ryan et Kastner. « Vous venez ?

— Nous vous rejoindrons plus tard, fit Ryan. Nous devons d'abord rassembler notre matériel.

— Très bien. Le camp est à un peu moins d'un kilomètre en suivant la route. Il y a une petite colonie à cet endroit-là. Des gens qui reviennent de la Lune.

— De la Lune ?

— On avait commencé à déplacer des unités sur Luna, mais maintenant, il n'y a plus de raison de continuer. Pourquoi diable voudrait-on quitter Terra ?

— Merci pour les cigarettes », lança un des soldats. Les militaires s'empilèrent à l'arrière du camion. L'officier se glissa au volant, le véhicule démarra et poursuivit son chemin en grondant.

Ryan et Kastner le regardèrent partir.

« Ainsi, la mort de Schonerman n'a jamais été compensée, murmura Ryan. Un passé entièrement différent...

— Je me demande sur quelle période se répercute le changement. S'il affecte notre propre époque.

— Il n'y a qu'un seul moyen de le savoir. »

Kastner acquiesça. « Je veux le savoir tout de suite. Le plus tôt sera le mieux. Mettons-nous en route. »

Plongé dans ses pensées, Ryan hocha la tête. « Oui, le plus tôt sera le mieux. »

Ils regagnèrent le vaisseau et Kastner s'assit sans se départir de sa mallette. Ryan effectua ses réglages. De l'autre côté du hublot, le paysage s'anéantit en une fraction de seconde. Ils étaient à nouveau dans le flux temporel, en route pour le présent.

Ryan arborait un visage sinistre. « J'ai du mal à y croire. La structure du passé tout entière est modifiée. Un enchaînement tout à fait nouveau s'est déclenché et se propage dans tous les continuums, altérant toujours plus notre courant.

— Alors, quand nous reviendrons, ce ne sera plus notre présent. On ne peut pas savoir à quel point il sera différent. Et tout ça à cause de la mort de Schonerman. Toute une nouvelle histoire déclenchée par un seul incident.

— Pas à cause de la mort de Schonerman, corrigea Ryan.

— Comment cela ?

— Pas à cause de sa mort, mais de la perte de ses papiers. Schonerman mort, le gouvernement n'a pas pu construire le cerveau artificiel. Donc, les Griffes ne sont jamais apparues.

— C'est la même chose.

— Vous croyez cela ? »

Kastner leva vivement les yeux. « Expliquez-vous.

— La mort de Schonerman n'a aucune importance. C'est la perte de ses papiers, du point de vue du gouvernement, qui est le facteur déterminant. » Ryan désigna la mallette de Kastner. « Où sont les papiers ? Là-dedans. C'est *nous* qui les avons.

— C'est vrai, acquiesça l'autre.

— Nous pouvons restaurer la situation initiale en retournant dans le passé remettre les papiers à une quelconque agence gouvernementale. Schonerman ne compte pas. Ce sont ses *papiers* qui sont importants. »

Ryan tendit la main vers le levier d'alimentation.

« Attendez ! s'écria Kastner. Est-ce qu'il ne vaudrait pas mieux aller jeter un coup d'œil au présent ? Nous devrions d'abord constater les changements qui se sont répercutés à notre époque. »

Ryan hésita. « Vous avez peut-être raison.

— Alors nous pourrons décider de ce qu'il nous reste à faire. Voir si nous devons ou non restituer les papiers.

— D'accord. Continuons jusqu'au présent et prenons une décision à ce moment-là. »

Les traceurs traversant la carte du temps avaient presque regagné leur position initiale. Ryan les observa longuement, la main sur le levier. Kastner se cramponnait toujours à sa mallette, les bras serrés autour du lourd rectangle de cuir reposant sur ses genoux.

« Nous y sommes presque, déclara Ryan.

— Dans notre époque ?

— Encore quelques instants. » Ryan se leva,

agrippant le levier. « Je me demande bien ce que nous allons trouver.

— Il est probable que nous ne reconnaîtrons pas grand-chose. »

Ryan inspira profondément, sentant le contact du métal froid sous ses doigts. Leur monde serait-il très différent ? Reconnaîtraient-ils quelque chose ? Avaient-ils réduit à néant tout ce qui leur était familier ?

Une longue chaîne d'événements s'était mise en marche. Un raz de marée avançant dans le temps, affectant chaque continuum et se réverbérant le long des âges à venir. La seconde partie de la guerre n'était jamais arrivée. Celle-ci avait pris fin avant l'intervention des Griffes. Le concept de cerveau artificiel n'avait jamais été mis en pratique. Le plus puissant des engins meurtriers n'avait jamais vu le jour. L'énergie des hommes s'était détournée de la guerre pour se reporter sur la reconstruction de la planète.

Tout autour de Ryan, compteurs et cadrans vibraient. Dans quelques secondes, ils seraient de retour. À quoi ressemblerait Terra ? Y aurait-il des choses inchangées ?

Les Cinquante Cités. Elles n'existeraient sans doute plus. Son fils Jon, assis tranquillement dans sa chambre en train de lire. Le GISU. Le gouvernement. La Ligue, avec ses labos et bureaux, ses immeubles, ses terrains d'atterrissage sur les toits et ses gardes. L'ensemble de leur structure sociale complexe. Tout cela aurait-il disparu sans laisser de traces ? Probablement.

Et que trouveraient-ils à la place ?

« Nous serons fixés dans une minute, murmura Ryan.

— Ce ne sera plus long. » Kastner se remit debout et marcha jusqu'au hublot. « Je veux voir ça. Sans doute est-ce un monde très déroutant qui nous attend. »

Ryan abaissa le levier. Le vaisseau fit un bond et sortit du flux temporel. Derrière le hublot, quelque chose se déplaçait en tournant tandis que le vaisseau se stabilisait. Les contrôles de gravité automatiques se mirent en place. Le vaisseau survolait à grande vitesse la surface de la planète.

Kastner eut un hoquet.

« Que voyez-vous ? » intima Ryan en ajustant la vélocité du vaisseau. « Qu'est-ce qu'il y a dehors ?

Kastner garda le silence.

« Alors, que voit-on ? »

Au bout d'un long moment Kastner se détourna du hublot. « Très intéressant. Rendez-vous compte par vous-même.

— Qu'est-ce que c'est ? »

Puis Kastner se rassit lentement et ramassa sa mallette. « Voilà qui change tout. »

Ryan gagna le hublot et regarda au-dehors. Au-dessous du vaisseau, c'était bien Terra. Mais pas celle qu'ils avaient quittée.

Des champs, des champs blonds à n'en plus finir. Et puis des parcs. Des parcs et des champs d'or. Des carrés verts au beau milieu du jaune, à perte de vue. Et rien d'autre.

« Pas la moindre ville, commenta Ryan d'une voix pâteuse.

— Non. Vous ne vous souvenez pas ? Tout le monde est aux champs. Ou bien on se promène dans les parcs. On parle de la nature de l'univers.

— C'est ce que Jon voyait.

— Votre fils avait raison. »

Le visage dénué d'expression, Ryan revint aux commandes. Son esprit était paralysé. Il s'assit et régla les grappins d'atterrissage. Le vaisseau descendit de plus en plus bas, jusqu'à planer au-dessus de champs parfaitement plats. Hommes et femmes levèrent sur lui un regard stupéfait. Des hommes et des femmes vêtus de toges.

Ils passèrent au-dessus d'un parc. Un troupeau de bêtes s'enfuit à toute vitesse, affolé. Une espèce de daim.

C'était le monde qu'avait vu Jon. Sa vision. Champs, parcs, hommes et femmes en longues robes flottantes. Longeant les allées. Évoquant les problèmes de l'univers.

Et l'autre monde, le sien, n'existait plus. La Ligue n'était plus. L'œuvre de toute sa vie avait disparu. Dans ce monde, elle n'existait pas. Jon. Son fils. Envolé. Jamais plus il ne le reverrait. Son travail, son fils, tout ce qu'il avait connu s'était éclipsé.

« Il faut repartir », dit tout à coup Ryan.

Kastner cligna des yeux. « Je vous demande pardon ?

— Il faut ramener les papiers dans le continuum auquel ils appartiennent. Impossible de recréer les choses exactement telles qu'elles étaient, mais au moins pouvons-nous remettre les papiers entre les mains du gouvernement. Cela provoquera le retour de tous les facteurs correspondants.

— Vous plaisantez ? »

Ryan se leva en chancelant et marcha sur Kastner. « Donnez-moi ces papiers. La situation est très grave. Il faut agir vite. Les choses doivent être remises en place. »

Kastner fit un pas en arrière et brandit son foudroyeur. Ryan plongea, heurta de l'épaule le petit homme d'affaires et l'envoya bouler. Le foudroyeur glissa sur le plancher et alla percuter le mur. Les papiers s'éparpillèrent.

« Espèce d'imbécile ! » Tombant à genoux, Ryan s'empara des papiers.

Kastner se rua vers le foudroyeur et le ramassa d'un geste ; son visage rond était tout empreint d'une détermination bornée. Ryan le vit du coin de l'œil. L'espace d'un instant, il faillit se laisser aller à rire. Le visage de l'autre était empourpré, ses joues flamboyaient. Il tripotait maladroitement l'arme en essayant de viser.

« Pour l'amour de Dieu, Kastner... »

Les doigts du petit homme se refermèrent sur la détente. Une terreur soudaine glaça Ryan, qui se remit tant bien que mal debout. Le foudroyeur rugit et sa flamme crépita dans tout le vaisseau. Légèrement roussi par le sillage incandescent, Ryan se mit d'un bond hors de portée.

Les papiers de Schonerman s'enflammèrent d'un coup, chaque feuillet émettant une lumière rouge là où il gisait. La liasse se consuma en une seconde. Puis le rougeoiement mourut et, dans une ultime étincelle, devint cendre carbonisée. L'odeur légèrement âcre de la déflagration parvint jusqu'à Ryan, lui chatouilla le nez et lui fit monter les larmes aux yeux.

« Je suis désolé, murmura Kastner en reposant l'arme sur le tableau de bord. Vous ne croyez pas que vous feriez mieux de poser le vaisseau ? Nous sommes très près de la surface. »

Ryan s'avança machinalement vers le tableau de bord. Au bout d'un moment, il prit place sur son siège et entreprit de faire le nécessaire pour ralentir le vaisseau. Pas un mot ne s'échappa de ses lèvres.

« Je commence à comprendre, pour Jon, déclara Kastner à voix basse. Il avait sans doute une espèce d'accès au temps parallèle. Une conscience des autres futurs possibles. Au fur et à mesure qu'avançaient les travaux sur le vaisseau temporel, ses visions se précisaient, c'est bien cela ? Elles devenaient chaque jour plus réelles. Comme le vaisseau lui-même. »

Ryan fit oui de la tête.

« Cela nous entraîne dans de toutes nouvelles voies spéculatives. Les visions mystiques des saints du Moyen Âge portaient peut-être sur d'autres futurs, d'autres flux temporels. Les visions de l'enfer correspondaient peut-être aux pires flux, celles du paradis aux meilleurs. Le nôtre doit se situer quelque part au milieu. Et puis, il y a la vision d'un monde éternellement inchangé. Peut-être est-ce une conscience du non-temps. Non pas d'un autre monde, mais de celui-ci vu en dehors du temps. Il va falloir chercher de ce côté-là aussi. »

Le vaisseau atterrit et vint s'immobiliser à la lisière d'un parc. Kastner alla au hublot et contempla les arbres.

« Dans les livres que ma famille avait conservés, il y avait des images représentant des arbres, dit-il d'un ton pensif. Ceux-là, tout près de nous, ce sont des poivriers. Et là-bas, c'est ce qu'on appelle des arbres à feuilles persistantes. Ils restent tels quels tout au long de l'année. D'où leur nom. »

Kastner ramassa sa mallette et en serra fermement la poignée. Puis il se dirigea vers le sas.

« Allons à la rencontre de ces gens. Histoire de discuter un peu. De métaphysique, par exemple. » Il fit un large sourire à Ryan. « J'ai toujours aimé la métaphysique. »

DU MÊME AUTEUR

Aux Éditions Gallimard

LA FILLE AUX CHEVEUX NOIRS (Folio Science-Fiction n° 87)

MINORITY REPORT (Folio Science-Fiction n° 109)

SOUVENIR (Folio Science-Fiction n° 143)

Aux Éditions Denoël

Dans la collection Lunes d'encre

NOUVELLES (1947-1953)

NOUVELLES (1953-1981)

LA TRILOGIE DIVINE

Dans la collection Présence du futur

SUBSTANCE MORT (Folio Science-Fiction n° 25)

DEUS IRAE (*en collaboration avec Roger Zelazny* – Folio Science-Fiction n° 39)

L'ŒIL DE LA SIBYLLE (Folio Science-Fiction n° 123)

SOUVENIR (Folio Science-Fiction n° 143)

LE VOYAGE GELÉ

AU SERVICE DU MAÎTRE

UN AUTEUR ÉMINENT

DERRIÈRE LA PORTE

LE GRAND O

LE CRÂNE

Aux Éditions J'ai lu

LE MAÎTRE DU HAUT CHÂTEAU
DR BLOODMONEY
MESSAGE DE FROLIX 8
BLADE RUNNER
LE DIEU VENU DU CENTAURE
LES CLANS DE LA LUNE ALPHANE
À REBROUSSE-TEMPS
LE TEMPS DÉSARTICULÉ
LOTERIE SOLAIRE

En Omnibus

LA PORTE OBSCURE
AURORE SUR UN JARDIN DE PALMES
DÉDALES SANS FIN
SUBSTANCE RÊVE

Aux Éditions 10/18

COULEZ MES LARMES, DIT LE POLICIER
AU BOUT DU LABYRINTHE
L'ŒIL DANS LE CIEL
LA VÉRITÉ AVANT-DERNIÈRE
MENSONGE ET CIE
UBIK
MON ROYAUME POUR UN MOUCHOIR
LA BULLE CASSÉE
DANS LE SECTEUR DE MILTON LUMKY
TOTAL RECALL

LE PÈRE TRUQUE

PORTRAIT DE L'ARTISE EN JEUNE FOU

Aux Éditions Joëlle Losfeld

HUMPTY DUMPTY À OAKLAND

L'HOMME DONT TOUTES LES DENTS ÉTAIENT SEMBLABLES

Composition IGS.
Impression Société Nouvelle Firmin-Didot
à Mesnil-sur-l'Estrée, le 24 juin 2003.
Dépôt légal : juin 2003.
Numéro d'imprimeur : 64381.

ISBN 2-07-042977-6/Imprimé en France.

123334